家

张守富家文化研究集成系列

家魂

张守富 著

升级版

向中华泉城首届家文化节 中国济南家文化示范城献礼

山东城市出版传媒集团·济南出版社

图书在版编目（CIP）数据

家魂：升级版 / 张守富著. -- 济南：济南出版社，2019.9

ISBN 978-7-5488-3987-3

Ⅰ. ①家… Ⅱ. ①张… Ⅲ. ①文艺—作品综合集—中国—当代 Ⅳ. ①I217.2

中国版本图书馆CIP数据核字（2019）第197878号

责任编辑　马永靖
封面设计　焦萍萍
出版发行　济南出版社
地　　址　山东省济南市二环南路1号（250002）
发行热线　0531-86131728　86922073　86131701
印　　刷　济南龙玺印刷有限公司
版　　次　2019年9月第1版
印　　次　2019年9月第1次印刷
成品尺寸　210mm×285mm　16开
印　　张　20.75
字　　数　430千
定　　价　128.00元

作者：张守富

作者简介

张守富，男，汉族，山东省单县人。毕业于山东师大中文系，深造于清华大学经管学院、北京大学哲学系。大学兼职教授、编审，中国著名家文化研究专家、中国济南传承家文化研究院首席专家，中国方志专家。中国书法家协会会员，中国书法家协会高级教师，文化部书法专业考官、剧作家。中华诗词学会会员、中国写天下书画院院长。中国文化艺术纵横创新研发学者。

六岁习书法，九岁习音乐，十七岁参军，八年部队文艺专业，七年军事院校工作。

艺术实践涉猎多层面、多领域，具有一线生活创作经验，省、市、县任职经历及“三农”基地采风体验。曾参与国家级修志并兼任中国方志指导小组副秘书长；八年主持中国历史文化大省山东修志和深层次历史文化研究，主持主编巨著典籍，编纂文字达二千余万字，个人著作数百万字。主持及主编《颜真卿志》《王羲之志》《孔子故里志》《泰山志》《诸子名家志》等近百部有丰富史料价值和深厚艺术理论价值的著作，并得到国家级奖励。曾数考西安碑林和孔府孔庙、泰山碑林及全国著名古墓、古碑、古帖等人文殿堂，是碑帖研究收藏专家。

在上海任职与生活二十余年至今，南北文化艺术融通，国际交流经验丰富，中西合璧，艺术成就非凡，具有纵横历史、多层宏观、专博融汇文化艺术功力。

代表作：《观念决定命运》（中央党校出版社）、《观念随笔》（上海文汇出版社）、《家道》、《家魂》等18部系列专著集成；《墨流心语》（上海文艺出版社）、《张守富诗词书法作品鉴赏》（上海文艺出版社）、《修志随笔》、《观念定成败》、《沂蒙山人在上海》。影视作品三部曲：《牛》（1991年央视播出）；30集电视连续剧《路》（《大路朝天》解放军文艺出版社）；30集电视连续剧《人》（《银杏树下》山东人民出版社）。研发中国家文化及品牌产业“中国生肖大世界”，大宗品牌商标知识产权已在国家商标局注册。“家天下特色小镇”“家文化博览园”“家文化经典园”，正在全国拓展。主创的“中华泉城家文化示范城暨中华家文化节系列项目”，已在山东省省会济南落地实施。

习近平总书记提出三个注重：“注重家庭，注重家教，注重家风。”

张守富家文化与书法代表作品

好家教

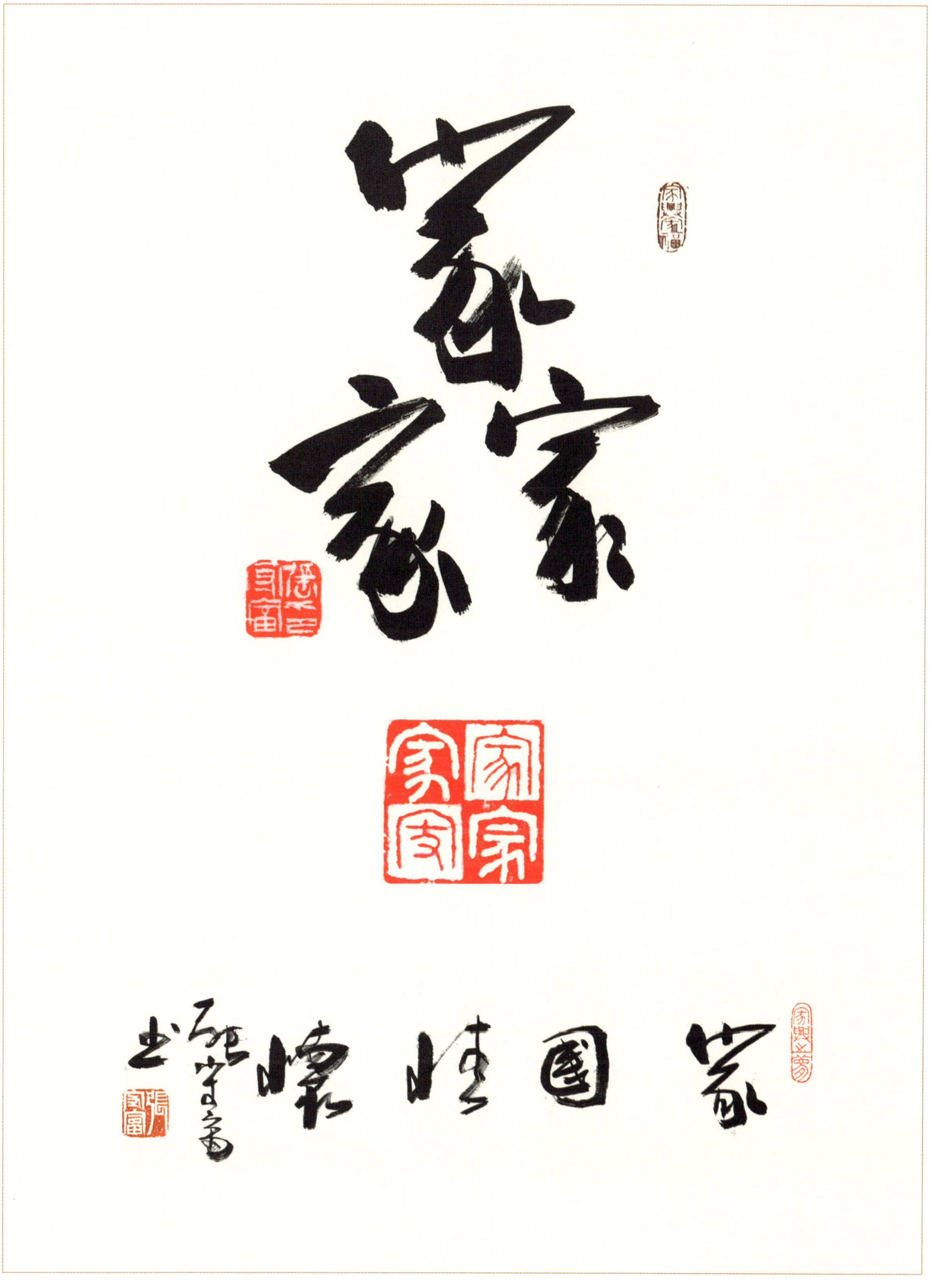

张守富家文化与书法代表作品

回　家（代序）

回家，是多么平常的两个字，又是让人多么揪心的两个字。

回家，因为家里有爸爸妈妈、爷爷奶奶坐在温暖的餐桌边等着我，看着我狼吞虎咽香甜的美餐；

回家，因为家里有我同胞兄弟姐妹在等着我同乐同笑、依偎着爸妈；

回家，因为家中有妻子老小在盼着我全家团圆；

回家，因为全家盼望着我把成功、平安、欢笑、快乐带回家；

回家，是因为我年年月月、日日夜夜、时时刻刻都在想着家；

回家，无论在机关、在学校、在工厂、在农田、在大海、在大漠、在军营、在哨所、在天涯，家是我心灵与人生梦想的归宿。

想爸妈了想回家，

想妻子儿女、想亲人了想回家，

肚子饿了想回家，

有喜报了想回家，

风雨来了想回家，

苦了累了想回家，

受委屈了想回家，

因为在这个家，有孝、有爱，能笑、能哭、能吵、能闹、能撒娇。

家，是全家老小行舟归来的避风港；

家，是儿女子孙的幸福殿堂；

家，是爸爸妈妈、爷爷奶奶、外公外婆、姑妈姨妈、兄弟姐妹亲情相聚的高级会所；

家，是连接四邻友谊的亲切网吧。

回家，这里是妈妈永远温暖的怀抱！这里是人生永远的生命港湾！

回家，又使我想起游子走出家门闯天下，眼望着爸妈流汗的那片热土，遥望着村头那弯曲的小路，遥望着那棵硕果累累的老枣树，那个冒着炊烟的老灶。

回家，我早就在微信里报告爸妈我回家的消息。

回家，我多么盼望那摩托大队中，我驮着一年的积蓄，去见我的爸妈、妻子老小，盼望那村头爸爸点燃的鞭炮，空中的雷子炸鸣与礼花怒放。快下饺子啦！爸妈喊着我的乳名，孩子你在哪？

我多么期盼着高喊一声，爸妈，我回来了！

走出家门时我哭，回到家门时我还哭。

出门时爸妈两袖擦泪，送儿远行多叮咛；

回来时，爸妈两眼热泪心开花！

爸妈，您别哭，

您老在，儿远游，游来游去，为了这个家。

儿在外，总带着那无限的眷恋与思念，

您在家，总守着那殷切的希望与牵挂！

过年了，万水千山，隔不断游子的漫漫归家路，

家有多远，脚有多长；

沧桑岁月，
忘不了耕耘孝爱的犁铧。
儿女漂泊得再远，
也会想着故乡，这个难舍的窝。
离家千山万水，回家只有一心！
回家，乘火车、乘汽车、驾摩托，
儿在铁路的这头，爸妈在铁路的那头，
归家的心越走离家越近。
从家出来路遥远，过年还是归心似箭想着家。
回家，饺子下好啦，祖先牌位桌前三炷香，
饺子上桌了，我叫声爸妈，
不孝儿在这里给您磕头啦。
乐声、炮声、祝酒声，声声真切，
孝心、爱心、暖家心，心心相印！
过完年，游子还要离开家，去闯、去拼、去挣钱，
过年时，儿女们还要回这个家。
儿女们永远不忘归家路。
哪怕是万水千山、天涯海角，
哪怕是漂洋过海、翻山越岭，
家是我的所有，家是我生命的全部，
游子，永远不会忘记这两个字——回家。

丙申写于故乡的老枣树下

张守富

回家
张守富笔

目　录

魂之源

家之源

“家”字考

家兴之道

家文化十大关系纲要

新家训

家文化八大体系纲要

治家十五原则

我的家文化研究与传播走向世界

家里的好声音

国之家声

铭言粹语吟家魂

魂之源

传承弘扬家国文化，铸造提升城市灵魂

——为助力济南建设家文化示范城而作

张守富

2019 年 4 月 11 日，济南市召开了“创城再出发　品质再提升　加快建设‘大强美富通’现代化国际大都市”动员大会。山东省委常委、市委书记王忠林发表讲话说，创城让济南城市形象跃上了新台阶，实现华丽转身，但同时也要拿出“不居第一不罢休、位居第一不止步”的精神，在更高起点上，推动创城再出发，让济南的品质再提升。与此次大会相配套，济南市文明委同时推出了在全市深入推动开展 2019 年“文明城市建设百件实事”。以这次动员大会为契机，以我为首席专家的济南传承家文化研究院，以把济南打造成为中国具有重要影响力的家文化示范城为目标的“中华泉城家文化活动年暨中华泉城首届家文化节系列活动”，就此拉开序幕。

“创城再出发　品质再提升”需要全市聚焦发力，建设“大强美富通”现代化国际大都市有赖于人民群众广泛参与。我作为文化学者、创建中华家文化示范城和中华泉城首届家文化节系列活动的总策划、总导演及这个城市的一员，有义务和责任参与其中，并运用三十年来研究家文化的丰硕成果和优质资源，为济南城市品质再提升、创城上台阶出谋划策、献计出力。

切入点已定，着力点又该放在哪里呢？习近平总书记关于“一个国家、一个民族不能没有灵魂”的重要思想观念，为我们照亮了前行的道路。这就是要把学习贯彻习近平新时代中国特色社会主义思想和传承弘扬家国文化、铸造提升城市灵魂，作为助力济南建设家文化示范城的核心着力点。我想，这个着力点，同样也适用于济南全市围绕“创城再出发　品质再提升”和加快建设“大强美富通”现代化国际大都市的所有工作部署与实践活动。因为城市品质的提升，首先应该是市民素质的提升，精神文明与物质文明同等重要，硬件建设与文化软实力建设相辅相成、相得益彰。一句话，只有铸好魂，才能建好城。

习近平总书记指出："一个国家、一个民族不能没有灵魂。"习总书记的这一重要思想观念，深刻揭示了有灵魂对于国家、民族的极端重要性。同理，每一个人、每一个家庭、每一个单位，乃至每一座城市，都不能没有灵魂。尤其是在国家大发展、民族大复兴、社会大变革、世界百年未有之大变局的新时代历史条件下，有灵魂和没有灵魂以及灵魂是否凝聚一致、是否纯正高尚、是否搏击有力，对于每一个社会主体都至关重要。有了灵魂就会有光明前途，没有灵魂必然是万马齐喑。

灵魂是什么？是信仰、是思想、是精神、是情怀、是担当，一句话，是文化。对于新时代的中国人来讲，特别是对共产党员和各级公职人员来讲，要真正做到有灵魂，就要坚持把学习贯彻习近平新时代中国特色社会主义思想作为重中之重，树牢"四个意识"、坚定"四个自信"、坚决做到"两个维护"，按照忠诚、干净、担当的要求提高自己。同时对学习践行社会主义核心价值观和传承弘扬家国文化等中华优秀传统文化，充满自信和热情，为实现"两个一百年"奋斗目标和中华民族伟大复兴的中国梦而努力奋斗。

那么，具体怎样做才能在"创城再出发　品质再提升"和加快建设"大强美富通"现代化国际大都市以及创建家文化示范城过程中真正做到提纲挈领、聚升灵魂呢？我之见可用"一个引领"和"六个提升"来加以概括。

一个引领：坚持用习近平新时代中国特色社会主义思想引领全局、指导实践、统揽各项重大活动。习近平新时代中国特色社会主义思想，运用马克思主义立场和观点方法，结合新的历史条件和时代要求，创造性地提出了一个系统完备、逻辑严密的科学体系。它来自实践又指导实践，是全党和全国人民一切工作和行动的指南。济南作为山东省省会、全国十五个副省级城市之一和历史文化名城，近几年正是按照习近平总书记对山东提出的"走在前列"的总要求，坚持干在实处，逐步实现了华丽转身，并在2018年全国文明城市测评中一举夺冠。这有力地证明了，我们的一切工作，只要自觉地按照习近平新时代中国特色社会主义思想办事，人就有了灵魂，事情就能办好。同理，在当前和今后的一切工作中，无论是创文明城，建示范城，还是打造"四个中心"，建设现代化国际大都市，落实泉城发力的"九大提升行动"和"百件实事"，首先都需要依靠习近平新时代中国特色社会主义思想的引领。特别是要将习近平总书记关于注重家庭、注重家教、注重家风的"三个注重"要求作为建设家文化示范城的灵魂，贯彻始终。这一点，应该成为济南广大共产党员、各级干部和全体市民的自觉行动。

六个提升：一是在开展"中华泉城家文化活动年暨中华泉城首届家文化节"及"新时代家文化进万家活动"中，大力传承和弘扬家国文化，组织全市党员干部和市民深入学习习近平总书记2016年12月12日会见第一届全国文明家庭代表时的重要讲话和最近连续五年在春节团拜会上讲话中关于家庭、家教、家风的一系列论述，用“为国尽忠、在家尽孝”的思想观念武装头脑，提升爱党、爱国、爱社会主义和孝老爱亲的文化灵魂，让家国情怀深入人心，更让历史上闻名遐迩的“家家泉水、户户垂柳”的济南泉水人家，注入新的灵魂。二是在组织举办首届中华泉城家文化节主题晚会中，以“美丽的泉城我的家”为主题，用“家里的好声音”演绎并唱响家歌主旋律，以“血脉相传、感恩感知、爱国爱家、勤劳兴家、孝老爱亲、遵纪守法、友亲睦邻、向上向善、诚信互助、和谐美丽”等家文化正能量元素铸造家魂，提升家的社会功能，发挥现代家庭在加快建设“大强美富通”现代化国际大都市进程中的主人翁作用。三是在组织举办首届泉城家文化产业博览会进程中，通过全方位展示以家文化为标志的各类产业产品及研发成果，推广产品，打造品牌，推动建设济南专业家文化市场和家文化特色经济模式。尽快形成一大批有家文化鲜活灵魂灵性的、与人民群众日常生活密切相连的各种产业和产品，最大限度地满足人民群众对美好生活的向往，最终达到社会效益、经济效益和文化效益“三赢”的目标。四是在组织举办首届中华家文化泉城国际论坛过程中，紧紧围绕家国关系、家文化内涵与外延、治家兴家四根八要素、新时代文明家庭建设等社会关注的要点，开展深入探讨和广泛交流。特别是要把习近平总书记提倡推动的地球村是个大家庭，建立人类命运共同体的新理念，“一带一路”倡议，渗透进整个论坛。把此次论坛作为济南市进一步扩大对外开放和文化交流的一个创新平台，增进国际合作，加强对外沟通，争取将这一平台打造成济南市对外开放并实现国际间政策沟通、设施联通、贸易畅通、资金融通、民心相通的常态性平台，大幅度提升济南市对外开放的进程和国际大都市形象。五是通过组织开展“百名书法家书写百家姓家训”活动，广泛征集泉水人家新家训。将这一活动作为全市学习践行社会主义核心价值观的有效途径，同时以此为契机，进一步深入开展好“最美家庭”“出彩人家”“泉城好人”评选和“好家风好家训展示”活动。彰显新时代新风尚，把全市文明家庭建设提升到一个新的高度和新的境界。六是通过建设泉城家文化示范基地，分别打造中华家文化博览园、博物馆，同时依托具有泉城突出文化特色和历史传统的街区、乡村，陆续建设若干个家文化体验园和经典园，以此推动全市家文化走廊、展馆、展厅和家文化交流传播体系的建立，以及“振兴乡村”战略的实施。运用这些不同载体和不同形式，把济南家文化示范城的基础打牢夯实，使之成为传承弘扬家国文化等优秀传统文化的前沿阵地。

希望这篇文章，能够成为济南市传承弘扬家国文化、铸造提升城市灵魂的有效参考。

家之魂

——八千个深夜与黎明

我曾是文化大省山东的修志主持人，我从主编《颜真卿志》、主持编纂《王羲之志》和编纂《孔子故里志》《孙武志》《孙膑志》《姜太公志》《诸葛亮志》《诸子名家志》等百卷典籍算起，已过二十多个春秋，八千多个深夜与黎明。那些名门名家的史料之海，至今仍像大海潮汐，不断冲击着我胸襟的岸滩。

家，名门望族与中华民族博大精深的文明亦从这里生发。

家，让我激情燃烧，一个“家”字牵动着我灵魂的最深处。

我出生在孔孟之乡的一个小村子。村虽小，但由于文化底蕴厚重，儒家传统文化和礼教浓浓地融入了这个村子。

在这个村子里，生产生活，家法村矩，过年过节，婚丧嫁娶，生老病死，家族、姓族交往等等，无不充满孔孟名门大族文化的浓厚气氛。年幼的我，心灵深处无不打下儒家传统的深深烙印。17岁，我洗去脚上的黄土，换上了军装，步入军旅之家，之后的人生年轮里，孔孟名门和中华多姓族、家族名门文化一直在影响着我。特别是军旅之家那激情燃烧的岁月，使我在军营大家庭里，感受着人民军队大家庭的神圣与温暖，体验着人民军队神圣的使命与卫家的光荣。在森林熊熊烈火面前，在无情洪水面前，在大地震、大疫情、人民生命危急关头和国这个大家危难之际，人民军队保家卫国的献身精神，人民子弟兵赴汤蹈火的一个个动人场景，时时显现在我的眼前。这一切均触动了我对“家”的思索。我曾在深夜流着泪写下了这段歌词：

朋友，你可记得，
那年地动山摇墙屋塌；
朋友，你可记得，
凶猛洪水冲走了千百个幸福的家；
朋友，你可记得，
那年熊熊烈火烧焦了山崖；
朋友啊朋友，
你可记得，非典袭京城，瘟疫遍天下！
是您冒着余震、踏着废墟救出我这个娃，
是您迎战恶浪、冒着雷电解救千百家，
是您冲进火海、烧焦眉发用生命换生命，
是您白衣天使，用军魂把瘟疫击垮。
啊！亲人呀，你可记得，
你救援的担架上我行的礼，
你可记得，你胜利回营时乡亲的那些话，
你可记得，你救出的百姓满脸流淌的泪，
你可记得，小汤山医院里我送上的那束花。
心连心，手拉手啊，军民一家亲呀，
颂军魂，护长城，报效祖国这个“家”。

我三生有幸，能在山东省政府主持全省百年方志修纂八年。孔、孟、颜、曾、孙武、诸葛、颜王书家、诸子名家方志的编纂，开启了我对“家”字的潜心研究。追根寻本、触流思源，探析历史名人、名门望族与民族、国家的关系，从孔家、孟家文化到儒家文化立教；老子到道教文化与立教；从孙家的孙武、孙膑，姜家太公姜尚，智圣诸葛亮，看中华军事瑰宝——古兵法与卫国之功；从颜氏家训到一代书法名家颜真卿，看颜氏名门卓越贡献；从书圣王羲之与其子王献之的书法成就看其对中国民族文化的影响；从现当代专家、学者、名士，看一个家庭、家族、姓族对国家与民族的贡献；等等。

我主持大省修志八年，总纂历史文化大省方志百卷，审读志稿近两千万字，字里行间无不彰显着名门家族、姓族的无限魅力和力量。

啊！我陶醉了，我从修志中找到了中华民族发展兴旺传承的“根”及源远流长的“源”。

我追根求源，从总纂的《孔子故里志》《诸子名家志》，主编的《颜真卿志》《王羲之志》等名门典籍中，找到了通向中华民族伟大复兴和瑰宝传承的脉络。

从那时起，为了这个“家”字，我披星戴月、深夜躬耕，常常为这一个字而沉思难眠，也时常为这一个字沉入梦境。无论是半夜三更，还是鸡叫黎明，梦中的家文化背景和一个哪怕小小的闪亮启迪，我均会冒着深夜之寒披衣而起，或床头记载，或伏案创作，直到家人将我从笔耕中唤醒……

我哭了，我流泪了，在研究、创作家文化的痴迷之情中，常常不由得牵动着我一个离乡游子对家、故乡、老灶炊烟和母亲的思念。

我三岁丧父，家境贫寒，兄弟姊妹七个，母亲像一只母鸡领着小鸡觅食一样，艰辛着，苦劳着，哺育我们长大。因为我排行老七，年岁最小，倍受母亲和哥嫂姐姐的呵护。更让我庆幸的是，不识字的母亲，竟然让我到本姓家族七叔家去习写毛笔字，才使我有了六岁习书法、九岁习音乐的童子功。母亲去世后，我悲痛欲绝，跪倒在泉城济南的千佛山下，向着母亲永远沉睡安息的地方，号啕大哭。悲痛之声，在千佛山下回响。游人把我从山坡的草坪上搀起，我全身上下沾满野草，写下了赤子祭母的诗篇……

家，妈妈在哪哪是家。妈妈不在人世了，妈妈的坟就是家。离家千山万水，回家只有一心。我每次回到故乡，走到村头，看到儿时奔走的弯弯小路，妈妈就安息在那小路旁边的柏林里。走进故乡的第一步，就是来到妈妈的坟前，好像儿时回到母亲的面前，跪哭着汇报远离母亲的心思……

深夜中，我写下《别忘了妈妈的摇篮曲》；黎明时，我写出《妈妈在哪哪是家》，一面写词，一面谱曲，字字热泪，声声悲凄。深夜思母夜难眠，伏案写父父无声。当我深夜写下《家父的背》这篇长文时，我情不自禁地号啕大哭，追忆我三岁时父亲重病咽气的情景……

《老家》《故乡》《老灶的炊烟》《老枣树下》《母亲》《家父的背》，这一篇篇动我心弦的作品，都是出自我八千个深夜和黎明的泪墨。

深夜中，我创作《家里的好声音》词曲数十首；深夜里，我写下家道文百篇；黎明时，我记下深夜的梦；天亮时，我笔下凝聚中华复兴魂……

我立志，前半生 60 年为国为民干好本岗，退休解甲归田心不亏；后半生，为福为梦传承国粹再挥毫，浓墨重彩书写一个字——“家”。

家魂、国魂、我之魂，家兴、家福、我之梦。我崇尚家的核心价值观只有两个字——幸福。

这就是我八千个深夜与黎明，通向祖国大地四亿三千万个家庭的梦与魂！

几十年来，我紧紧握着手中的笔，书写着心中的梦。

老灶的炊烟

离开老家已五十多个春秋，在我幼小清晰的记忆中，总是天天跟着母亲锅前锅后地来回转。因父亲去世早，母亲为了养育我们兄弟姊妹七个吃尽了苦头。一天三顿饭，一顿不可少，母亲总是屈身埋头在那老锅灶前，不断地续着干柴，灶上灶下、锅前锅后地拭汗忙碌。一到阴天下雨，雨水打湿了烧柴，难以燃烧的柴火好似燃放的烟幕弹，呛得人睁不开眼睛。

岁岁月月，母亲的黑发被那浓浓的炊烟渐渐熏白，我们兄弟姊妹七人也在这锅台前慢慢地长大。

这锅台的炊烟，是点燃母亲对后代殷切希望的圣火。这锅台，是母亲一日三餐凝聚对儿女们至亲至爱之心的温暖平台。在这里，全家老小挺起了相依孝爱的脊梁。

我铭记着厨屋门角的那口水缸，那是家兄、家姐、家嫂争抢劳动，为母亲增添力量的地方。缸里的水一旦少于半缸时，大家就会争先恐后地去抢扁担，到村头很远的老井去打水。唯有我年幼，放学回家，总是不放书包，先到那大缸前拿起那个葫芦瓢，深深地在缸里舀上一瓢清凉井水，咕咚咚灌进肚肠。真是痛快淋漓，那种感觉，简直赛过美酒。

小时候，我好奇地问母亲，这老锅台旧了怎么不另垒新灶？母亲说，这锅台是她的婆婆进门时就有的，是祖传老灶。这锅台养活了几辈子人，算起来应有百余年的历史了，不能拆。除了锅台，还有一盘老石磨。奶奶说，她进这个家门时，她的婆婆在这个磨道里整整推了四十年。奶奶在这个磨道里也推过四十多年，一代代的婆婆、妈妈们，用她们那双铁脚千百万圈地转，把这个家传承下来，到现在已是第六代了。这盘老石磨是与家里的老灶配套的养家的珍宝。

几十年后的今天，当我回到老家，惊讶地看到这锅台依然保存完好。

它依然燃烧旺盛，老奶奶、奶奶、母亲、哥姐、嫂子……儿女、侄孙、重孙，六七代人一代一代地幸福、兴旺、美满，功劳全归于这座老灶和一把柴一把汗日日顿顿操劳于老灶的代代母亲。

老灶啊，功勋老灶，那斑斑的痕印铭记着这个家世代进步的脚印；那微微斑驳脱落的台面，清晰地记载着这个家发展历程的沧桑，这缕缕的炊烟永远标志着这个文明之家的兴旺。我告诫着后世家人，别拆它，让这座年轮深嵌的老灶永远旺燃，它象征着这个有传统文化的家，在乡村的黄土地上永远光彩。

农家老灶，永远燃放着乡村岁月的激情，点燃着现代农家幸福的希望；老灶的炊烟，是我一个个在老灶前成长的家人永远的怀念与骄傲；老灶炊烟，总是鼓舞着这个家的成员们为了梦想而勇往直前。

母　亲

——写给祖国亿万个慈祥的母亲

母亲是大地，她无怨地繁衍着家的禾苗，承载着春夏秋冬、风雨霜雪、丰收与歉年的考验。

母亲是大树，根植深土，支撑着家，滋养着这棵树上的花朵与硕果。儿女就是那朵朵鲜花个个硕果，在吸吮着母亲的根汁渐渐长大。

母亲是蜡烛，无私地燃烧着自己，照亮儿女后代人生的道路，直至奉献自身，化为儿女们的“情”“恩”“孝”“爱”和永恒的记忆。

母亲是工匠，老花镜下那双勤劳不知停歇的手，千针万线，一层层鞋底把儿女们垫高。她是雕琢儿女们成长的巧手工匠。

母亲是儿女的第一任老师，从儿女诞生的那天起，她就承担着养育教化的职责，不断哼唱着家风、家训和让儿女快快长大的摇篮曲。

母亲是江河，日夜奔流，承浮着一叶小舟的这个家，让儿女们千帆竞渡，乘风破浪，风雨无阻，向着传承、兴旺进发。

母亲是大海，能纳百川，对这个家里的成员，心胸宽阔，包容家里儿女的一切一切。

母亲是水，利万物而无求不争，化百态而不变其品；化云升天为环宇增彩，化雨落地刷洗大千世界，化露潜夜润物无声，上善若水，从善如流。

母亲是山，无限的风光，千姿烂漫，是家与儿女们人生攀登的阶梯，是家庭成员伟大品格的象征。

母亲是一个静湖港湾，是儿女家人行舟归来的避风港、歇息地，是温暖的怀抱。

母亲是一个俱乐部主任，儿女们和家人的欢笑、快乐和无限的情感交流，都是因为这个热心的主任在用心地主持着……

千针万线寄深情

母亲推磨图

母亲是个八味瓶，承装着家里儿女们的成长、传承，人生的八面风雨、四季春秋。酸、甜、苦、辣、香、臭、涩、咸，她都要经受。

母亲又是一个垃圾筒，无怨地接收着儿女们日常生活中因烦恼不快扔来的情绪垃圾。

母亲是峥嵘岁月，弯弯的身躯时时刻刻、月月年年，在证实着家人的奋斗、成长与快乐。她那布满老茧的双手呈现着这个家世世代代的艰辛，满头的白发显示着这个家兴旺传承的沉重心思。母亲深深的皱纹，显现了这个家岁月犁铧的耕耘。母亲的背影，就像一部家谱，写满这个家的爱、孝与情的史话。

母亲，伟大的母亲！

一个个母亲，年龄虽不同，但心与爱相同；

一个个母亲，虽贫富不同，但一直为家奋斗努力的坚强相同；

母亲无论身体健康如何，但总是牵着儿女及全家的手相同；

呜呼！母亲是一卷爱的百科全书，母亲是永远诵不尽的诗，唱不尽的歌。

母亲，万岁！万岁，母亲！

家父的背

一个家呀，上有老下有小，父亲就像一个挑山工，无论多么的苦累艰辛，他均会挑起一副重不可卸的担子，坚持向上、向前，向着这个家的高峰，一步步地跋涉。家父，就像个“挑山工”。

家父的背是一副“铁背”！

合金铸成的汉子的脊梁。这个家无论责任多重，多么艰辛困苦，他从不含糊，把担子挑起，永不逃避，永不放下，自信地扛起家这座大山。

家父的背像个“千斤顶”！

他下立着地，上顶着天，生命就在家的天地中，彰显着无穷的力量，不折不弯。

家父的背像一架“桥”！

他用自己的身躯，把儿女们一个一个送到事业成功和人生幸福的彼岸。这座桥永不垮塌。

家父的背像座“大坝”！

他为了这个家，挡着一切来犯的恶水、外患，确保这个家的平安与幸福！

家父的背像一座“山”！

这个家就建在最风光、最美的山前。父亲，既是家的怀抱，又是家的靠山，一家老小分享着山的无限风光，度过快乐幸福的年华。

家父的背像一条“路”！

为了这个家，坦躺着自己的身躯，让儿女们学会爬行、站立和奔跑，承载着这个家所有美好的梦想，指引着这个家前进的方向！

家父的背像一座“驼峰”！

父亲

这个家无论是在大漠、在沙丘、在海角、在天涯，他均坚定步伐，把儿女和全家拥簇在自己背上，一步步向着拟定的目标脚步坚实地进发！

家父的背又像一个“游戏场”！

从被幼小儿女们抓着头发在自己背上骑着、扛着，到趴在地上让宝贝儿女自由地上下玩耍。孩儿们号称“骑大马”，您还仰脸笑问道：孩子，好玩吧，开心吗？……

呜呼！

父亲呀，父亲！您是如此的坚强，您是如此的忍耐，您是如此的自信！

我长大了，当我看到夹在书页里小时候妈妈给我拍摄的骑在父亲背上玩耍的照片，我号啕大哭……父亲！是孩儿不孝，您为了这个家，尝尽千辛万苦，为了全家人糊口，宁愿当牛做马驼背拉犁，挣钱、挣粮、挣米面油盐养活这个家，干完活回到这个家，还为了幼小的儿女开心，甘心快乐地趴在那冰凉的地上“当牛做马”，无怨无悔，让孩儿们任意地爬上爬下——“骑大马”！我甚至还不断地拍打着父亲的屁股，吆喝着：驾！驾！

父亲呀，父亲！我怎么这样的不孝，我怎么没一下子长大！

可怜天下父母心！父亲，您对子女的爱，我们全收下！

父亲，当您老了，我要用您给我们铸就的“铁肩”，背着您，到祖国最美的地方，看看祖国那海、那江河湖泊、那长城和秀丽河山，看看那光辉灿烂的中华文明；看看育养您的那小山村、田园和那所老房子，让您情归故里，坐在奶奶常摇着纺车的那棵老枣树下；凝望着那老灶的缕缕炊烟，等待着您的妈妈温馨的呼唤：孩子们，开饭啦！

啊！父亲，父亲！您这个“挑山工”该“下班”了，您那被担子压满疤痕的肩膀，该修复修复了。请放心地把这副担子承传给我们，有您勇挑重任的榜样和对我们持之以恒的历练，为小家、为大家、为国家，这个家的家风、家训、家誉、家德和家的孝爱永不会失传！这个家的挑山工精神不朽！梦想，是力量的源泉。

家父万岁！

伟大、可敬的“挑山工”！

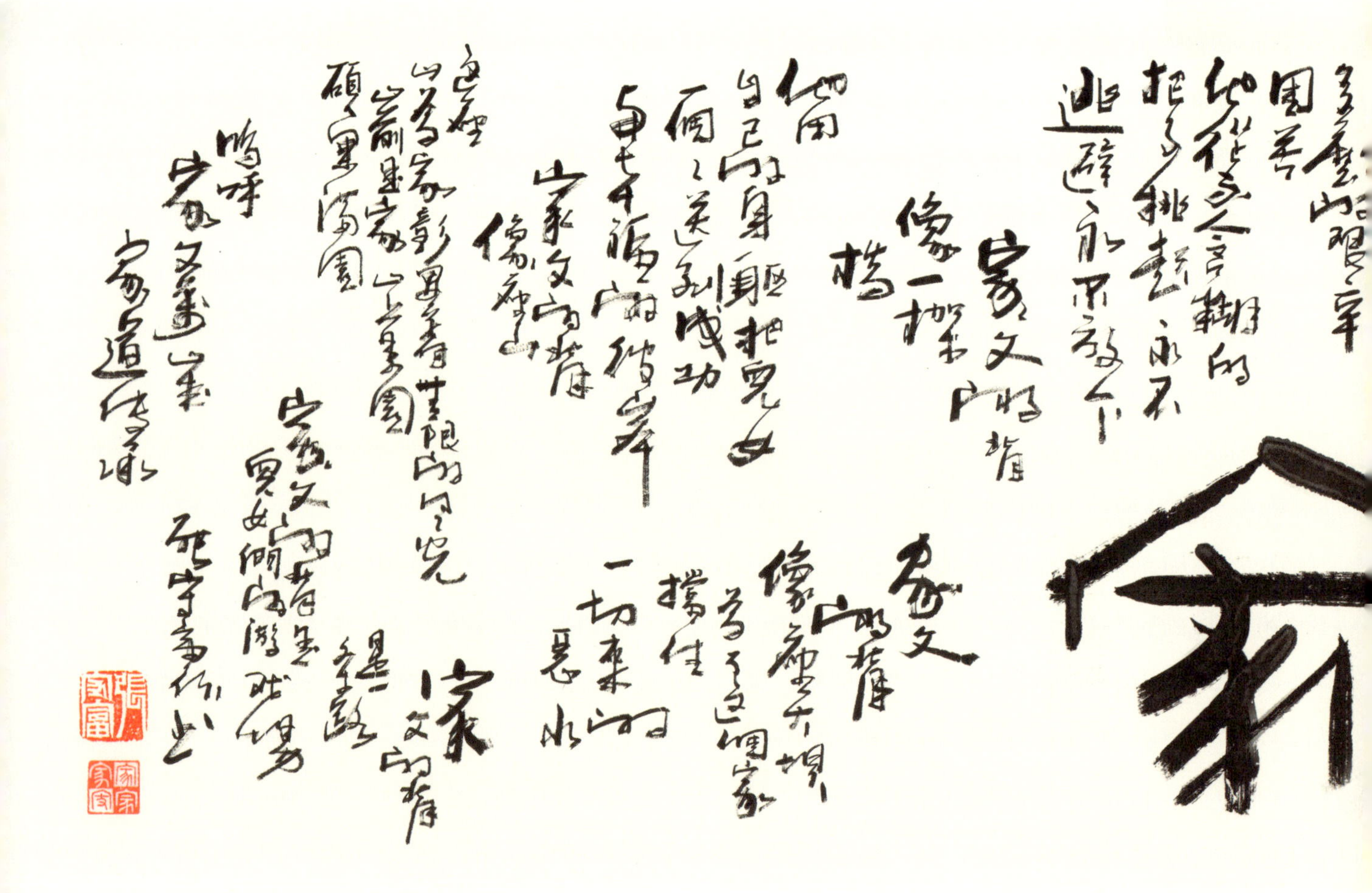

家文化巨幅书法作品

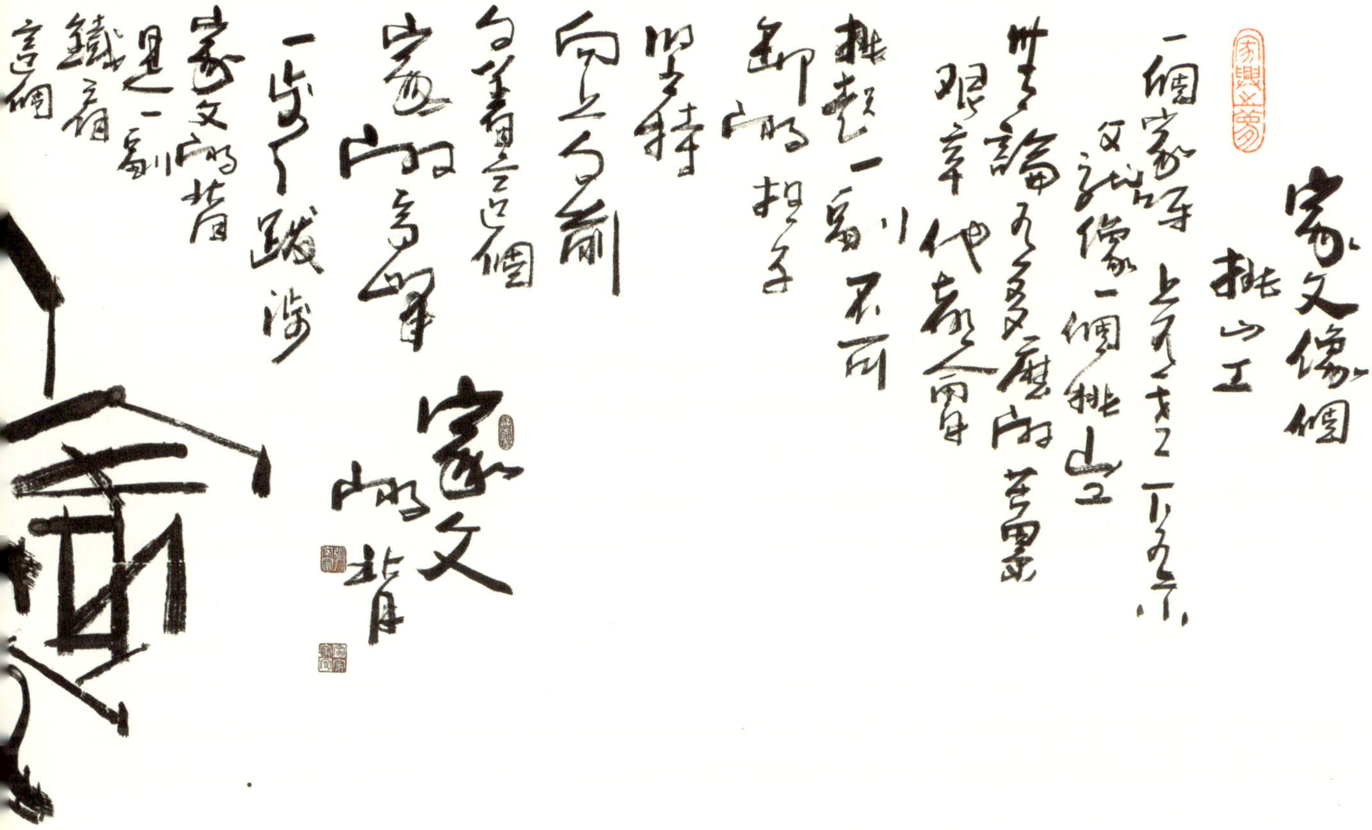

家是什么？

“家”，在中国有着特别的意义，从家庭到家族、姓族，再到民族、国家，国人以“家”为纽带、为轴心，立命安身，构建社会，管理国家，治理疆域，代代世世传承连接。家庭是社会的细胞根基，国家是小家的总和，家文化是中华文明的精髓，是民族的灵魂、核心支柱，是融汇亲情，凝聚爱情，稳定社会，化解矛盾，教化后代，传承家誉的主体。国的核心价值在于家，亿万个家；家的核心价值是幸福。弄清何为家，就弄清了国家民族的核心价值观。

朋友，中华多民族是一个家文化的大千世界，对家的概念有着丰富多彩的深刻的描述和定位，这些对家的定位概念与描述您最喜欢哪几种？

有从家庭生存空间、人性本能上的，有从功能上的，有从文学的比喻上的，有从情感上的，有从哲理上的，等等。你能分辨出以下“家”的概念的本义吗？也圈出你最喜欢的家的概念。

家是全地球七十亿人崇尚、追逐并为之奋斗的一个字。

家是人类繁衍生息的最基本场所、出生地、生命的摇篮。

家是人生心灵驿站，灵魂的栖息地。

家是生命成长的沃土，生命吧。

家是妈妈的怀抱。

家是爱如潮、情如水，滋生幸福的乐园。

家是全家人的窝，归宿地。

家是一坛浓浓的老酒，滋润家人的芳香。

家是激情燃烧的火炉，熔炼着一家人的心。

温馨的港湾

家是出生入死的生命谷。

家是家人舟船回归的避风港，温馨的港湾。

家是人生梦想的酝生地，夫妻共同编织着一家的梦想之园。

家是人生旅途最温馨的终点站，难舍难离，安宁奔去天堂的送行站。

家像一块磁石吸引着一家所有人的心。

家像北斗星，为全家人指明方向。

家是一家老小的精神乐园、笑园、哭园、悲伤泪园。

家是酸、甜、苦、辣、香、臭、涩、咸的八味瓶。

家是家人的大本营，是生命、发展、传承，是倾注心力、辛勤创业的基地。

家是一棵树，父亲是根干，履行着对家的支撑；母亲是树衣，实现着对家的包容与滋润；子孙像枝叶、花蕾，吸吮着根干的营养，逐日壮大，硕果累累。

家是一个缤纷多彩的光环。

家是金线、银线、钢丝绳，紧绷绷地牵连着一家人的心，是每个家人紧握的锁链，前进的扶手。

家是家人的幸福天堂。

家是四邻、亲朋好友的高级会所，快乐网吧。

家是一根藤，紧紧围绕着国家这棵大树，枝繁叶茂、开花结果。

家是缩小的国，国是放大的家。

家是民族、国家文明发展的细胞和基础单元。

家是一本书，充满着美丽的史话、歌声、诗韵。

家是一桌美味大餐，让全家老少度年华。

家是大海、江河，也往往是草原、沙滩。

家是专业人群崇尚事业与梦想的阵地。

家，政治家、科学家、军事家、哲学家、教育家、医学家、经济学家、艺术家……各家的最珍贵借代符号——家。

家，国家的管理网络与支撑的骨架。省、市、县、乡镇、村，部、委、局、群、团、校，工、农、兵、学、商，一业一行，一行一家。

家，是人类天地纵横、民族生息繁衍的天下。

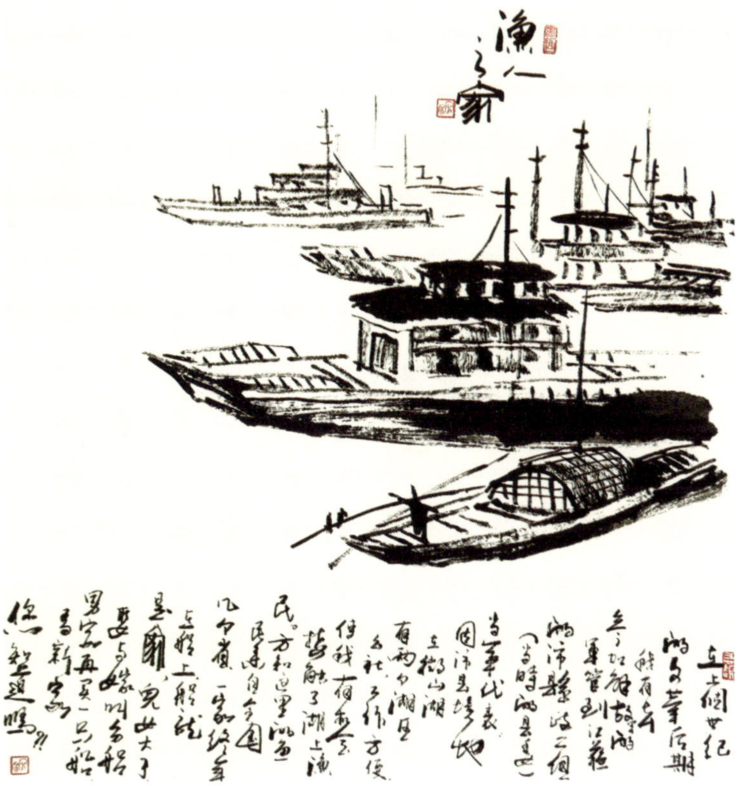

舟船归来的避风港

温馨的港湾

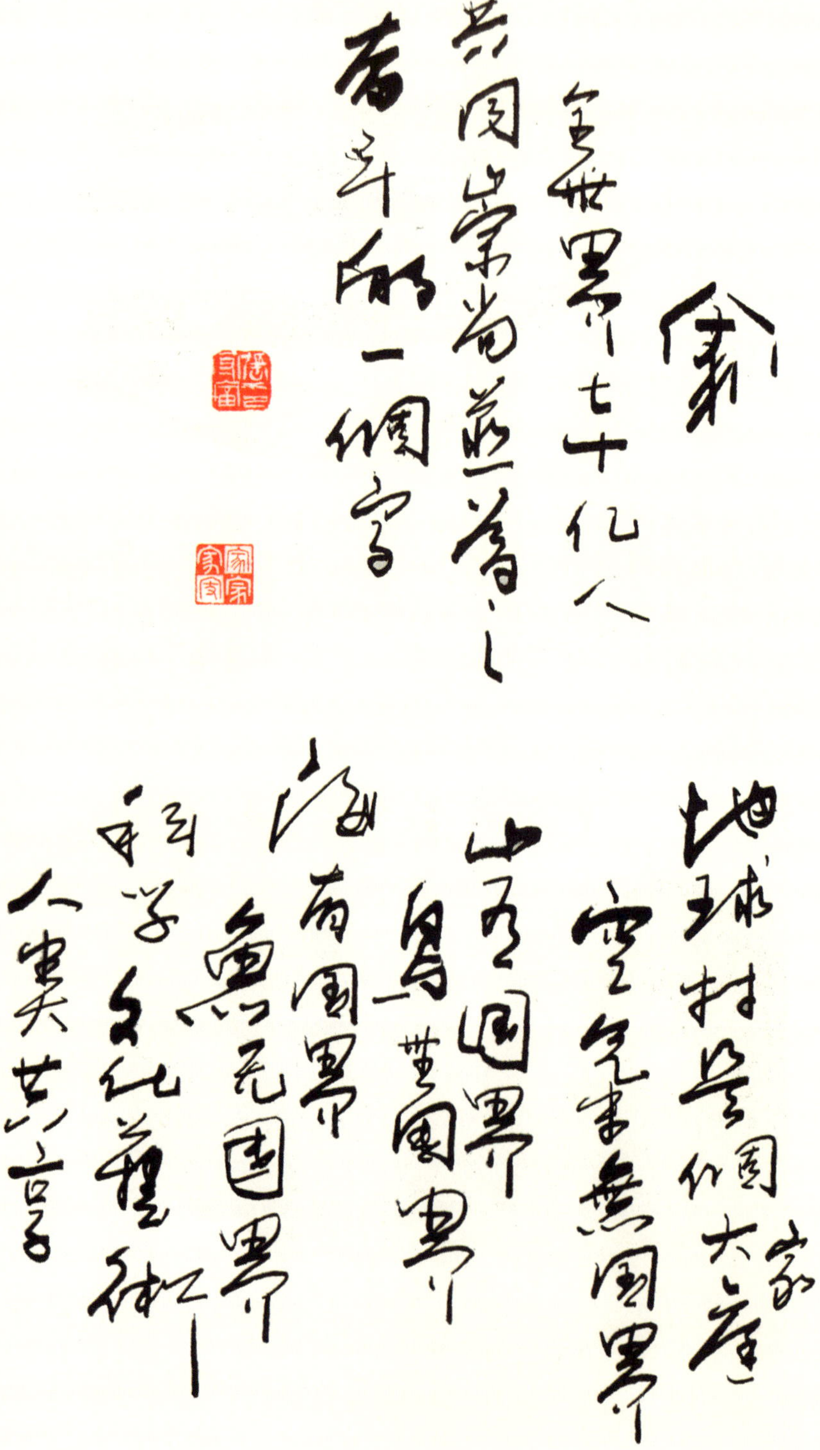

家——全世界七十亿人共同崇尚并为之奋斗的一个字，地球村是个大家庭

思念的泪花

记得母亲去世的时刻，正值中国的植树节，我正在当时的工作单位——山东省计量科学院大门旁，与同事一起一锹锹挖着树坑。当时接到母亲去世的噩耗，我没顾及身旁众多的同事，大声地哭嚎不止。同事拥围在我的身边，劝我节哀，接下我手中的铁镐，要搀我回院返乡办理母亲的丧事。悲痛中，我拨开温暖的人群，拿起长长的大镐奋力地挖下树坑，把一棵最旺的梧桐树苗栽下，亲自提了三桶千佛山下潺潺的清泉水，浇灌在那有特别记忆的梧桐树下。

时间一晃快三十年了，我亲手栽下的载有特殊记忆的那棵法国梧桐，已经是叶茂干粗、根植大地。我每次路过这里都会停下，肃立在那林荫下，看着那树下人们踏亮的小路，深思那挥泪植树的情景和对母亲的思念。每每望着那高耸入云的千佛山青松翠柏，母亲安详的面容总是浮现在眼前。

每每墨流心语写下祭母诗篇，总是流淌着思念的泪水，甚至有时不敢反复读写下的祭母诗文，因为往往止不住那股涌泉般的泪水和挥之不去的思念……

叩首母亲

——祭母（一）

我出生在乡村，三岁丧父，母爱情结甚重，思母之情难以言表。

庄稼吸吮过您枯竭的汗滴，
烈日蒸烤过您瘦弱的身躯。
锅台曾凝聚过您对后世的希望，
自己却把剩饭咽进肚里。
布鞋底下扎满岁月的针脚，
一步步垫高三岁丧父的儿子。
煤油灯把您的黑发慢慢熏白，

倔强的脊梁却教儿渐渐直立。
尽管有兄长嫂姐的百般呵护，
年近九旬的您仍呼儿乳名万念千思。
儿在外天天过年您却揣糖等盼，
中秋月饼放到立冬还留给儿吃。
老枣树的枣子红了，您企盼着儿子归来。
儿子的军衣一套又一套，您仍给儿缝着粗布衫衣。

儿的欢乐是您脸上的微笑，儿的困苦是您眼里的忧郁。
双目近盲的您把儿看得透亮，千里之外的您想着儿的住行食衣。
生活好了您依然晚睡早起，儿孙满堂了您还是自食其力。
您让长大成人的晚辈问心有愧，您让远离身边的儿女矢志不渝。

一杆秃笔二根弦　浓墨强音颂母情

——祭母（二）

母亲，您还记得我六岁上学时，您到本家书法秀才七叔家，给我求得的那支秃了尖的毛笔吗？

您嘱咐我，好好写毛笔字，长大当书法先生。

儿记住了，从六岁起苦练毛笔写字，

可写了六十年，还是写不到您对儿期望的那样，

但我牢牢记住母亲一语千金的话。

母亲，您还记得儿九岁习音乐，在堂兄荣哥家拉板胡吗？开始，您笑着说我拉板胡“像杀猪一样”，有了您的激励，我苦练死拉，终于走上了文艺演奏的舞台。可我拉了六十年……

要不是会写毛笔字，会拉板胡，我就没有不满十七岁被破格应征军旅，走上军旅文艺舞台，一干就是八年的机遇。是一

支笔、二根弦使我走上艺术人生的生涯。

母亲，我要用您给我求得的这支笔，在万里蓝天上写下您伟大的母爱；

我要用这支笔，在万仞山峰上写下对伟大母亲深深的情怀。

我要用这支笔，在大海的万里沙滩上，写下对您永久的思念。

我要用这支笔，在自己的心胸上，深深地写下孝爱的丰碑。

母亲，我要用那九岁习音乐的两根嘹亮爽朗的琴弦，

永远高奏母爱的神曲。

我要把我躺在摇篮里您哼教的充满母爱的摇篮曲，

传播千家万户，万户千家，

把母亲在摇篮里对儿女殷切期盼之良苦衷情发扬光大。

儿女们长大了，妈妈老了，走不动了。

我要把妈妈放在那幸福的摇篮，

永远把母亲的恩情与怀念，装在心窝。

万岁！伟大的母亲！

过了清明盼除夕

——祭母（三）

祭文背景：

2012 年壬辰龙年，我与全家去三亚度春节假日，按每年的习惯，除夕，首先要到妈妈坟前烧香叩拜，但由于和女儿商定在年初一上午到三亚的南山上香祭母，晚上即免去了多年来除夕晚先给母亲叩拜的程序。睡梦中，我梦见母亲在我当兵时期笑迎我回家过年的情景。夜半惊醒，像往常一样，凡梦见母亲笑，我都会马上思忖自己的行为或过失。深夜中，我躺在床上辗转反侧，敏感地意识到虽然计划初一一大早到南山上香完成祭母心愿，但除夕夜没有给母亲上香似乎不该。我立刻更衣洗面走进门厅，没有开灯，向着母亲安息的方向深深地叩拜。尽管如此，我还是检讨了自己从未有过的过失，夜半挥泪提笔写下了祭母之文。

二〇一二年壬辰龙年

除夕夜半于三亚南山之下凤凰水城

祭 文

娘！

自从您仙逝那年起已是近三十个冬夏，我还是天天在想您。

每到清明那天，无论儿离您多远，总是步履匆匆奔向您安息的坟林；中秋、除夕，儿无论在哪里，总是携全家向您安息的方向焚香跪拜，泪下如雨……

一炉高香，祝福您永远安息。

娘，您知道吗，虽然您老人家离开我们近三十年，而我们除夕夜的饺子，第一碗还是您的。

儿有了喜事总想让您先知道，儿有了困苦总是到您坟前哭诉！

娘！在您面前，儿像个永远长不大的孩子，还是那么的幼小，您千万别笑儿子没出息。

这辈子，无论什么人、什么事，多么重要，能让我天天骄傲，天天欣慰，天天快乐，天天流泪的唯有娘您！

今天又是除夕夜半人静时，我泪浸枕被，儿在梦中正在向娘磕拜！

娘，您还像每年一样，从衣襟里掏出那贺儿岁岁平安的红包，含着百般殷切的期望，说出微笑的话语。

娘，还有一件心事终生让儿不得平静，那就是我一生只会叫娘，哭您，喊您，从不会叫爹，儿长年内疚，忧郁！

因为儿三岁丧父，的确对爹的模样面容无记忆。

您在天堂爹面前多为儿美言几句，儿子年幼，在不满三岁时，爹病故上路，是您怕爹把最小的儿子带走，用一条长长的红绳，把我拴在咱家的磨道里……

您的儿子像小草，像山涧里一根瘦竹，总是生长在小路旁的石缝里。

还好，一个本分人家的孩子，还是因为从小有二老本分忠厚家教的底蕴，儿子坚强，凭着犟牛劲，硬硬扎生着根基。

娘，您是否还记得，小时候因为我调皮在外边跟人家打了架，你得知后用你肩上擦汗擦泪的毛巾抽了我的头，不小心，抽着了我的眼睛，我尖叫着，死都不会屈服低头半分。后来是嫂子对您求说，是别人家的大孩子欺负了我，不是我的错，您才把我紧紧搂在怀里，倾听着我的委屈。

儿到哪里都不向邪恶低头，是您和爹主持的这个家给儿的骨气。

娘，您放心吧，在您的教养下，儿子从一个泥孩子学书习艺，经过了军旅的历练洗礼，在人生的耕耘拖犁中，儿子都像牛一般，从不惜力。

为官为人，人民说我是儿子，领导说我是干将，朋友说我是哥们，家里赞我不容易。

娘！

说着就像在眼前，儿已六十有余，现已幸福退休，解甲还原“田园草堂”——辛勤耕耘的一方沃地。留下的还是一身傲骨，一身正气，还有那您从小让我习练的书法和音乐。儿有一个好家，两个好女儿：一件“护身小棉袄”，一件“防寒防暑风雨衣”。

娘，安息吧！

您在天堂和民族大家庭同享平安、幸福与微笑吧！

您的儿子，永远会牢记那与您相亲的清明与除夕！

不孝儿子于三亚

壬辰龙岁除夕夜半

妈妈在哪哪是家

家魂粹语

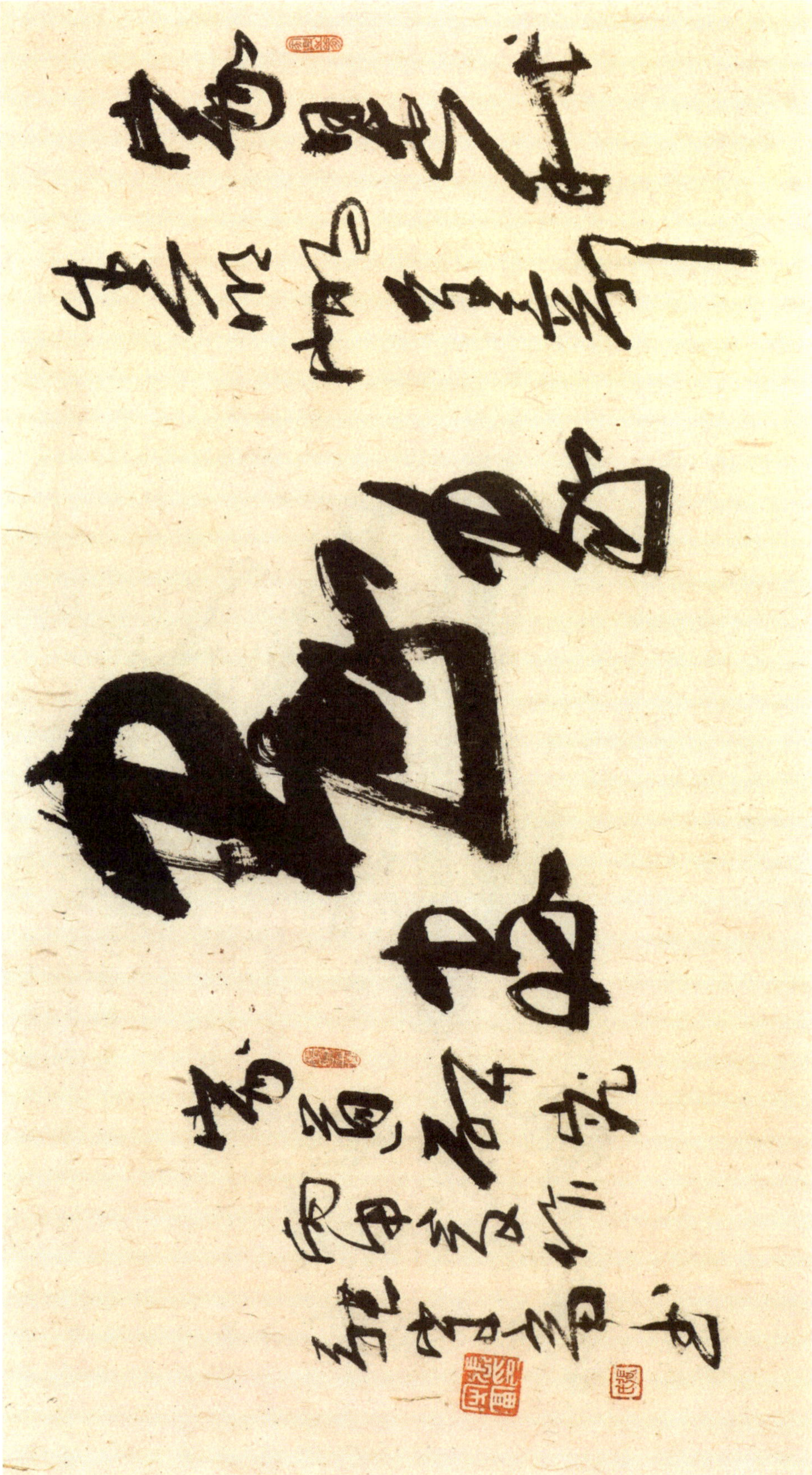

家，是我生命的全部

永远不忘回家的路

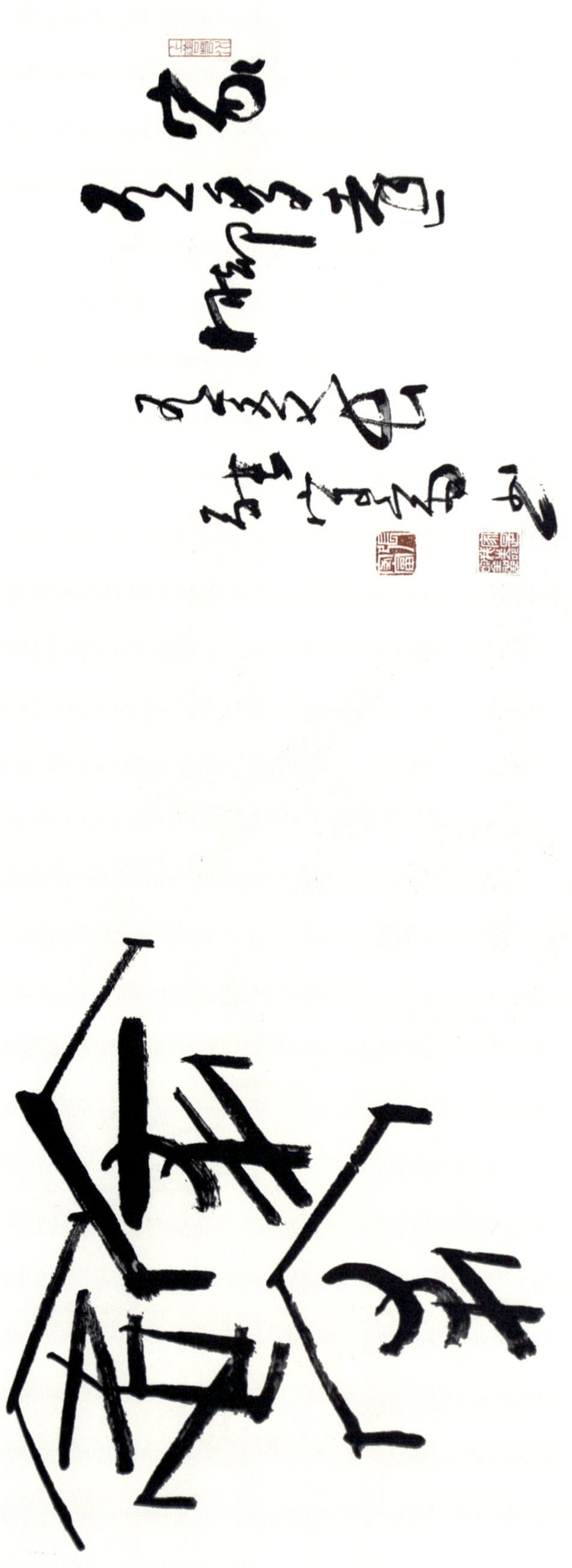

家有多远，脚有多长

离家千山万水，回家只有一心

游子天涯海角，千山万水归家来

家之源

家从远古走来

探索家的起源，绕不开人类起源的话题。

——题记

人类起源

自从达尔文创立生物进化论后，多数人相信人类是生物进化的产物，现代人和现代类人猿有着共同的祖先。但人类这一支系是何时、何地从共同祖先这一总干上分离开来的，什么是它分离开的标志，原始人类又是何时、何地转化为“真人”的？一系列问题都有待回答。

起源与足迹

不少人认为，理论上应将人类起源过程分为三大阶段：古猿阶段；亦人亦猿阶段；能制造工具的人的阶段。后阶段包括猿人和智人两大时期，它们又分为早期和晚期两个阶段。

1859 年，英国生物学家 C.R. 达尔文出版《物种起源》一书，阐明了生物从低级到高级、从简单到复杂的发展规律。随后，他又出版《人类的起源与性的选择》一书，列举许多证据，说明人类是由已经灭绝的古猿演化而来的，但他没有认识到人和动物的本质区别，也未能正确解释古猿如何演变成人。恩格斯提出了劳动创造人类的科学理论，他曾写《劳动在从猿到人转变过程中的作用》一文，指出人类从动物状态中脱离出来的根本原因是劳动，人和动物的本质区别也是劳动。文章论述了从猿到人的转变过程：古代的类人猿最初成群地生活在热带和亚热带森林中，后来一部分古猿为寻找食物走出森林，进入平原活动，逐渐学会用两脚直立行走，前肢则解放出来，并能使用石块或木棒等工具，最后发展到制造工具的过程。同时他认为，类人猿的身体包括大脑都得到相应的发展，出现了人类的各种特征。他把生活在树上的古猿称为“攀树的猿群”，将从猿到人过渡期间的生物称作“正在形成中的人”，把能制造工具的人称作“完全形成的人”。人类化石材料的不断挖掘和发现，测定年代科学方法的不断提高，对人类起源的认识亦不断深化，人类起源与发展的线条也逐步清晰起来。

关于发源地之说，有欧洲说，有亚洲说，有非洲说。究竟是哪一地区？是在非洲，然后走进亚洲，还是先在亚洲？这一直是古人类学家争论不休的问题。1924年考古学家在非洲发现首个幼年南猿头骨，后来又发现了一系列的人类化石，化石构成了一个相当完整的体系。

人类起源也有各类说法：有进化说、次元说、生命说、能量说、基因说、细胞说、神话说、外星说、海洋说、动物说、太空人后代说、海陆双祖复合说、外星人与古代森林猿的结合说等。

根据各地出土的人类化石文物，科学家对人类起源、探源的研究已经追溯到3亿多年前。不少学者专家认为，颌的出现在脊椎动物发展史上是一次意义重大的飞跃。

在近现代的研究发掘中，非洲是人类的摇篮说首先是由达尔文提出来的。海格尔在1863年著的《自然创造史》一书中主张人类起源于南亚，还绘图表示现今各人种由南亚中心向外迁移的途径。人类的摇篮随人类化石的不断出土，出现了各派之说。

西欧也曾一度被认为是人类的发源地。其中包括猿人阶段的海德堡人。随着新石器时代人骨发现的增多，欧洲布满了古人类的遗址。当时除了爪哇猿人外，在亚洲其他地区和非洲还没有找到过古人类遗址。但随着亚非两地更多人类化石的发现，人类摇篮欧洲说渐渐退出舞台。而后到了“北京人”的发现，不仅证实了爪哇直立猿人，也使中亚起源说有了重要依据。中国发现“北京人”化石之后，相继发现了“北京人”制作和使用的工具以及用火遗迹。

东非地区之足迹

正当人们左右徘徊时，发现了东非大裂谷，找到了不少非常原始的用河卵石或砾石简单打制成的石器工具，并发现了南猿头骨，称其为“东非人”。通过种种理化测年法，测定其生存年代为距今170万年前。

中国在近半个世纪也发现了大量有关人类演化的化石材料，在20世纪60年代，陕西蓝田公主岭和云南元谋大那乌发现了直立人类型的蓝田人和元谋人，他们距今超出100万年，后者甚至达到170万年，成为目前已知中国境内最早的人化石。在四川巫山县龙骨坡出土的一批早更新世哺乳动物化石，经测定其距今超过200万年。后在河北蔚县上新世地层中找到了一件距今300万年的石器。

关于人种肤色，不同的肤色与居住地有密切关系，居住在非洲的，因为阳光强烈，肤色便黑；欧洲人种因为阳光较弱，肤色则白；亚洲居中，肤色也就有别于非欧。

语言也是自然形成的。习俗亦与当地的自然环境有必然的关联。

关于人类，中国神话有盘古开天、女娲造人等。我认为，人的起源在世界多有神话，但古代人类起源还应从自然界与物质着手。

人类起源，从产生到进化，从群居的住所，山、树、洞、垠、窝自然的选择，到有性爱分居的意识产生，便走向家的样式，但这是一个漫长的过程。

家之源

万事皆有源，在探讨家庭的起源时，必须把握它可能的历史足迹。家庭的起源远远短于人类起源，家庭在人类社会的存在久远，在研究中，对起源有不同的推测与论证，并延伸出不同家庭的观念与文化。

对于家的起源，大致有这样几种说法：

一是判断推测法。由于人类家庭的产生远于文字记载，在研究中除了对有依据的人类文字进行考究，另一方法即是对文字产生前的情况推论与判断，并且这种判断是必要的，科学客观的。我认为，家庭产生的文字记载，远远短于人类家庭逐步形成的时间。一种社会形态的形成，是漫长久远的。

二是以出土文物为据的科学考察测定法，此法相对纯推测法，更有可靠性和科学性。

三是各家文理说法。

四是民间传说和文学演义。

我赞同前两种方法。家庭起源的考证，用天主、神论与意识形态和文学演义很难找到令大多数人信服的依据。诸如西方基督教认为上帝是一家之主，天主造人，并赐予家庭；东方中国盘古开天，女娲造人，祖先赐家等不同人类区域的演说，均不应作为人类家庭起源诞生的科学断定。

本人进一步认为，世界人类哪个区域发展得早，家庭形成得亦早，并且产生着不同样式和意识的习俗与文化。

就中华民族而言，据推判，四千年前出现家庭，这显然短了。据龙山文化出土文物判定，这个判定好像近乎有据，但据后来在山东出土的后李文化和其他区域出土文物的进一步考证，家庭的产生至少在八千年之前，甚至更久远。

随着出土文物的不断增多，人类与家的生发佐证亦会越来越多，故不宜断定家庭形成在四千年前之说。

我认为，中国家庭的形成是个漫长的岁月，在有文字形成之前，比文字形成之后的岁月更长。从古猿人类狩猎群居，到由于人类繁衍性本能到性选择，强者占有，亦是一个自然形态到意识形态的漫长演进岁月。猿人在性本能到性选择占有，到选择性爱与繁衍亲情意识产生，再到不同性爱群体各自本能选择住所，是家庭的一个飞跃发展。如选择洞涵、树上筑巢，地墒砌垒等，家庭生活单元就开始了。此时的本能的和有意识的人群关系也就产生了。这种初期家庭样式，在中国的奴隶社会之前，应当有相当长的阶段。

到了奴隶社会，奴隶与奴隶主的关系已经不是单个人的关系，而是霸主之家对弱小之家

远古人——树上之家

的奴役。到了封建社会就更是如此，不同政治经济条件下的家族、姓族，明显地组织着社会的进展和运行，也因此出现了诸如孔、孟、颜、曾等姓族大家名门和百家各立。

考证中国家庭的形成，从汉文字的发展着手，应追溯到图像图表、象形文字。图画先于文字，并且图像、图画、文字发展到有意识地创造文字也是一个漫长的岁月。人们常说的书画同源，第一原意应是如此。中国家庭分段与形态，我认为应是原始本能家庭阶段、原始有意识家庭阶段、奴隶社会家庭阶段、封建社会家庭阶段、近现代社会家庭阶段、当代社会家庭阶段。这六个不同时代的家庭样式、内涵、外延均有着较明显的区别或差异，每阶段均发生着质的变化。就文化而言，家庭文化自身随着时代的变迁和家庭内涵与形式的演变而演进。家庭文化与社会文化的交融也发生着极大的内涵与外延的变化 。

张、王、李、赵、周、刘、孙、姜……姓族成为姓族之家，包含名门望族；被借代延伸到学术名称的有政治家、军事家、科学家、哲学家、文学家、艺术家、医学家、企业家等；团体借代为青年之家、工人之家、妇联之家、工会之家、校园之家……

家字卷

“家”字考

我在主持文化大省修志的八年中，从历史文化和区域史志记载中，遇到了诸多关于“家”的历史文化的内容题材。尤其是在总纂《孔子故里志》的时候，我多次翻阅了孔家卷宗和家系祖谱大系，深刻体会到“家”与“家族”的关系，家族名人与家族繁衍兴旺的关系。从那时开始，我对家、家族、家谱甚至家坟、家林、家庙、家祠深有兴致，并下了不少功夫，去读懂“家”字，包括大家所知的百家姓、千家诗，甚至万家姓氏之研阅，获得了大量的资料和家文化的创作元素。

据《说文解字》所述和诸多历史记载，“家”字的含义有几种：房屋、庭院、族群、姓氏、亲缘，后延伸到区域、城市等借用概念，如张家港、王家营、朱家楼、李家庄等。

家的概念的形成不是单一的文字发展轨迹，而是体现民族历史进化发展，民族生存、生产、生活和文化意识同步而漫长的历史。当原始人类处在狩猎农耕时代时，计数常用结绳记数法，狩猎活动后，获得了不同动物就将它们画下来。我们常说的图表文字、象形文字，其实那不叫文字，而是画，所说的“书画同源”，我认为最准确的是要认定这个阶段。而后来所说的“书画同源”，即画中有书法之技，书法中有画技之功，则是另一个概念。画在先，而文字由画演化而来。“家”字之前，最早的形象就是画猪一类的动物的原像，后来为了简便而演变到象形字。这一发展，就应当是文字的开始。后来为书写的方便，将再次演变后的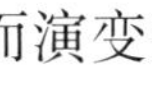字立起来为，后来人类有了祭祀活动，猎取当时最凶猛的野猪当祭品，摆放在洞穴、草棚或地窖里。所谓的为房，房下有猪为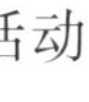，字也就是后来的“家”字。后来在不同载体上刻、雕、凿出字样，特别是在龟甲壳、兽骨、石头、钟鼎、竹简上记载下来，并发展成不同的书写字体如大篆、小篆、隶书、楷书、行书、草书……

随着汉字的进化演变和社会文化的发展延伸，使“家”字具有了宽泛的含义与概念。

读好家，写好家，建好家，用好家，享乐家的温馨与幸福，是人类崇高而广泛的梦想和追求。一家之言，浅见拙识，与广大朋友商榷，深读“家”根“家”源。

家，最早是指家族，秦始皇统一中国后，才渐指家庭的家，家园、国家。

从甲骨文的字形看，家是由代表屋宇的“宀”和下面的“豕”组成，说明了家族经济与畜养的关系。

研究表明，“家”字来源有诸多说法。

说法一：来源于族外婚姻，走婚的原始形态。女孩长大后，家族里的舅舅们为其盖栋房子单独居住，以便外族青年夜晚的拜访和居住，黎明时分外族青年必须回到自己的家劳动、吃饭、休息，与女方家族没有关系。女子有权拒绝男子的拜访和留宿。先民在圈养猪的时候发现，野公猪（豭）晚上会不请自来光顾猪圈而使母猪怀孕生下小猪。公猪与男子的行为相似，让远古的先民创造出“家”这个字，也就是“家”的由来。

说法二：“家”是人们避风挡雨、团聚栖息的寓所，是供人居住生活的地方。“家”字上半部是“宀”，代表房子；而下半部却是“豕”字，“豕”即是“猪”意。“家”字应是“宀”下有“人”，却为什么是“宀”下有“猪”呢？这与汉字的象形特点以及古人的畜牧生活有关。汉字区别于西方文字，在“形”“音”“义”三个要素中，“形”是最为重要的。“形”使人容易记忆、辨认，文意在字形里。如“囚”字，像筑起的围墙困住一个人，“男”字就是田间耕作的人等等。

说法三：“家”字是会意字，甲骨文写作“家”。它的外部像房子的形状，中间的部分像“豕”形，“豕”就是猪。上古时代生产力低下，打猎捕食的偶然性很大，生活没有保障。因此人们多在屋子里养猪备食，以防饥荒，房子里有猪就成了家的标志。猪也是很早被驯化的动物之一，在古人看来，光有栖身之处还不算真正有家，还要加上猪才行。有猪的家，才算富足安定。

原始社会时期，随着文明程度的不断提高，人类有了驯养动物的活动，且种类也逐渐增多。除了猪以外，还有诸如牛、马、羊、狗、鸡、鸭……这些被驯养的动物与人共在屋檐下，被视为家庭的宠物和朋友。

说法四：造字法中，“宀”是“穴”字的变形。在远古时代，我们的先民都居住在洞穴中，穴就是我们先民最初的家，因此先民在创造汉字时，“”也就有了“家”的含义。

猪的繁殖力与其他动物相比是很强的，不但一胎多子，而且生育的周期短，所以成为先民喜爱之物，成为人类大宠之物。故造字时，就在表示“家”字含义的“宀”下添一个“豕”字，赋予一个家族或一个家庭人丁兴旺、生活富裕的深刻含义。

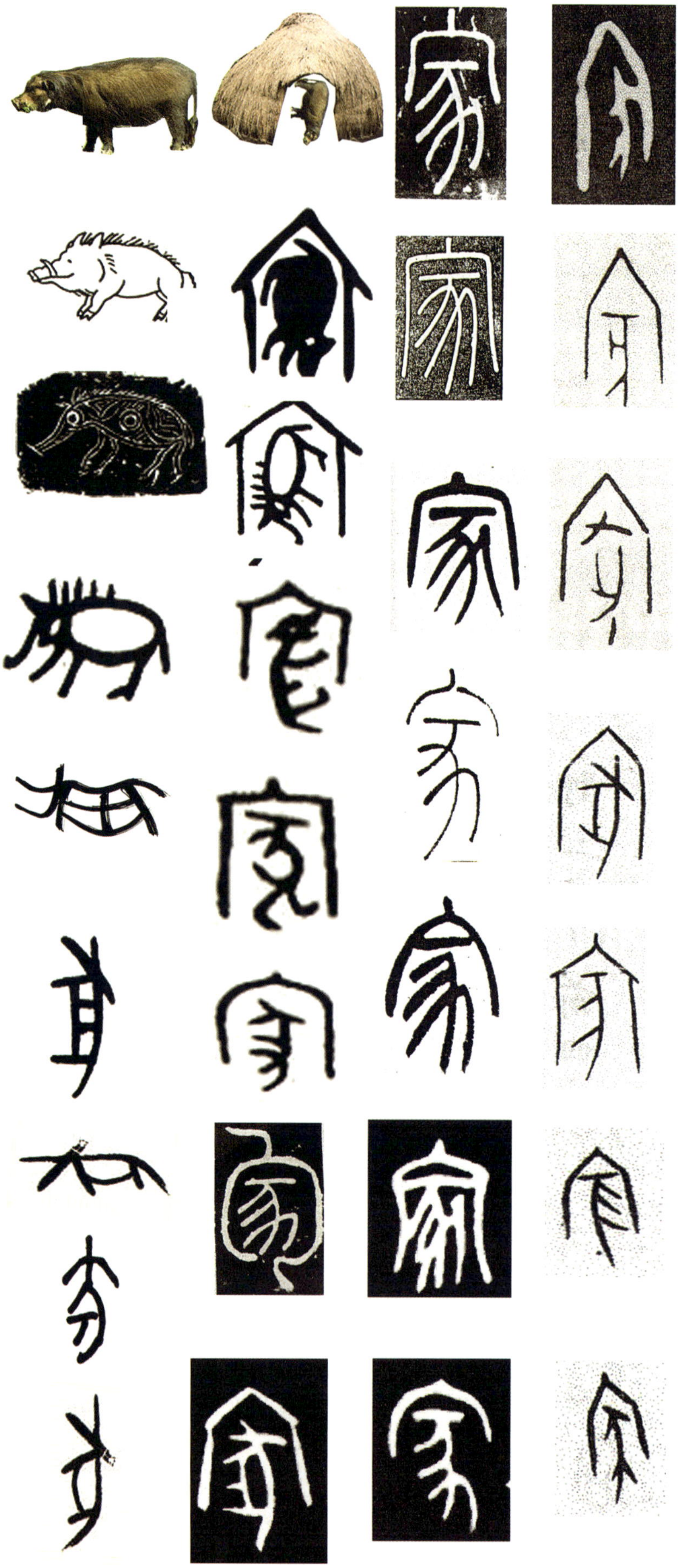

家字的足迹

家字的足迹

家字的足迹

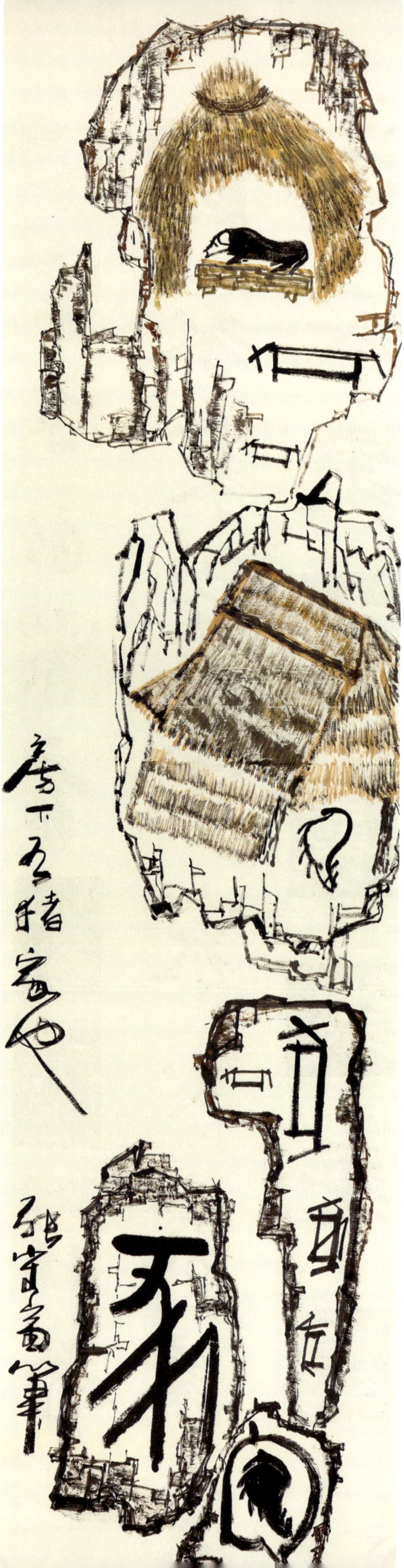

家字的足迹

家字的足迹

中華創造了人類文明甲骨展起不了家字的足迹硯雅齋書寫

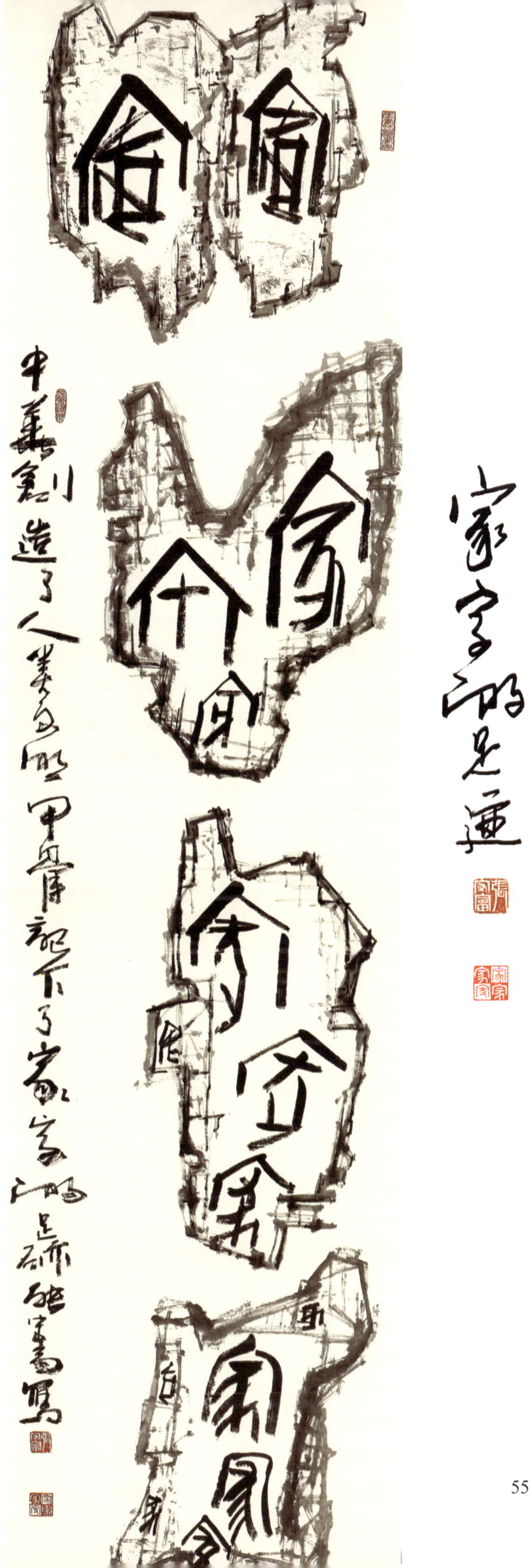

家字的足迹

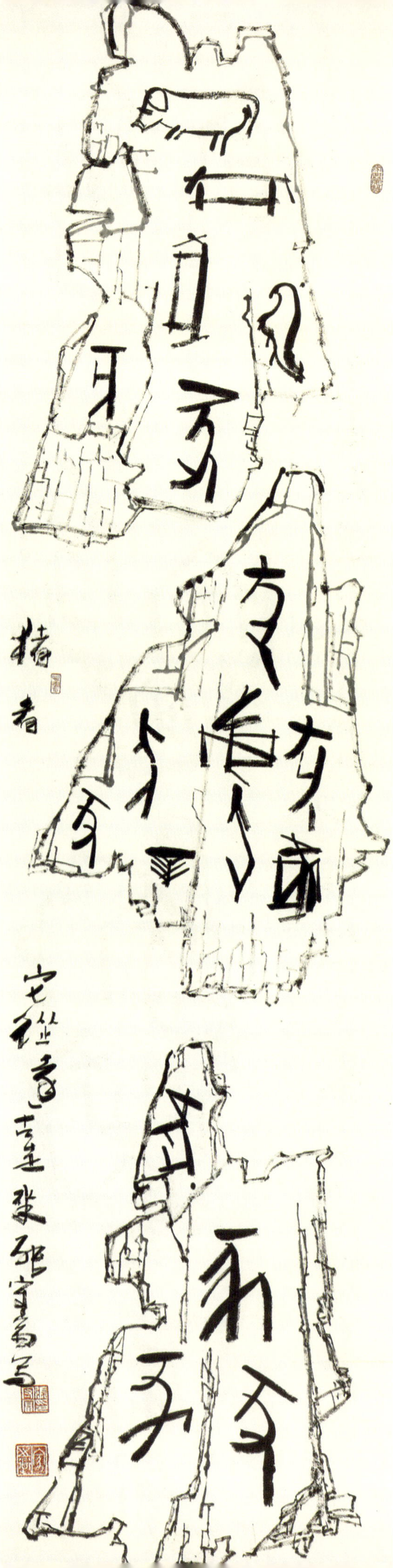

家字的足迹

张守富家字谱剪纸欣赏

家文化陶瓷口杯系列剪纸作品

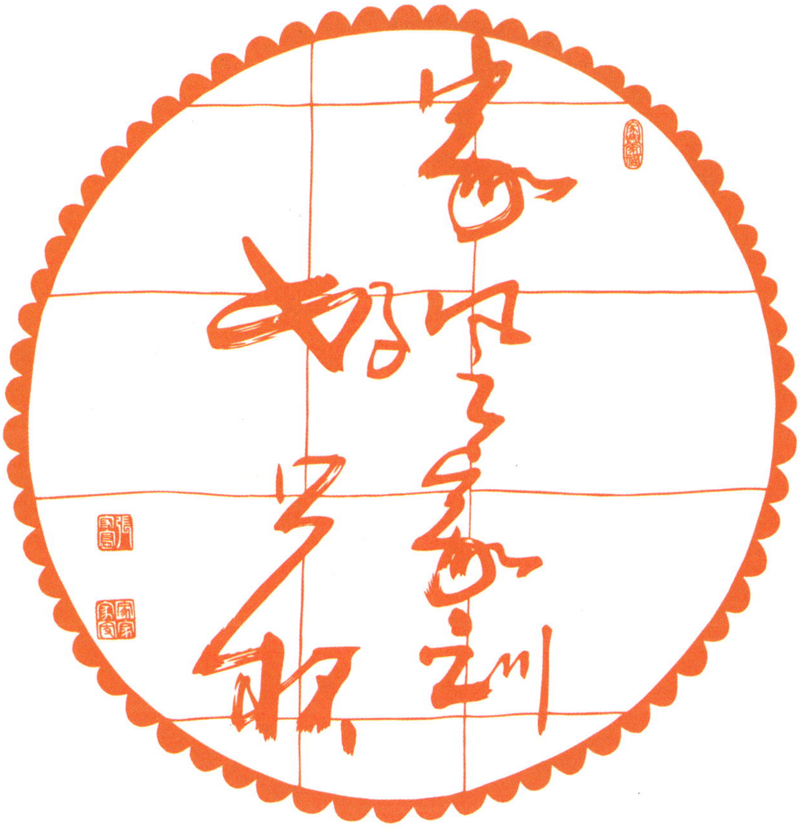

兴之所道

家

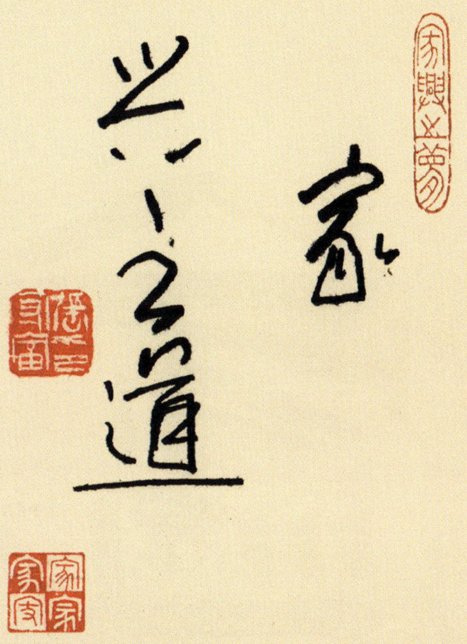

家兴之道：爱孝和能、德善信诚

家兴四根与四要素

——爱、孝、和、能，定家兴

——德、善、信、诚，润门庭

家兴四根与四要素

“家和万事兴”，在中华民族中相传久远，且是人们对“和”的崇尚和对家兴的企盼，被人们给予特定的含义，即和谐、团结、友善，在管理家庭、凝聚民族力量中起到了积极作用。但就其家兴之道而言，应当科学全面地进行诠释。一个家庭是否兴旺，“和谐”是重要因素之一，但不是全部。有人把这句话作为对家兴的全部期盼，在内容上是欠缺的，有了“家和”就能“万事兴”吗？只有“和”，家是兴不了的。家兴至少要有四个要素，一是爱：父母、长辈对后代所施的真切的爱，有了爱就有了家庭成员的感情基础；二是孝：有了爱就可能生发孝，“上慈而下孝”，爱是孝的基础；三是和：有了孝就能成为推动爱的原动力，有了孝、爱为基础才能有家庭的和，家有了“爱”“孝”“和”，就形成了兴家的基础和动力；在这里还要加上一个家兴的因素，那就是“能”，有知识智慧、有人才、有技能，才能建设一个美好、幸福、富足的兴旺家庭。“四腿”踏地，一条腿也少不了。在建设美好兴旺的幸福家庭、实现中华民族复兴之梦的进程中，应科学全面运用家兴的概念。爱、孝、和、能，定家兴，这是兴家之根。有了根亦有了家兴的基本保证，但还要滋润家门的神与气，这些神与气即是德、善、信、诚四个大字，细细思想，家兴，缺一不可呀！

家文化十大关系纲要

只有“和”，家不能万事兴

——对“家和万事兴”的哲学思考

“家和万事兴”，最早见于晚清作家吴趼人的谴责小说《二十年目睹之怪现状》一书，小说第87回有“大凡一家人家过日子，总得要和和气气，从来说家和万事兴”。《论语》讲“礼之用，和为贵”，民间常说“和气生财”。时至今日，大凡城乡居民盖新房建小院，也总要将“家和万事兴”五个大字镶嵌在大门门楣或庭院影壁上。这是民族崇尚的美德，大家深知其意。但是，一个“和”字真的能让一个家万事兴？我认为，“和”，确实很重要，无论于家庭于社会，没有“和”气便没了团结与凝聚，也就没了力量，但如果只有一个“和”字，是不能使家庭兴旺的，何况“万事兴”。这是因为：

第一，家庭的兴旺和社会的发展，都是由多种因素促成的。按照马克思主义的哲学观点分析，家庭兴旺、社会发展就像世界万物一样，都是由事物自身所固有的各种矛盾相互依存、相互斗争、相互转化而实现的，是由多种因素决定的。因此，仅一个“和”字，是不能让一个家庭真正兴旺起来的，万事兴更不可达。一个家要真正兴旺，“爱、孝、和、能、德、善、信、诚”这8个字，一个也不能少，也就是我所研究概括的“四根八要素”共同发力，家庭才能真正实现兴旺，而且会常兴长旺、经久不衰。

第二，家庭兴旺不仅要靠每个家庭成员的共同奋斗，而且还有赖于国家、民族和整个社会的稳定、发展和进步。这涉及马克思主义哲学中的内因与外因的关系。家庭成员的共同奋斗，是家庭兴旺的内因，是根本动力；国家、民族、社会的稳定、发展、进步，是家庭兴旺的外因，是外部条件。人们常说的“有国才有家”“大河有水小河流”，就是这个道理。试想，在中国，如果没有国家改革开放40年来的大发展和好政策、好环境以及精准扶贫，中国所有家庭能够一起过上小康生活并走向共同富裕吗？成千上万的家族企业能够年年登上家族财富榜单吗？

显然不能。

第三，国家兴旺，匹夫有责，家国情怀、中国梦永远是家庭兴旺的正确选项。民族兴则家庭兴，国家强则家庭强，皮之不存，毛将焉附。以上这些经典观念，都深刻说明了家庭与国家、民族的相互依存关系。我们每个人在为家庭兴旺而奋斗的过程中，千万不可忘记社会责任和家国目标，绝对不能只顾小家而不顾大家，而必须要以高度的爱国精神和家国情怀，为国家“两个一百年”奋斗目标和中华民族伟大复兴的中国梦多做贡献。

孝为先与行百善

——“百善孝为先”掂量

“万恶淫为首，百善孝为先。”出自明代的处世奇文《增广贤文》。这两句话可理解为贪婪是万恶之源，孝顺为百善之本。儒家经典《孝经》开宗明义写道：“身体发肤，受之父母，不敢毁伤，孝之始也；立身行道，扬名于后世，以显父母，孝之终也。夫孝，始于事亲，中于事君，终于立身。”习近平总书记讲道：“在家尽孝、为国尽忠是中华民族的优良传统。”可以说，从古到今，中国人都把“孝”看得很重。历史上有“二十四孝”群芳谱，新时代各地涌现的“孝星”也不少。所有这些，在治家兴家和现代文明家庭建设中都发挥了很好的作用。然而，孝文化延续至今日，的确也出现了许多新情况和新问题。例如社会上不仅出现了一批坑爹害娘的啃老族，而且还不时会发现一些打爹殴娘的不孝之子。如何养老更是成为了社会的一个热门话题。这些问题的出现，不能不让我们对“百善孝为先”做一番系统的掂量。

首先，从尽孝与行百善的关系上说，百善孝为先无可厚非。在人类诸多善行与良知中，坚持在家尽孝、学会感恩父母，的确十分重要。一个人如果连自己父母都不孝顺，你何以立命、何以安身、何以交友、何以传世？所以，孝顺为百善之本。人人都应该像歌曲《母亲》歌词所写的那样，“无论你走多远，无论你在干啥，无论你多富有，无论你官多大，到什么时候也不能忘咱的妈”。

其次，从“孝”“爱”与“能”的关系上看，“孝”字不一定在先，权重也不一定占的比例最大。因为孝与不孝仅是一种表现形态，爱（爱心）与不爱才是根源，只有爱父母才能孝父母；能（能力）与不能又是条件，有心有力，才能尽好孝。另一方面，不孝之儿女晚辈，除了后代的问题还有一个深层问题，那就是爱的考量，即父母在组织家庭和抚育儿女成长时，父母的爱是否正确、科学，有没有溺爱、错爱、偏爱等，能不能为子女做表率、榜样，给子女树立了什么形象和人生行为导向等，子女不孝肯定要说不对，但也不能不追其根源。所以，我的研究结果是爱、孝、和、能定家兴。中国人讲孝，西方人讲爱，全世界都看重能力，几种因素相互融合，孝文化才能繁荣发展。

再次，从善与恶的关系上看，从善必须去恶，尽孝必须除贪。因为贪婪是万恶之源。无数事实证明，在家不能尽孝、为官不能清廉，都是贪婪惹的祸。无论从人性还是从党性上考量，不孝之人与贪腐之官，之所以走上为恶之路，并不是外部环境决定的，而是贪婪之心过重造成的。贪心重了，即使有条件也不会去尽孝，即使有能力也照样当贪官。因此，在善与恶、廉与腐、孝与不孝的相互交织中，人人都应该不忘初心、扬善除恶、尽孝尚廉，始终保持一种纯洁善良的心灵，用在家尽孝、为国尽忠的优良品质和实际行动，去做人、去做官、去安身立命。

家文化十大关系纲要

习近平总书记曾讲，在家尽孝、为国尽忠是中华民族的优良传统。没有国家繁荣，就没有家庭幸福美满。同样，没有千千万万家庭幸福美满，就没有国家繁荣发展。

孔子曰，修身、齐家、治国、平天下。

孟子曰，天下之本在国，国之本在家，家之本在身。

家，不但重要，而且是一个综合而立体复杂的研究对象。

用深层哲学思维，对家文化的内涵、外延进行广泛及深层次的论证、研究探索，对推动家文化研究，对如何建设小家、大家（国家、民族、区域、团体、行业各界），很有必要。

一、家文化知与行的关系

（一）家文化的客观存在，是人类的人文宝库，对家文化的探索与研究，将引领人类向更高层次的文明迈进。

没有对“家”这个客观事物全面、科学且正确的认识，立家、建家、理家、家兴、家福以及社会发展亦无从谈起。家往哪行，首先应知道方向，选准道路。

（二）所谓知家，首先是要树立家的正确观念。

观念决定命运，“家”的研究和延续传承、兴衰进退，在于有无科学的与时俱进的正确观念。观念差厘毫，家况差万里。

（三）懂家的哲学与思维叫明道，知道方懂家。

所谓道，即事物的内在本质和规律，是事物运行的法则与事物运行中所遵循的原则。对

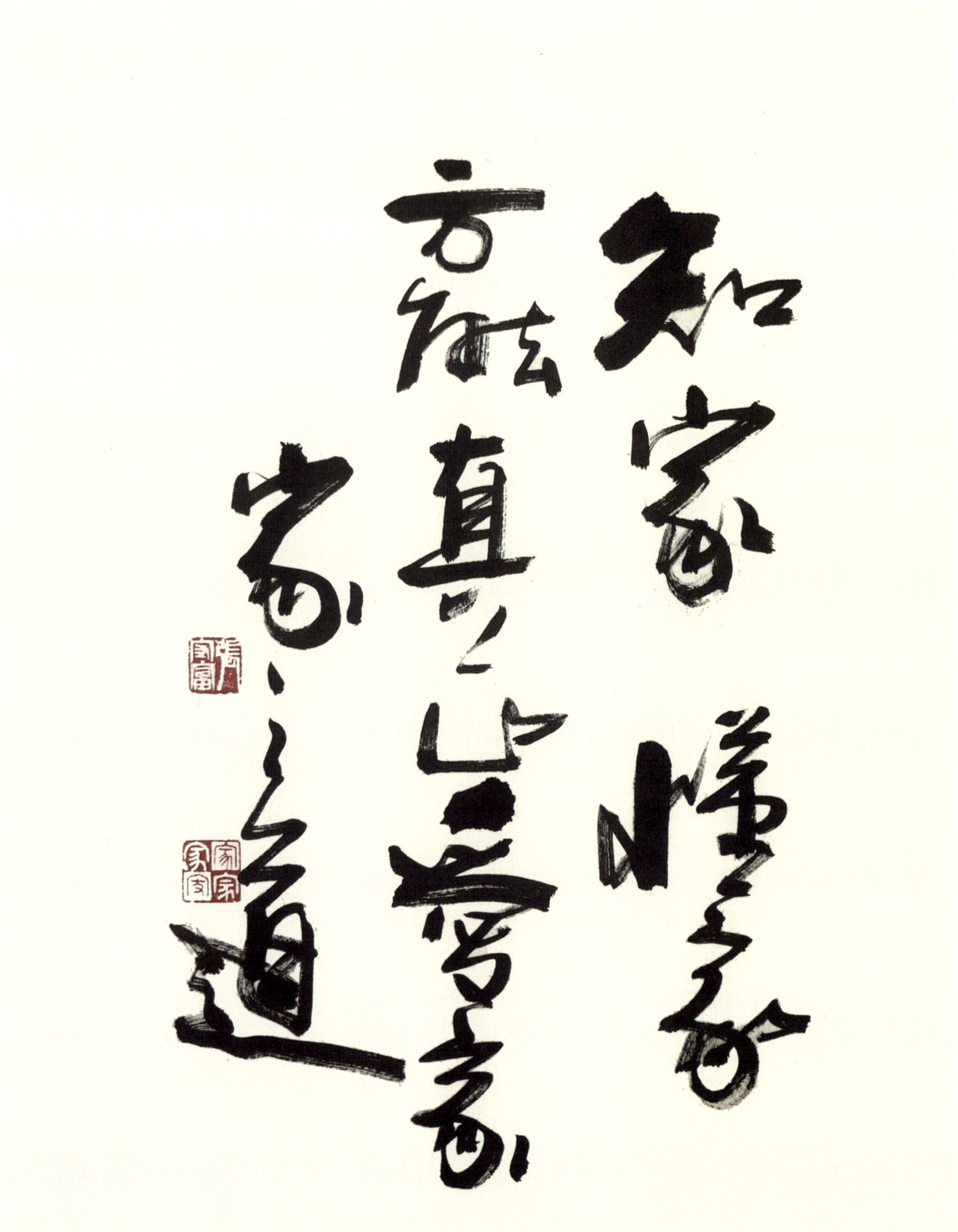

知家懂家才能真正爱家

家文化的探索与研究，就是一个“明道”的过程。

（四）审视知识与思维理念，使得一个家庭、家族、民族、国家与社会在自然界、社会与时代的大变化中，顺应自然与社会发展，不落时世。

二、小家与大家的关系

（一）家是国的家，国是家的国，互为基础。

家，家族、姓族、民族，民居社区、区街、乡镇、县市、省区，是组成国的群体、区域元素，家庭是基本元素中的最基础要素。家与国是一个无缝统一体。

（二）立国为基，为民是本。国家的存在是小家的需要，国必为民；国不为民便无存在的必要。民不爱国，国亦灭亡。因此，国家兴亡，匹夫有责。

三、家文化与家庭文化的关系

（一）现代意义上的家文化是由历史传统家庭文化引申而来。历史概念的家文化亦指家庭文化，随着社会的发展，家庭文化的文字语言便引申到了更大的概念，诸多事物单元借代了家的概念，如社会团体中的青年之家、妇女之家、职工之家、军旅之家、老年之家。职业称谓，如政治家、军事家、哲学家、医学家、管理学家、企业家、文学艺术家。姓族当中的张家、李家、王家等百姓之家。按区域划分的乡、县、市、省、部委等，组成了家与国的大概念。这些广泛事物文化的产生与引申，亦形成了家文化的广义概念。

（二）在弘扬宣传家文化的建设中，厘清诸多传统观念中把家庭文化等同或代替全部概念的家文化，排除被混淆的糊涂概念，是各国家职能机构、社会各界团体与个人，推进家庭建设和民族、社会及国家建设与文化发展的重要理论基础。

四、新家与老家的关系

（一）前辈、祖上、故里、故乡之家、家族繁衍的沃土与基地，是老家的基本概念。寻根问祖是中华祖系、姓族与个人的传统文化，不忘故土是民族优秀文化的显示。

（二）老家是新家、小家的温馨之源，是先辈留予后世子孙的芳香园地。

（三）老家、先辈、故里是家庭传世的本源，无本源则无传承，家的发展延续是本源的传承，是家文化的重要内容。

五、家庭与邻居亲朋的关系

一个个小家庭不是孤立存在的，均存在于不同环境、空间之中。

（一）亲戚是家庭发展的产物，从家庭到姓族、民族的繁衍，是以亲戚关系为链条的基本形式。亲戚文化的建设是家庭文化建设的重要组成部分。亲戚间的和谐友好是家庭幸福的重要指标。

（二）邻居是家庭的直接元素。无论是城乡、沿海、大漠，家庭的居住总是以群相伴，与邻相依。这既是生活环境的需要，也是精神心理的需要。

左邻右舍、楼上楼下没有一个家庭是孤立存在的。住楼房，你家的地是我家的天，我家的地是他家的天。住乡村，你家的墙为我家挡风，我家的墙为他家御寒，门当户对，隔街相望，低头不见抬头见，比亲戚见面、打交道的机会还要多。你中有我，我中有你，边连边、路连路、海连海、山连山，千万个家，亿万个民，相互关照，共谋发展。不为利而立仇，不为矛盾而相弃，你往我来，鸡犬相闻。

六、爱、孝、和、能、德、善、信、诚与家兴家福的关系

（一）家和万事兴是中华民族崇尚的情操，在凝聚中华民族的力量中起到了号召教化作用。

（二）民俗传誉，应与家兴理论研究科学严谨地加以区别。家和是一个家兴旺的重要条件。

（三）爱、孝、和、能，定家兴。我们提倡家兴全概念，缺一不可。

“爱”生“孝”，“爱”“孝”生“和”，“爱”“孝”“和”生“能”。一个家庭没有人才、知识、文化、技能，谈“兴”是一句空话，更谈不上万事兴。

孝、爱、和、能，我把它称四根，是家兴最基本的基础，但真正使家得到兴旺，必须融合以下四个字，即：德、善、信、诚。以上四大要素，定家兴旺、长治久安。

七、家文化与家物质、家兴家福的关系

（一）家有文化重千金。一个家有文化，才能有正确的价值观、人生观、幸福观。一个只有物质财富的家，是一个短命的家，更谈不上世代传承。

（二）家文化非指一种单纯的艺术。文化涵盖艺术，艺术不能代替文化全概念。家庭文化有多样化特点。

（三）家的幸福不能只让金钱物质控股。家庭家业、物质的发展丰足很重要，食不果腹，衣不遮体，何来幸福，这是物质基础。但家庭福祉是多因素组成的，真正控股的因素应是爱、情与孝，家的一切源于爱、情与孝。有了爱、情、孝为基础，其他便随之生发。

八、东方家庭与西方家庭的文化差异及关系

在表述这两种关系时，有三个重点：

（一）世界的多样性是人类之家存在的时代性、客观性、合情性，生存在各区域的人群，无论什么肤色，生产方式、生活方式、风俗习惯有何不同，均是人类发展的客观存在。文化的多样性是人类共性存在的合理性，不能只用一个观点判断一个民族的文化现象，也不能用一个政治观念判定一个民族的文化存在。

（二）文化需要交流，在交流中取长补短，借鉴先进文化，推进发展，与时俱进。

（三）民族的就是世界的，先进文化需要国际交流，所有人共享人类成果。

九、人类之家与动物（禽、兽、昆虫）之家的关系

（一）人类应是动物的好朋友，要和谐相处。

（二）人类应建立起与动物共存的道德法则。

十、家文化传承创新与避陈防糟的关系

（一）优秀的家文化是华夏民族血脉永旺的源泉，应力加传承。

（二）创新是家文化得以发展、进步的生命动力。

（三）家文化传承必须剔除陈旧落后与腐朽糟粕的部分，不能一本经不分时代念到底。

新家训

家风哲学

一到九

富润哲学
一到九

家文化研究集成“家道”新家训智库

一、一个好家长（掌）

一个家要有一个好家长（掌），这个家长（掌）可能是男主人，可能是女主人；也可能是长辈，或许是晚辈，能掌者掌。

二、婆媳两代接力女传人

一个家，无论男人和全家怎样努力，家业钱财怎样豪富，怎样权贵，只要婆媳不和，要想传承家业、家兴家福是难以实现的。不和则不合，无论怎样的原因，后果均同，失传家败。

三、家有三规

不说谎话，老少平权，生死相守。

四、家兴四梁八柱

爱、孝、和、能，定家兴，四脚踏地，缺一不可。融合德、善、信、诚，家兴永驻。

五、五风塑家品

孝爱育才、良善亲和、节俭清廉、济贫助难、崇尚自然。

六、家道六欲

平安、传世、丁旺、业兴、长寿、幸福。

七、七情聚家

爱情、亲情、恩情、友情、激情、真情、痴情。

八、八戒稳家

戒黄、戒赌、戒毒、戒独、戒疑、戒谎、戒脏、戒懒。

理家八有：宽严有度，家务有序，爱之有品，各有空间，准结挚友，兴趣有别，衣食有好，钱有私房。

九、九气同生

正气，阳气，好风气；人气，喜气，温和气；志气，神气，有福气。

九福临门：爱孝兴旺、快乐舒畅、温暖融融、光宗耀祖、长寿健康、物随文丰、亲朋满堂、福喜无边、传承久长。

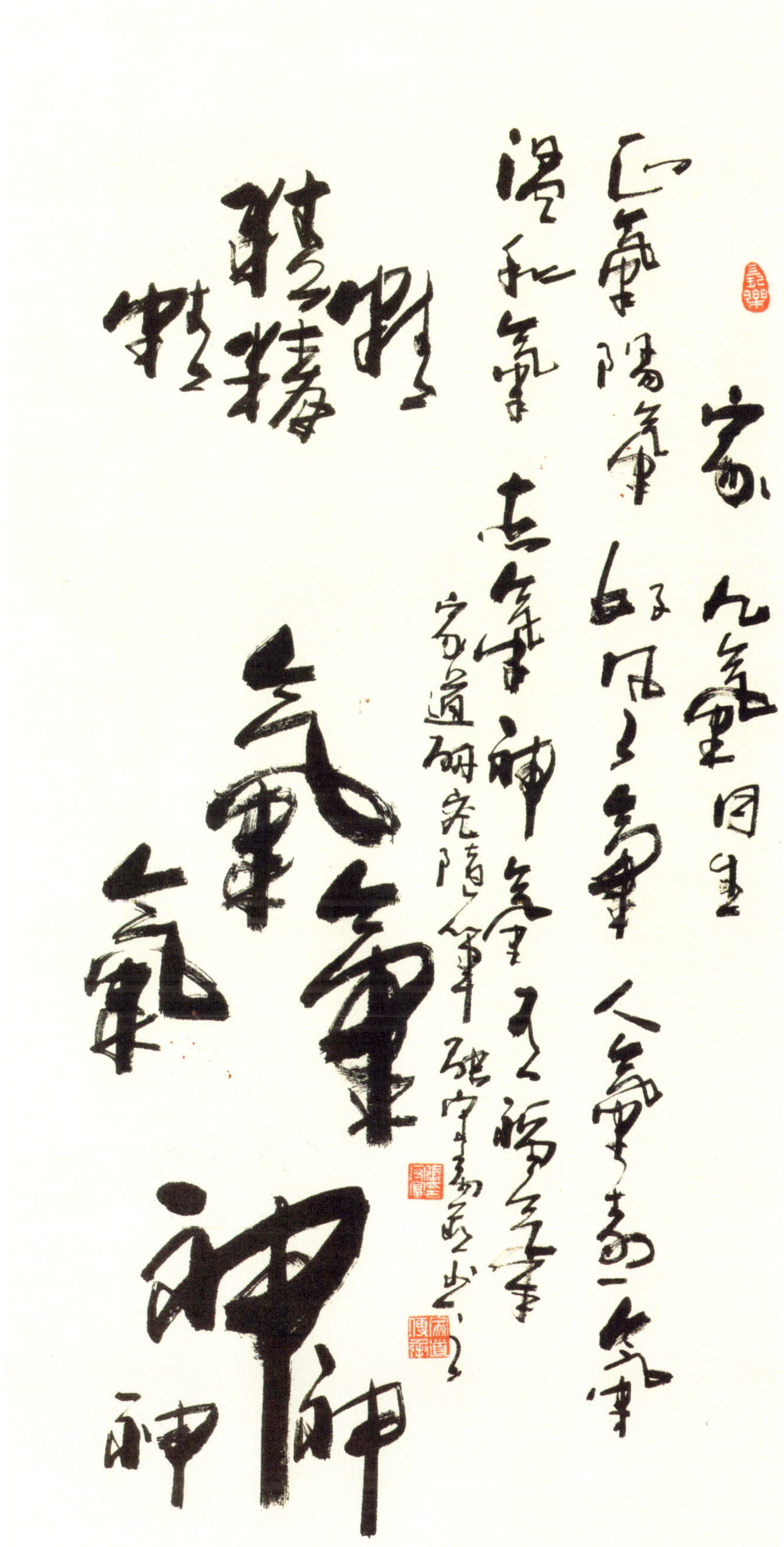

九气同生：正气，阳气，好风气；人气，喜气，温和气；志气，神气，有福气

张守富陶瓷家文化

柿柿如意　家家福乐

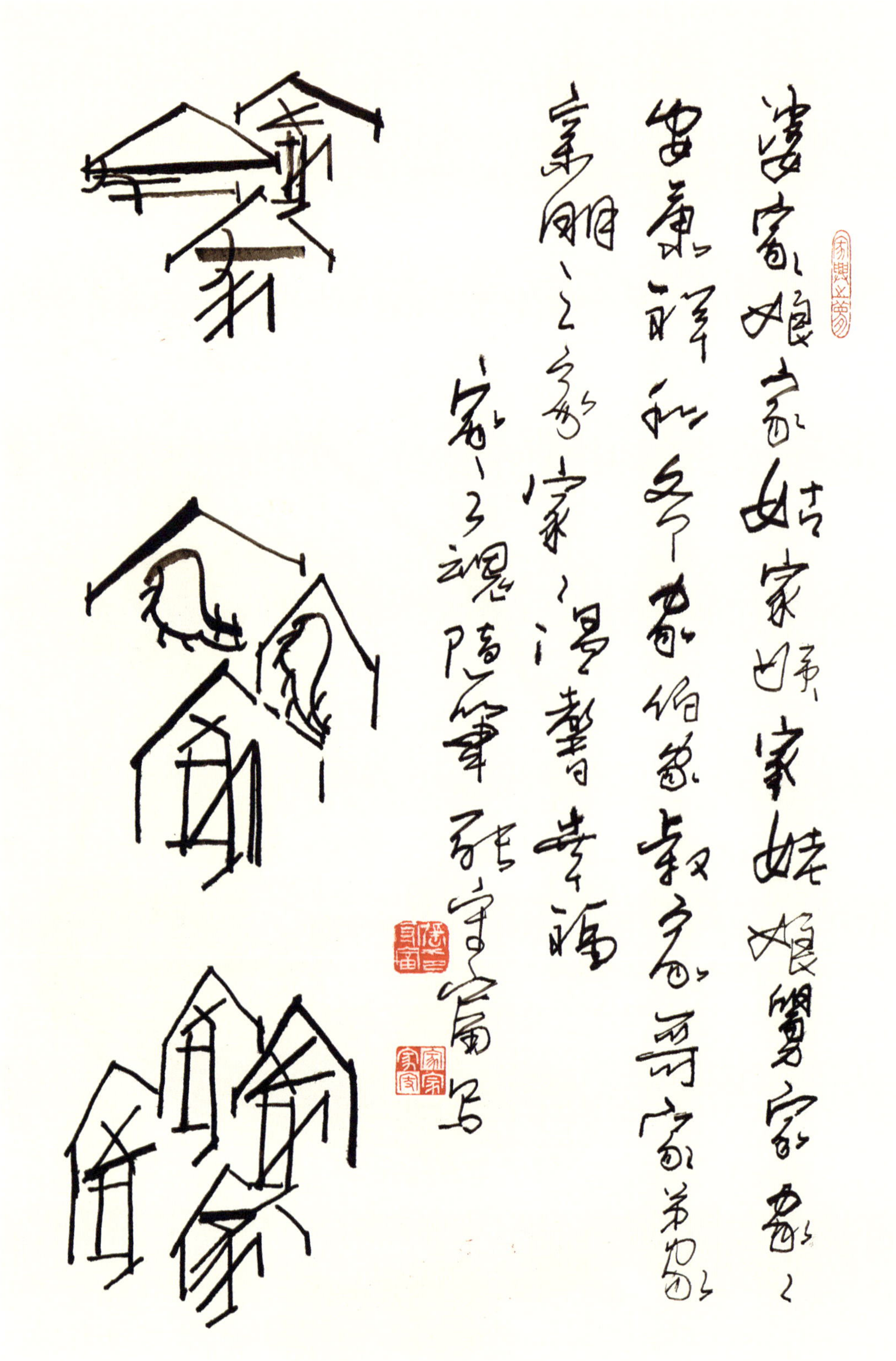

婆家、娘家、姑家、姨家、姥娘舅家，家家安康祥和；爷家、伯家、叔家、哥家、弟家、亲朋之家，家家温馨幸福。

家文化八大体系纲要

家文化八大体系研究提要

家文化八大体系研究，是家庭文化与家文化大概念的延伸与探索，是一个巨大而复杂的系统工程。面对如此博大的理论系统，更应坚持历史唯物主义和现当代发展相结合，传统与创新相结合，继承与发展同步，以崭新的思维和科学创新观念，对各大体系展开有时代意义的探索。

一、家族体系

家与家族，是中华文化传承的基石，是建立在自然基础上的群体、联合体。本专题涉及血缘、地域、信仰、成员之间天然的相互依存关系、人际关系、生活方式、风俗、规法、庭规、家族信仰、价值观念。同时，也关联着诸多的家谱、家林、家庙、家祠建造，家长、族长产生，家祭、婚丧等家族活动专题，是一个庞大的文化宝库。

二、姓族体系

姓族，是以相同姓氏及相同或不同家族为纽带而形成的家文化概念。姓族文化是连接同姓互助交往的感情与精神纽带。姓氏文化有着丰富的内涵，诸如姓氏溯源、姓氏排行、姓氏名门望族、姓氏宗祠等，是一个丰富的文库。

三、民族体系

民族特指具有共同语言、共同区域、共同经济生活及表现于共同文化上的共同心理素质的人的共同体。汉民族的起源与华夏多民族的历史交流与承传是民族体系的重要课题。

四、国家体系

在家文化研究“国家体系”中，所使用的国家概念，是指一个国家统辖的整个区域。本体系是家文化的主题与中心，涵盖国家历史、政治、文化、经济、治国方略、军事外交、区域、民族等一系列相关国家兴衰存亡的大政方针。

五、国际体系

家文化范畴的国际体系，是指不同国家家文化的不同内涵与外延，包括不同价值观念，不同生活、生产、风俗、民族、家族、文化生活样式与国际交流等。通过本体系的研发探索，加深对国际区域政治、经济、文化诸多方面的深层了解。由国与国之间的关系，还可以延伸话题至地球与其他星球的关系，这有利于我们从更广阔的视角看世界、看宇宙。

六、团体体系

中国的团体组织，是国家、民族、社会分工或社会形成的有共同目的、志趣的人所组成的集体，包括艺术团体、经济团体、学术团体等。研究内容包含各团体间的文化关系和内容特征；如何借鉴运用家文化的思维与概念，发展建设管理团体，保持健康生命；如何通过探索加强团体建设的方策。

七、区域体系

这里的区域，是指在一定疆界内的地方关系，包括省域、市域、县（区）域、乡（镇）域关系等。树立区域观念，是树立国之家文化思想，进行区域互助、交流、支持，发挥区域优势，进行互补的有效方略，是文化、经济互通互融的需要。

八、家与巢体系

这是家文化在动物生物、昆虫世界中的延伸。巢穴即是各类动物昆虫的“家”。本专题研发主旨是深层认知人和自然的关系，从对兽、禽、昆虫诸动物的爱护，看人类社会与自然的和谐共存与发展，从而建设和谐社会，保护自然界。

鸟禽、动物之家

家里孩子多　我要多辛劳

牛之家

邻居

鸟之家

昆虫之家

造家的斧锯工匠

用力切过叶片中筋的位置，刹那间树叶一分为二。

已经折了两圈，细心的虫妈妈，又回到洞口检查一下。

现在准备第三卷，看来工作越来越困难。

钻进去，咦！她在产卵吧？从开始卷叶到产卵，她用了 30 分钟。

第五圈之后她就不再来回地折。一直待在里面整整 35 分钟。忽然，叶片又慢慢地卷起来了，几乎卷至最高点，摇篮就要做好了！

她再次回到叶端，将产卵的地方封口。封口的动作很快，只用了 10 分钟。

再到叶的基部检查一下。

哇！真的完工了！

治家
十五原则

治家兴家十五原则

一、家长原则

家长，一家之长，对后辈子女而言指父母，对一个几世同堂之家而言，为主家主事人。家长是男是女，每个区域、民族及单个家庭均有不同。

一个家有个好家长，是大家、小家兴旺发展传承的基石。

兴家传承、理家祈福八大要法：

丰文厚德——无文难厚德，德厚传家远；上善若水，从善如流。

树品立范——家长信诚全家品高，家长品高后世效法为镜正衣冠。

正教率先——观念方法择正，一家之长率先垂范，首任老师，榜样力量无穷。

会爱育才——纠偏会爱，父、校同行，育才为材，铁变成钢。

凝聚轴心——家无轴心，后代无所适从，凝聚家人，家长之深功。

上接下传——家父居中，上接祖传，下传家荣，家兴永恒。

适时创新——领悟时代，善弃旧陈，创立良好家风。

孝爱立根——大爱无疆，孝则有行，家兴要法，爱孝和能。

泛指引申：村长、乡长、县长、市长、省长、部长，都是家长；校长、师长、车长、船长、董事长，会掌则为长。

合格家长应做到：

补缺爱，正溺爱，纠偏爱；防近利，改粗暴，控金物。

理家法，兴家法，传家法，法法似法宝，句句皆心声。

崇善法，树新观，动心思，一家之长理家，兴家见真功。

二、夫妻原则

夫妻关系，是人类繁衍发展、家庭传承中的主题关系，是家的源与根。夫妻关系亦是所有关系的连接点。

古今中外，在这对关系中，因为民族、区域不同，文化背景不同，习俗个性多样，故在确立夫妻关系准则上，处理夫妻关系上，既有共性规范，也有诸多个性差异。树立好夫妻观念，建造管理夫妻关系，也不是一道经文念万家，不是家家夫妻都尊崇同样的定律法规。老年夫妻，中壮年夫妻，80 后、90 后、00 后的夫妻观，亦会有时代的特征区别。

世上多有夫妻关系探源者，有洋洋万言者，有三十六计说，有夫妻招数论等等。人常说“家家都有难念的经”，其中，夫妻经就应是难念的经之一。

十一个建议与提示：

情爱法——夫妻以情爱而开始和存在，是夫妻关系的根与源。无情爱，夫妻便失去了存在的意义或丧失双方感情关系，故应注重滋润爱情、亲情。

互敬法——敬与爱相随，爱与护相依。包括敬对方所敬之人，爱对方所爱的亲朋、事物。一敬化百仇，学会敬便有了爱。

立信法——说到底，夫妻爱与情均在于相互的信任。无信，女人再漂亮的脸蛋也可能变为男人的疑惑，男人再有能力、财富也可能让女人担心。婚姻的危急除了性格与金钱的因素外，主要的原因多是双方信诚、信任出了问题。看看身边的人，是不是这个现状？培育信任是培育夫妻爱情的第一要务！

分权法——夫妻双方均承担着家庭生存、生活、发展、传承的共同责任、义务与权利，无论哪方强弱，均应通过理情定权，明确各自责任，并做到分而融合。根据夫妻双方实情，能者多劳，相得益彰。

互庆法——夫妻双方人生旅途多有庆典节日、生日、婚姻纪念日、双方父母及亲朋喜事纪念、立功受奖、子女成长……互庆是最好的表现爱情的方式，是特别时空的亲密接融、化解矛盾的节点。夫妻应多多设计互庆增爱。

人际互动法——夫妻双方的人生旅途，均有各自亲朋圈，诸如同学、同乡、战友、同事、合作伙伴等，对方希望你能出席互相之间的活动，出席增面子，双方增情谊，圈子共欢乐，别怕麻烦。

赠送礼物法——无论双方缺不缺钱物，常主动选择礼品赠送对方，会增进友谊，出国、出差、周末礼拜游玩，有机会就想着对方，一赠换百乐。别忘了这一招。

退让忍耐法——夫妻性格、心理素质、文化水平、观念意识、兴趣爱好多有差别，家务琐事及双方相处也会时常发生摩擦或矛盾，要科学避让，见矛盾科学绕行，学会时空效应，不一定非争个高低不可。家里常常没高低。

陪伴法——夫妻一般是男性创业在外多（也有妻是创业者），无论哪方在家少，均应择时多回家吃饭，尽可能多陪陪对方、家人，一同出去走走。漫步增理解，增情商。男性应会当老公呀！

倾情丈母娘家法——亲近丈母娘家是男人的妙方良药。对婆婆好是女人爱情的最大智慧。道理不多讲，自己去想。

枝叶养根法——夫妻双方像一棵树的根干，子女是枝叶花蕾。夫妻和睦，根壮干粗，枝繁叶茂，硕果累累。同样，枝叶会在阳光下，把阳光、雨露、养分送给根干。别忘了，子女是维护夫妻关系的营养剂。夫妻有何难办的事，让儿女们“出征”搞定！你会了吗？不是怪招，是夫妻共同经营家的艺术！

夫妻相处之法多着呢！类似沟通法、亲吻拥抱法、冷却法、破镜重圆法、性格修养法、榜样法、求援法、淡化剂法、经营耕耘法、心理慰藉法、夫妻除躁法、双方圆梦法，等等。法则无穷，真正的夫妻关系，是千万个夫妻爱情实践者，而研究者和写书人，只能算馒头发面时用的一撮酵母。

三、父子母子原则

父子关系是最原始的社会关系之一。随着父子关系的形成，父与子的角色也就明确产生了，双方的义务、责权也就随之产生。父亲承担对儿子的抚养、监护、教育及各项保障；儿子对父亲的依从和赡养、孝顺与敬仰的良好关系，也就稳定地建立起来了。

父子关系是家庭关系中极其重要的关系，也是许多家庭因父子关系摆布得不好、易发生不快、导致失败的关键因素。父子关系不健康和谐，一个家的兴旺传承、快乐幸福均无从谈起。

父子八戒八立：

一戒错爱——溺爱、偏爱、无度宠爱……错爱出逆子。

一立正爱——大爱无疆，育子成才。正爱、大爱出良才孝子。

二戒不教、偏教——子不教父之过；父偏教，子路邪。

二立言教、身教——言教明理明道，身教立榜立范。

三戒重金、唯金——儿子心中金钱第一，其他均不重要。

三立德品、人格——立德立品是父子关系爱与孝的基本保障。

四戒棍棒、驱逐——无论出于何种理由，都应避免体罚。棍棒之下绝无孝子，一次驱逐，终生记仇。

四立父爱、教化——诚心、知心、耐心、细心、暖心。

五戒谎言、欺哄——童少有欺，中老有患；失言失信，终有归还。

五立信诚、无疑——父增一分信，子女百分诚，爱孝在其中。

六戒性硬、攻击——小矛盾被激化成攻击，会火上加油，干柴点燃。

六立修身、养性——父应先修其性，正其身，学会淡化矛盾。

七戒居高、居傲——父亲无论何等成功、富有、荣耀、权贵，对儿子均应放下架子，戒傲气。傲气为邪气，非正气，子效仿均是父亲的失败。

七立朋友、和谊——把儿子当学生、朋友，把父训当交谈。从尊小求孝老。

八戒代替、包办——凡事给儿自由空间，不干预包办；放心、放宽，不放任。

八立明智、信任——相信后浪推前浪，一代更比一代强；早时不放手，老时无收获。

懂得父子相处的道理，父子孝爱无疆。

所谓母子，即母亲与孩子。

人常说，母亲是首任老师，是任何人也代替不了的。对儿女而言，母亲像北斗星指示着方向，像磁石一样吸引着儿女。母亲是镜子，是榜样，一举一动被儿女们效仿复制。在母子相处中，应当注意九效、九止：

效慈爱善良，止暴躁放荡；

效贤淑温柔，止人情冷漠；

效任劳任怨，止怨声怨气；

效诚信无疑，止互不信任；

效劳而不取，止生养换值；

效勤廉节俭，止贪懒铺张；

效亲朋友谊，止以邻为壑；

效甘当沃土，止患得患失；

效贫富不移，止尖酸刻薄。

十效主品，十止主弊，双方互相照应，母子母女相处融洽！

四、婆媳原则

婆媳关系，是没有血缘关系的新结亲缘关系，是家庭中主导全局的一对特别关系。因关系新建，生疏与各种差异存在着一条天然鸿沟。复杂的文化、性格、心理埋藏在这对特殊关系中，使此对关系显得复杂、敏感与脆弱。中华几千年家的历史文化丰富地显示着婆媳关系的生动与多彩的伦理文化。一个家，成也婆媳，败也婆媳。从一个角度讲是很有道理的。处好这种特殊关系，既要有智慧，又要有品德。婆媳各有十八大忌，供婆媳们参考：

媳之十八忌：

◎忌他家观，亲娘远婆，慢待迟缓；不要让新环境适应你，你要尽快融入新环境；孝娘孝婆一样亲敬，让婆婆觉得你是女儿、自家人。

◎忌不信诚，疑神疑鬼，凡事反着想。应驱疑筑诚，取信于婆。

◎忌抢占家庭主位，越婆定事，对婆失尊，应理礼敬让。

◎忌对婆放肆狂言，莽撞行事，随欲草率，过度张扬。应礼貌文雅，三思后行。

◎忌用娘家家规家风习俗，强加于婆家家风习俗，应适时适度融合，求同存异。

◎忌用娘家不良评语学舌婆婆，不做娘婆贫富、权贵悬殊比较，应从中互帮。

◎忌与婆婆儿女争高取胜，互斗伤情，应维护婆家大局。

◎忌对婆当面顶撞、唇枪舌剑，应科学理智，注意方式。

◎忌与婆婆争子爱，子爱夫爱对立，应做两爱连接纽带。

◎忌丈夫前议婆丑闻是非，婆长公短，应保护婆婆尊严形象。

◎忌婆前令丈夫行事，应理智同夫共同操持家务，围绕婆婆身边。

◎忌在婆前向老公撒娇，训斥厉言，应注意婆婆心理情感。

◎忌不耐婆语，简单粗暴回应，应学会倾听婆婆唠叨。

◎忌婆前逞强逞能，论功炫耀，应理智示弱，把好感觉让给婆婆。

◎忌与婆婆比知识能力，应该取长补短。

◎忌教导改变婆婆，应学会适应，修养性格。

◎忌冷战冷漠，以少抗老，应主动问候退让，维护婆婆尊严地位。

◎忌人前揭婆之短，诉婆失误，应与婆分担家愁。

婆婆十八忌：

◎忌外人观，应把媳妇与儿女同情同待。

◎忌生硬令媳随风、随规、随俗，应给新人适应、了解的机会与空间。

◎忌令儿管媳，应直接主动融合，动情处事，减少误会。

◎忌戒心防人，暗留两手，应放心放手取得互信。

◎忌疑心，应放宽心，建诚心。

◎忌当面教儿、训儿，应建立儿在媳中威望。

◎忌倚老卖老，应善慈善意，为媳榜样。

◎忌与媳妇娘家比高论低、人短我长，应避谈门当户对，平衡心理。

◎忌吹毛求疵，刻意寻茬，应常夸儿媳长处优点，鼓励上进情绪。

◎忌和儿子建立统一战线共同对媳，应本着公正、公开规则行事。

◎忌借婆媳矛盾为难儿子，曲线滋事，应直接化解矛盾。

◎忌说“我不是你们的保姆，自己的事自己办”，应尽力为儿媳排忧解难、全力支持。

◎忌对媳走娘家赠礼盘查过问，应主动关心赠礼问候。

◎忌儿媳面前过分穿戴化妆花枝招展，应保持长者身份，适度有品。

◎忌强让儿媳与自己居住在一起，应给下代小家宽松环境。

◎忌在孙子面前说儿媳不是，应会用祖孙关系滋润婆媳关系。

◎忌对儿媳冷落、漠不关心，应主动关心赠礼，为媳操办各项庆典。

◎忌一统天下，家权不放手，应理智退让，主动有续传承。

五、祖孙原则

祖孙关系是父子关系的延续，祖孙是父子教育传承的桥梁与链接环，是父辈教育的辅助，是祖辈对孙辈爱孝关系的表现。隔代亲是新时代家庭义务的转移，是儿女远游创业及打工的后勤保障部及经济、事业的补充力量，是家庭新时代人际关系的新组合及亲缘新现象。祖辈，包括爷爷奶奶、外公外婆，客观上由隔代亲情提升为孙辈的监护人，使祖孙间关系发生了质的变化。因此，祖辈责任加重的同时，也加大了祖孙相处的压力。故，祖孙正确的监护管理显得十分重要。这条祖孙爱孝传承的桥与路，显得更加重要、长远。

祖孙隔代亲，爱孝情感深，代代传家誉，枝干紧连根。

祖孙关系四立、四破、七忌：

一、立长幼有序，破祖孙乱序，纠祖孙串位；

二、立家教、家风，破祖训、祖风无用观，忌一辈不管三辈人观；

三、立孙辈教育有责观，破隔代无责观，忌孙不教祖无过观；

四、立严教身传观，破溺爱包办观，娇宠溺爱出逆子。

七忌：

忌溺宠，忌放任，忌代行包办，忌金钱物质刺激，忌崇祖远父，忌泰山压顶，忌崇今忘祖。

六、家兴家传原则

家传是什么？

所谓家传，是指家庭、家祖、民族先辈创建的思维伦理、家业物质与文化、精神财富及经验、技能工艺、藏品的世代接续。

家庭传承是家族、民族、国家传承兴旺发展的基础。众多的国家精神、物质财富、社会文明、人文技艺、瑰宝藏品来源于家庭、家族，特别是来源于各民族、姓族的名门望族和有心有志者。

家传传什么？

一、传道。道，即事物之本、规律、伦理及规范。家庭兴传，观念正确与否，是一个家庭、家族立门立族的根基，其包括价值观、人生观、财富金钱观、人才观、荣辱观、孝爱观、幸福观等。一家之长，必须树立先进、科学的传承思想观念，并多有技法、恒心与力量推进，方能实现承传大业。

二、传人系。家庭、家族健康发展传承的载体是人，无论是普通家庭还是大家名门望族，首先做到健康人旺，才能说到其他。

三、传规矩。家庭运行，需有规范，方能健康发展。如纪、训、戒等均为规的范畴。

四、传教化。教化育才，增智铸能，是家庭成员所需，是家传的保障。

五、传家风。建立并传承一家风范，是家庭久远延续的重要保障。诸如厚德诚信、节俭廉洁、读书好学、遵纪守则、助人之难等等，均为家传风范。

六、传品誉。家庭品格荣誉，是保一家品牌的标签。仁信厚德、俭洁勤奋、节约爱物、善心善行、乐于助人、爱国为民等，均是家庭生命的营养液。

七、传家业。世代创业成果，是家传的主题之一。家，无业不兴。

八、传藏品器物。一家几代生活、生产、文化与社会交流，聚存了丰富的遗存和收藏品，形成了宝贵的传家之宝，是家庭传承的宝贵财富，传之有价。

九、传谱志。家谱家志，是家族、姓族修续的记载家庭历史和传统的载体史料，是家庭传承连接后世的桥，应注重藏存并定期修续。

怎么传？

三句话：一家之长有清晰传承意识，想传；立志并明确承传选项，理出家传项目清单，知传；依照家庭情况，选择不同方式，会传。

家庭传承是以家为中心，全家各代成员共同努力的系统工程。

七、家教原则

家庭教育误区三观：

一是对下观。谈到家庭教育，不少人均认为是对儿童和青少年晚辈的教育，差矣。家庭教育，应首先是对成年人和长辈的教育。有了上的教育，才可能有对下的教育。无上的良好教育，要想对下施行好的教育，是无源之水，无本之本。家庭教育应是老少一体化的教育，居高临下的单一方向是不会收到好的效果的。

二是物、品分论。许多家庭认为生活与物质需要和品格、道德教育不是一回事，该吃吃，该喝喝，该穿穿，只要抓好思想，人品教育就没问题了，这使得大人小孩在物质生活中，不能树立正确的思想观念，来完成家庭成员正确高尚的品格教育。许多家庭成员问题即出在物与品的关系偏差上。

土豪的脖子上挂着一个粗粗的金质链环，他内心彰显着什么不可得知，但他的子女眼中长者脖子上那粗粗的金色链环意味着什么？相信他（她）会想，会要，会把这条粗粗的金链转变为脚上的、手下的、身上的、房上的、床上的畸形“梦想”。那些独生子女，在家人的溺爱之下，金链效应该是什么后果，应三思呀！

三是隔代亲，监护人转换与溺爱无奈的混合体。祖辈对孙辈（含外孙），有着传宗接代的期盼和心理情缘，往往爱之深，管理监护教育被溺爱所代替，孙辈在祖辈面前有求必应，要天许半个。特别是在中国当代生活、生产方式下，打工潮冲击着家庭的团圆，父辈外出打工，父母、子女长久分离的现状增多，多数孙辈由祖辈监护与管理，这就出现了那种隔代亲的至爱与管理教育的矛盾。老幼年龄的差异、观念的差异与生活习惯的差异，出现了溺而不爱，溺而不会爱的问题，使隔代亲的关怀感情与严格教育发生冲突，而且在这种冲突中显现出巨大的教育负效应。

正误观，立正观，止步家教误区；上先教，带下教，家教加校教；避溺教，明教责，监教一体；情与理，技与法，教子应通盘考虑。

八、家庭文化原则

家庭文化是以家庭为单元产生、存在的物质文化与精神文化的总和，是民族家庭世代形成、发展、延续、传承较稳定的社会文化样式。家庭文化是社会文化的重要组成部分，是兴家立业的根和基础。

家庭文化涵盖着族群样式、生活方式、习俗传统、价值取向、道德品质、处世之道、伦理思维、物质取舍处分、情爱情操、精神崇尚、人际关系等综合的人生活动与价值追求。

重视建设、传承、发展、创新家庭文化，特别是建设、创新民族特色文化，有着十分重要的历史和现实意义。

家庭文化有着鲜明的时代性。中国优秀的历史文化多有家族名门传承延续而来，传承家庭文化就是传承民族文化。

家文化是时代的积累，非一日形成，是中华几千年民族实践创造的硕果。内容深邃与形式多样的家文化，是民族的宝贵财富，传之有价。新型家庭文化建设创新，是建设社会主义精神文明，发展先进的民族文化，树立正确的家庭价值观念，建立新型家序家风家规及崇尚家庭伦理道德，推进中国四亿三千万个家庭兴盛传承、平安幸福的血液与神经。

当代传承发展家文化主题涵盖：家庭文化历史观、家庭传承观、家庭价值观、家庭人际关系、家教、家序、家规、家训、家风、家俗、家庭爱孝和能兴、家庭伦理道德、婚丧嫁娶、节令庆典，这是一个错综复杂而又丰富多彩的文化大系。

家庭文化九法定局：

一、树观。

观念决定命运，家庭观念决定梦想。一个家，特别是一家之长，有什么样的价值观，就会有什么样的立家、主家、管家行为，行为决定效果及家庭趋向，观念正确，梦想方成真。

二、定序。

家庭有序，是确定家庭伦理、行为规范的基础。一个家长幼有序，行为有定式，各自明确所扮演的角色，才能使一个家正规良性运行。无序，则会失去一切家庭行为原则。不可设想，一个无序家庭会建立起爱、孝、和谐的人际关系并世代传承。

三、立规。

无规矩不成方圆。家庭规范是一个家良好健康运行的法规保障。不可设想，一个无规无法之国能良性存在和发展，家庭亦如此。

四、铸镜。

女主人的文化品位在家庭文化建设中发挥着特殊的作用。妇女作为母亲，是下一代灵魂记忆的第一形象和家庭情感的纽带与轴心，是家庭价值观的重要树立者，也是家庭成员之间和亲朋友邻的维系者，母亲自身文化与言行是后代模仿的样板。没有好母亲，难有好家庭。

五、教读。

良好文化与家庭教育是兴家的养生剂，家长的身教、言教、书教缺一不可。注重建立爱读书家庭和书香门第，使家人从书中获得营养，吸引先进文化的精髓，助家康壮。

六、庆典。

中华民族有着许多优秀的传统节日和人文庆典，家庭成员也都有自己的生日、结婚纪念日、毕业纪念日等人生节典，用好家庭佳节与个性庆典，用文化凝聚家庭，是快乐幸福家庭成长的营养剂。

七、崇艺。

一个什么艺术都不喜欢的家庭，难说是健康幸福的家庭。营造有情趣的家庭氛围，是和谐家庭的显示。中央艺术平台上诸多家庭多辈同台展艺，其乐融融，不只是润泽家亲，也光耀全国。一家之长应带头崇艺、习艺、传艺，琴、棋、书、画、茶、摄影、收藏、栽培花木，都是家庭福祉的调味剂。

八、塑品。

品牌个性文化，是特色家庭塑造的价值所在，中国名门望族均是如此。当今中国，应力建家庭人文品牌文化，注重单一物质文化和核心文化的纠偏。

九、承传。

一切优秀文化不只是创新，而是时代积累，不断延续而传之久远。去其时弊旧陈与糟粕，保持民族的天性元气。优秀的民族文化之所以久远不断，代代相传是关键。家文化创新难，得到传承更难，家长应挑起文化传承的重担。

九、家勤俭廉原则

家有三大品格：勤、廉、俭。

一个家庭，不勤难富，懒能败家。只有勤，而未有俭廉，勤的成果也会付之东流。人们往往能在物不丰裕时勤俭节约，一旦有了钱财之后，便丢失了勤廉节俭的好品格。

中国人刚摆脱食不饱腹才有几天？但不少人却忘记了那苦难岁月的惨景。这些人中有社会人、商人和不同年龄段的富裕者，特别是有不少忘掉家国和民族苦难岁月的官场达人。他们为了一己私利，不惜挥霍国家和人民的心血汗水，不但没对社会发挥良好的管理带头作用，反成了铺张浪费、腐败无度的领头羊，使挥霍浪费的风气蔓延社会。

粮食再多也不能浪费，想想那些刚刚过去的苦与难，看看社会上仍有贫困人，谁也没有理由浪费！

可喜的是，没有刹不住的风，党的十八大下了决心反腐、反贪、反浪费，立法规，出重拳，猛刹社会歪风顽疾。正我党之风，还中华民族勤廉、节俭之本色，赢得了党心、民心，达到理智、法治的效果。

勤廉节俭，是国、家、人民的良好品格风范，理应从上层“大家”带头和管控，从中国四亿三千万家庭做起，既对得起汗滴禾下土的农民兄弟，也对得起那些辛勤劳动的人民。

十、家风原则

家风是一个家庭的风气、风格、风尚、风范。家风正、淳、善、美是引领一个家形成和凝聚正能量，塑造品格人才、品格家庭的主因素。好家风是民族和国家的无价之宝。

家风常与家庭的习俗气节相关联。好家风会涵养正气，塑造家族品格。一个家是清风正气、阳光暖气，还是歪风邪气，妖风浊气，是立家树门的根本。

清风润名门，家法育英才。树家风，是一家之长、一族之长的治家要务。

一方水土养一方人，一方文化塑一地人，一个名门家风影响一地民风、族风。孔、孟、颜、曾之名门望族的家风传承与文化的精髓均为范例。

家风的树建与传承，是家庭、家族传承久远的重要保障，民族与国家更是如此。家风，就中华各民族而言，既有共性特点，也有个性特色。讲共性，是指民族、国家、法律、道德原则和族群通则；讲个性，则是指多民族千家万户的时代、环境与文化背景、习俗的差异和个性特点。中华文明家风，闪烁着中华文化繁荣和文明的灿烂光辉。

家风的树建是家庭之长、家族之长治家兴族的重要职责。创办树建治家、管家、兴家、传承家誉的文化思想和道德规范，总结创作、树立适应一个家庭兴隆发展的，具有兴家核心价值的特色风格，应简练易懂易记，供全家信奉、熟记并遵守维护，家长亦应率先垂范，引领好家风的形成。

家庭十二风范：

门第之风：门第亦称门户、门楣、门望等，即按照家族状况规定等级关系。广义的门第观念涉及社会各个阶层，例如所谓士、农、工、商“四民”；狭义的门第观念则仅指统治阶级内部，如前文所讲庶族和士族。古代门第观念的影响深远而广泛，无处不在，其中最为普遍、最具代表者，当数择偶婚配时的“门当户对”了。大致说来，唐宋以前更加严格，其后虽然稍趋松弛，但也没有根本改变。中国古代影响广泛的门第观念，是数千年来等级社会的深刻反映。

所谓门第之风，是指一个独立的家庭或家族群体，均应有自己的特色风气、风格、风范、风尚。建树特色门第风范，除了家族上世传承，各自然之家，家族、姓族之长均应组织树建本家与族的特色家风。

门第生文化，文化传门第，门第必具特色。

家风影响社区、社会。家风是家族、民族之风，国家之风的基础。

文化之风：文化，以文化人、化物。家庭文化、文明之风，是一个家庭基本的文化主题与核心的价值观念。文领家和，以文化物，先进的家文化决定一个家庭的存在价值观，更是决定一个家能否发展、传承久远的主要因素。文风正，才能有高尚正确的家庭价值观和发展力量。

一个家树建好文风，既靠知识又靠品德。树建好文风是一家之长的良好素质的显现。

教化之风：一家旺传在人才，人才培养在教育。子不教，家之过；教无方，长之愚。一家之长，第一责任是重教化育人，树后代英才。得方得法，教育有果。

家之长应变恨铁不成钢为把铁炼成钢。应既传祖誉，又创教育新风，把家庭培育为知古知今，知爱知孝，知荣知耻，文明有礼的新家庭。

立范之风：言传身教，家长立范，无声树榜，家誉承传，家庭旗举，全家争先。

立志之风：家有志向，人才兴旺，志远心高，激情登攀，志者兴家，无志家瘫。

诚信之风：心实无诈，口忌谎言，一言九鼎，立地顶天，宁愿亏己，决不食言。

俭廉之风：勤劳朴实，节物省源，惜材爱器，珍惜劳动，勤俭持家，见财不贪。

仁善之风：仁慈善良，爱多恨寡，德厚行正，礼义为先，谅人之过，助人之难。

怜悯之风：同情弱者，救灾救难，体谅错者，给予空间，若己富有，多多助捐。

亲邻之风：以邻为朋，多给方便，门前文明，主动树建，鸡犬相闻，礼仪相见。

忍让之风：善退善让，心胸宽广，小事善化，大事善研，亏损变福，天地人圆。

修身之风：修身养品，一身体健，多察己短，自我诊断，不护弱错，锻造身坚。

十一、家训原则

何为家训？

家训，是传统家庭或家族、姓族内部治家教育子女和后世的训诫、训辞，是志传家学，力弘家道，凝聚老少，励志家庭的大文化。

家训是特定时代以占主导地位的社会思想与主题文化作为教育内涵的特别教育形式。在中华历史传统宗法社会中，家训是文化承传的重要载体和教化形式，并通过修身立德的伦理、道德教育，惩恶扬善的因果教育，传统学术、经文铭语的文化教化，起到稳定家庭、家族，惠及姓族、民族，有利国家的大文化效应。

训，既显示极强的思想道德修养，又彰显着一个家庭的价值观念，同时具有较高的文化水平。

训辞随时代而转换，继承与创新相结合，孝爱为本，训教一体。

十二、家礼原则

所谓家礼，是日常应用的家庭礼仪，是百姓家庭、家族、姓族日常生活中，礼仪与风俗相融合的重要文化，是家庭精神文明和物质文明传承的文化要素，家礼也是家庭情感交流、生产生活、社会活动交往的行为规范的实践总结。施礼、行礼，礼的厚重与文明程度，标志着一个家庭、家族的整体素养与文明程度，也是凝族聚心，稳定社会的健康氛围及和谐环境的标准。

礼，不是法，是俗、约、规及传统，但家庭礼、俗、约、规除了具有民族、家族、区域特色个性，还应与国家法规相连接，使礼俗与民族、国家法规相融合。民家民居之礼俗，就是国家礼俗。

中华民族百姓家庭家居的礼仪、习俗丰富多彩，从一个民族家居的个性礼仪习俗到多民族礼俗，是一个礼的大千世界，如婚嫁礼仪、丧葬礼仪、祭祀礼仪、宴礼、贺礼、节日礼、生日礼、家庭交往、亲朋往来、庆种庆收、出海归岸等，均彰显着大家族礼文化的博大精深。

一个家庭应十分重视礼的建设与传承，做到家人处处讲礼，施礼、行礼文明有法度，并能做到避旧规陈礼、创新适应时代的先进礼仪。随着社会变化，败俗礼仪都应摒弃，像男女婚嫁五花八门的彩礼，丧事大办的旧礼风，祝寿贺岁的拜金等，均应在革除之列。

礼仪传承应崇新避陈，家庭礼仪应健康育人，若无礼、少礼、不讲礼仪，难成文明家庭。

十三、家节原则

中华民族的传统节日，是民族悠久历史文化的重要组成部分，以民族和家庭习俗为单元的个性文化，积淀着博大精深的中国历史文化内涵。

所谓家节，是以家庭、家族、民族为主体的庆典和纪念活动。

因此，家节的内容十分丰富，并在不断地挖掘、复兴着。这些家节的活动内容、形式、时节不同，活动的主题意义不同，直接反映了节日价值。

凡家节应搞好设计，主动参与，根据节日的主题内容，用心结合家人的现状需要，让节日在庆典纪念中呈现好效果。

以春节为代表的各种主题的传统佳节所举行的各种庆典活动，牵动着千百万个家人的心，

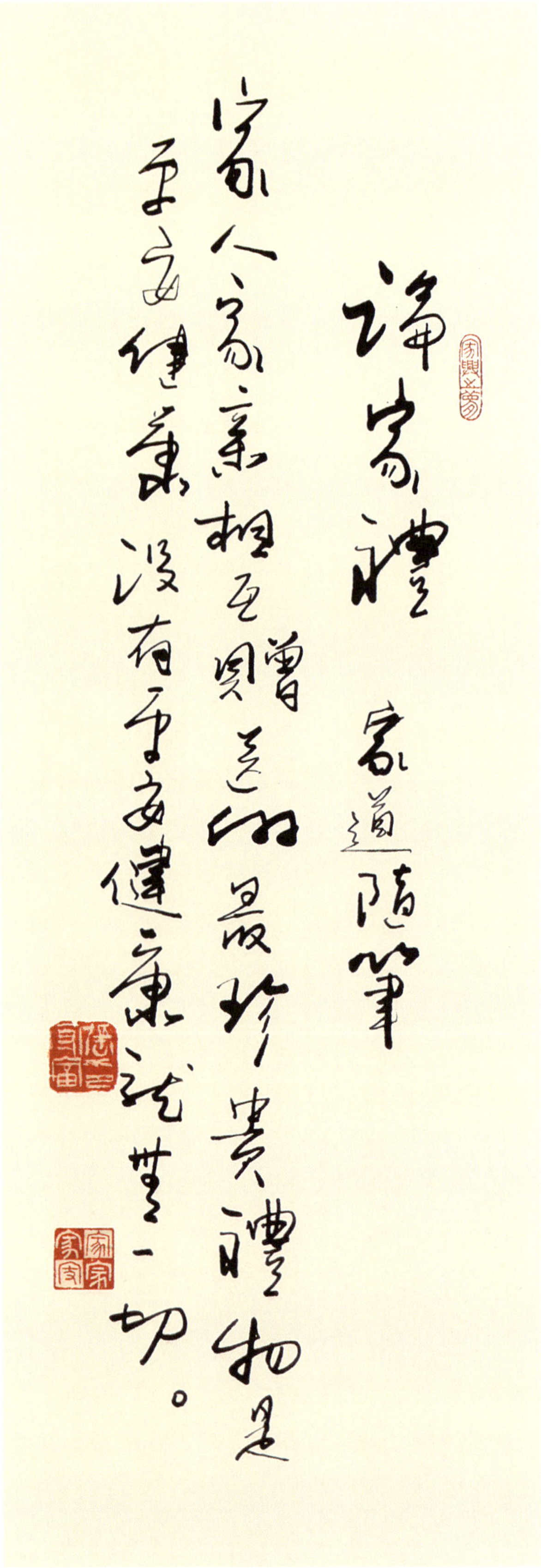

论家礼　家道随笔

家人家亲相互赠送的最珍贵礼物是平安健康，没有平安健康就无一切会成为家庭和谐、孝爱业兴传承的精神动力源，包括家庭举行的生日、婚姻、丧事等，也是家庭运行中不可缺少的精神活动。

十四、家祭原则

家祭是以家庭为单位在家里祭祀死者亡灵的活动。

家庭祭典的内容形式与节点甚多，清明的扫墓祭祖，端午节的中华名士祭奠忆思等。祭典必有主体内容，必有适当的方式方法，以取得良好的效果。

当今，许多家庭祭典已经不是小家庭单一的活动了，众多家庭祭典已与国家民族祭典紧紧地连在一起。诸多祭典日已受到家庭与社会的重视。国家的大型祭奠活动，已经成为民族与国家的重要祭典活动，也成为家庭与国民爱国爱家的重要政治文化活动。

十五、家忌原则

不要认为是一家人，就可无话不谈，就不假思索信口开河；不要认为是亲生亲骨，就随意处事，不计影响家人关系；不要认为家中没有可讲的理，可依的法，便放任行为。家中戒律，是兴家之规矩。

忌疑，疑是不信之源，不信则为不和之源；

忌谎骗，谎骗是不诚之术，谎骗则失信失和；

忌不孝，不孝难兴家，不孝难交友，不孝难成业；

忌挑拨，家庭关系角度多，敏感脆弱，婆媳、夫妻、妯娌、姊妹均如此。为私利学话挑事，是家庭和谐的大忌之一。

忌冷漠，遇到矛盾，首先进行自我检讨，处理家人关系，重情热心。

忌偏袒偏爱，家人一样亲，偏袒无知、无智、无理，无好效果。

忌赌气，要善于沟通，主动退让。

忌专断，家长之大忌，只要求家人尊重听从，不发扬民主，家庭关系难以和谐。

家忌是知识、智慧的表现，也是品德家风的显现。

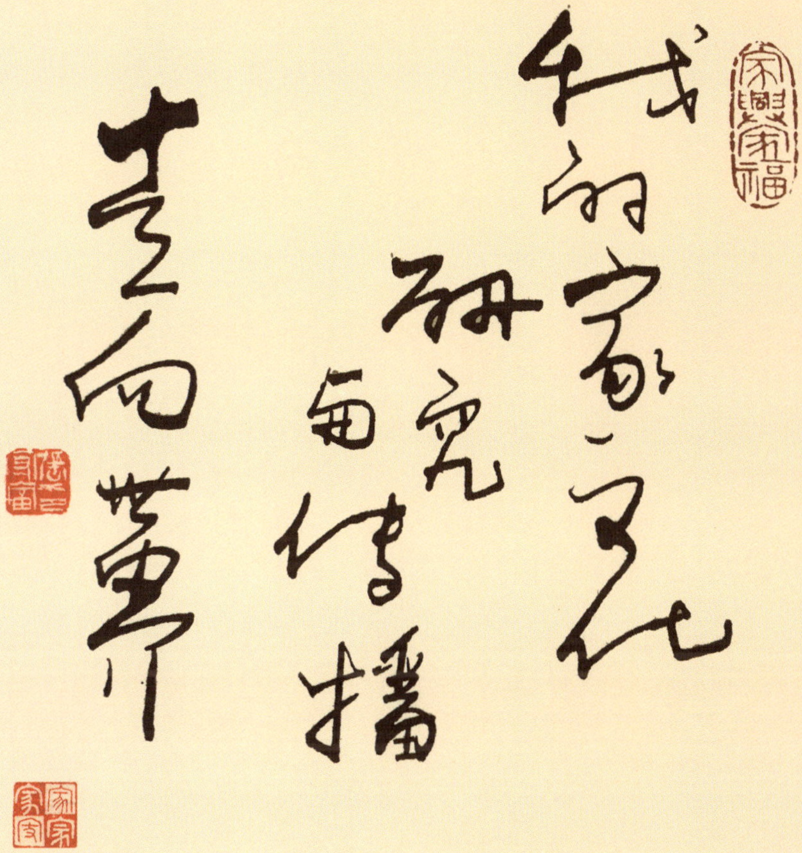
我的家乡文化
研究与传播

我的家文化研究与传播走向全国与世界

世界家文化交流

世界三十多个国家的友人来到中国上海与我交流家文化，通过家文化交流学书“家”字，加深对中国传统文化和文明历史的了解。

世界近三十个国家访华团到张守富家进行家文化交流，体验中华民族传统深邃的文化

张守富与外国友人交流

张守富同北大上海校友会一起打造学校家文化

上海浦东养老院交流家文化

张守富打造家文化艺术传承，与书法学员交流家文化

“家道传承神州行”在德州

“美丽的菏泽我的家”家道讲坛神州行义工团合影

菏泽专场观众激动落泪

“大合之声”合唱团

“美丽的泉城我的家”百米长卷主题家文化（荷花卷）揭卷仪式

“美丽的泉城我的家”百米长卷主题家文化（荷花卷）揭卷仪式

济南市人大常委会副主任许强，济南市委常委、宣传部部长、市社科联主席杨峰，济南市委宣传部副部长、济南市文明办主任周鸿雁，济南传承家文化研究院张守富在活动现场

济南市委常委、宣传部部长、市社科联主席杨峰与济南市委宣传部副部长、济南市文明办主任周鸿雁在活动现场

家道讲坛神州行济南专场“美丽的泉城我的家”现场

张守富在活动现场

济南电视台知名主持人天天

张守富在活动现场讲述作品创作历程

儿童演出团表演家孝文化

儿童演出团在活动现场表现家孝文化

演员正在演唱张守富作品《妈妈在哪哪是家》

演员演唱张守富作品《美丽的泉城我的家》

演员朗诵张守富作品《回家》

演员正在朗诵张守富作品《母亲》

演员朗诵张守富作品《家是什么》

演员正在表演张守富作品《家父的背》

张守富演奏妈妈最爱听的音乐

张守富赠送观众作品

张守富赠送文明之家作品

张守富“家道传承神州行”上海专场“家字长卷”签字活动

济南传承家文化研究院首席专家张守富正在教学生们书写家文化

张守富正在传播家文化

原中国文联副主席吴雁泽，中国人民解放军军事科学院原院长刘成军上将，原中国人民解放军北京军区空军政委、现中国人民解放军中部战区空军政委刘绍亮中将参加了在北京人民大会堂举行的张守富诗词与书法艺术展。右后为同事（现山东驻沪办副主任）薛福民

原中国美术家协会主席刘大为在张守富北京人民大会堂艺术展现场参观并交流家里的好色彩

中国书法家协会、中华诗词学会、中国美术家协会等六大艺术机构在北京人民大会堂召开张守富诗词与书法艺术研讨会

中国诗歌学会秘书长张同吾在北京博物馆张守富诗词书法作品展上致辞并交流家里的好诗篇

著名词作家阎肃参观张守富北京诗词书法艺术展并交流家里的好诗词

家里的好声音

二根银弦鸣家音

家里的好声音

——田歌点赞家里的好声音

田歌，中国著名曲作家和音乐人。一曲《草原之夜》传唱了几十年，经久不衰。83岁高龄的音乐家，已经创作了一千多首优秀音乐作品。

张守富与著名作曲家田歌合影

田歌是我的挚友，也是我一县同乡。羊年春节，在上海工作的单县乡弟马凌骏等几家人又像往年一样，相聚海南三亚。“他乡遇故交”，饮酒品茶，其乐融融，其间不能不说起音乐创作。茶酒间，我情不自禁地哼唱起了我的“家道”主题音乐“家里的好声音”歌曲之一《妈妈在哪哪是家》，曲一出口，一下子就引起了田歌乡兄的共鸣。他很快就归纳总结说：“家和妈，情与歌，家里的好声音同每个家庭的幸福生活之梦，就像瓜儿离不开秧、孩儿离不开娘一样，唱出了家庭和谐的主旋律，唱出了家庭建设的美妙和声，唱出了家道、家梦和家魂文化的鲜明主题。”他不愧为音乐大家，寥寥数语，便点出了我音乐创作的初衷。

在我的邀请下，他和我一句句、一首首地为我创作的“家里的好声音”进行润色。从而使我的九首“家里的好声音”系列歌曲增添了许多成色。在我“家里的好声音”系列歌曲陆续公开发表之际，共同祝愿这些歌曲能字字入耳，句句入心，美好声音传遍万户千家！

我的祖国我的家

张守富词曲

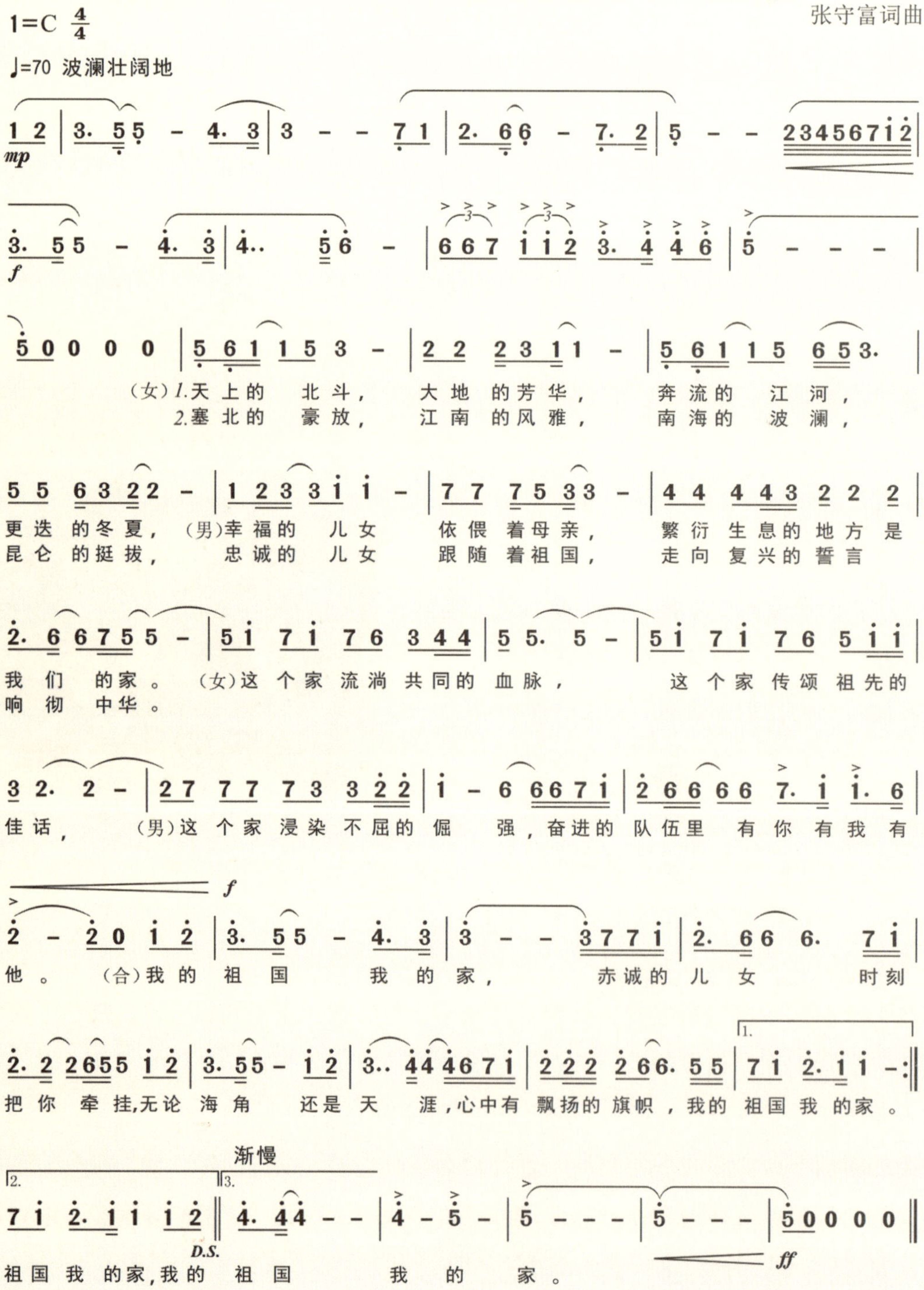
1=C 4/4
♩=70 波澜壮阔地
mp
f
(女)1.天上的 北斗， 大地 的芳华， 奔流的 江 河，
2.塞北的 豪放， 江南 的风雅， 南海的 波 澜，
更迭 的冬夏，(男)幸福的 儿女 依偎 着母亲， 繁衍 生息的 地方 是
昆仑 的挺拔， 忠诚的 儿女 跟随 着祖国， 走向 复兴的 誓言
我们 的家。(女)这 个家 流淌 共同的 血脉， 这 个家 传颂 祖先的
响彻 中华。
佳话， (男)这 个家 浸染 不屈的 倔 强，奋进的 队伍里 有你 有我 有
f
他。 (合)我的 祖 国 我 的 家， 赤诚的 儿 女 时刻
把 你 牵 挂,无论 海 角 还是 天 涯，心中有 飘扬的 旗帜，我的 祖国 我 的家。
渐慢
祖国 我 的家,我的 祖 国 我 的 家。
D.S.
ff

妈妈在哪哪是家

1=D 4/4
♩=72 深情、亲切地

张守富　词曲

(5 3 5 6 i - | 6 i i 3 5 - | 3 5 6 i 2 i 6 | 5 - - - | 6 i i 6 i - |

5 i 6 5 3 - | 2· 3 2 i 2 1 1 6 | 1 - - -) | 5 6 5 6 i· 7 |
　　　　　　　　　　　　　　　　　　　　　　　　　妈　　　妈

6 i i 3 5 0 0 | 6 5 0 6 5 3 1 | 2 - - - | 3 2 3 5 0 0 3 | 6 i 5 3 2 0 0 |
你　在　哪　　哪里　就　是　家，　　　妈　妈　啊你　在　哪

2 1 0 3 2 1 1 6 | 1 - - 2 | 3 5 3 2 3 0 0 | 6 5 3 2 3 0 0 |
哪里　　就　是　家。　　过了秋　冬　　又　过　春，

5· 5 5 3 5 6 7 | 6 - - ∨5 6 | i i 6 i 2 i 6 5 | 3 6 5 2 3 0 0 |
春　冬过去是　酷夏，　你　养育了儿　女　看孙孙，

2· 2 2 3 2 1 1 6 | 5 - - ∨3 5 5 ‖: 6· 5 6 5 6 | i· 6 i 6 i i |
你　到哪里哪里是　家。　　春天的　阳　光春　天　的雨夏天的

2· 3 2 i 6 | 5· 3 5 0 0 | 6 i i 6 5· 6 5 | 6 5 6 i 3 2 0 0 3 2 |
红　荷　夏　天　的瓜，　　秋　天的风　光秋　天的果，　哎咳

1 2 3 1 2 0 0 | 3 2 3 5 6 | i - - - | 7 3 5 7 6 0 | 5 6 5 2 3 0 0 3 2 |
哎咳哎咳哟　冬天的火　红　　凝聚这个家，　凝聚这个家　啊

1 6 1 2 - | 3 2 0 3 5 6 | 7 - - - | i i 2 7 ⁶⁷6 | 5 - - 3 |
妈　妈　你在　哪　里　　　哪里　就是　家，

(反复结束时放慢处理)
5 6 0 5 6 i | 2 - - 3 | 2 2 0 3 2 i i 6 | i - - ∨3 5 5 :‖ i - - - ‖
你在　哪　里　哪里　就　是　家。春天的　家。

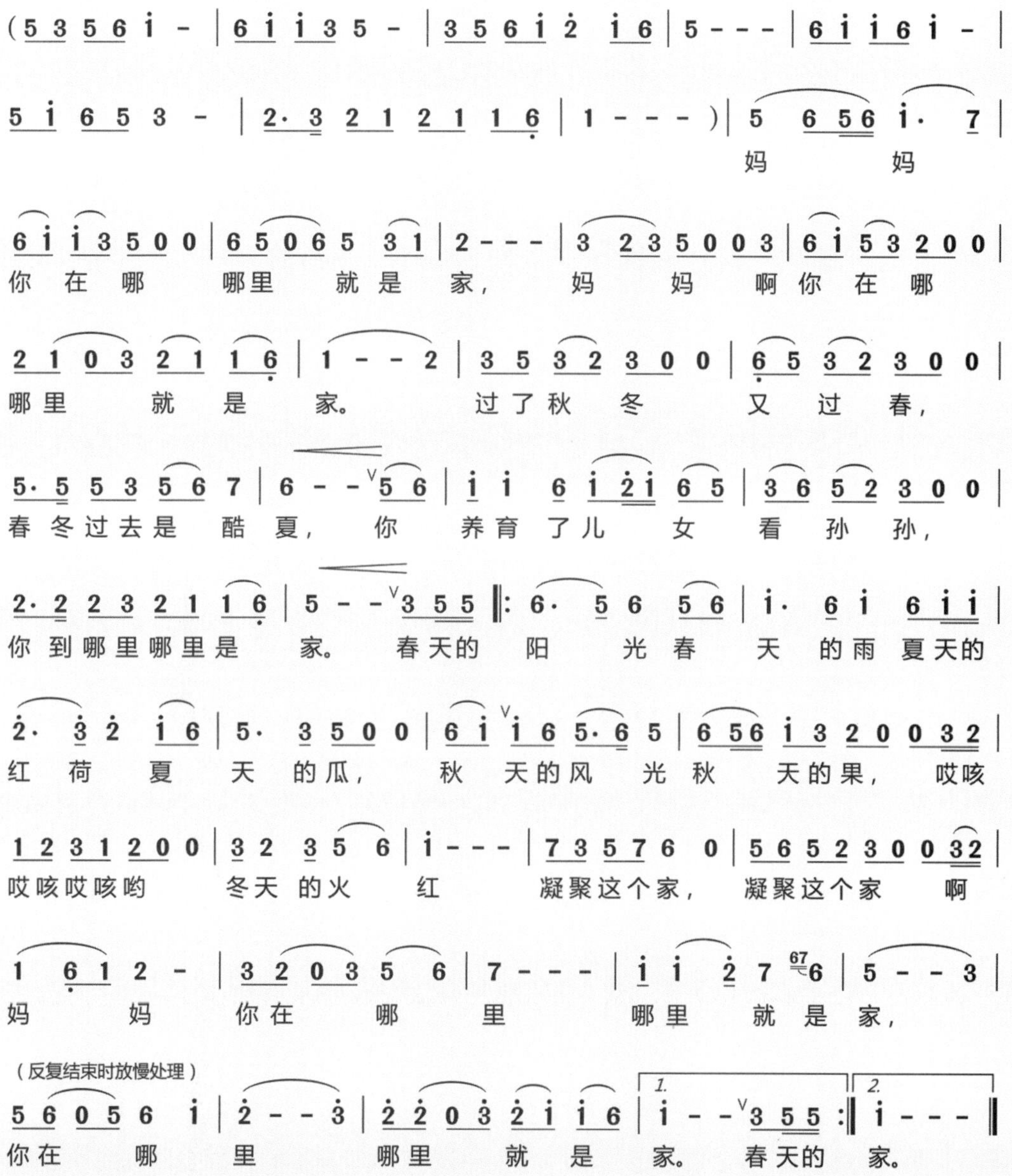

家 是 什 么

1=♭E 4/4　　　　　　　　　　　　张守富 词曲

亲切、温情地

(0 5̲ 6̲ | 1̲ 1̲ 6̲ 1̲ 1̲ 1̲ 6̲ | 6̲ 1̲ 6̲ 5̲ 3̲ 2̲ 3̲ 0 | 6̲ 5̲ 6̲ 1̲ 2̲̇ 2̲̇ 3̇ | 6̲ 1̲ 2̲̇ 1̲ 1̲ -)

3. 2̲ 3̲ 0 | 2̲ 1̲ 1̲ 6̲ 1̲ 0 | 1̲ 2̲ 1̲ 2̲ 3̲ 2̲ 3̲ | 1̲ 6̲ 1̲ 3̲ 3̲ 2̲
家 呀家，　家 是 什 么？　家 是 一 个 老　窝，谁 也　离 不 开

2 - - - | 5. 3̲ 5̲ 0 | 3̲ 5̲ 3̲ 2̲ 1̲ 0 | 6̲ 1̲ 1̲ 2̲ 3̲ 5̲ 3̲
她 。 　　　家 呀家，　家 是 什 么？　家 是 一 根 酷 藤，

5̲ 5̲ 3̲ 5̲ 3̲ 6̲ 5̲ 6̲ | 3 - - 0 | 6̲ 5̲ 3̲ 2̲ 3̲ 2̲ 1̲ | 2̲ 3̲ 5̲ 3̲ 5̲ 2̲ 3̲ 0
家 是 一 簇 花。　　　家 呀家 是 什 么？家 是 什 么？

2̲ 6̲ 1̲ 6̲ 3̲ 5̲ 3̲ 2̲ | 6̲ 5̲ 3̲ 3̲ 2̲ 3̲ 2̲ 1̲ | 1 - - - | 1̲ 1̲ 6̲ 1̲ 1̲ 1̲ 6̲
家 是 一 个 港 湾，温 馨 凝 聚 她。　　　人 生　入 世 的

6̲ 1̲ 6̲ 5̲ 6̲ 0 | 6̲ 5̲ 6̲ 1̲ 1̲ 6̲ 5̲ | 6̲ 1̲ 6̲ 3̲ 5̲ 0 | 6̲ 6̲ 5̲ 6̲ 1̲ 6̲
欢 迎 地，长 大 成 人 的　生 命 吧，生 命 的 摇 篮，

3̲ 2̲ 3̲ 5̲ 2̲ 3̲ 2̲ 3̲ 3̲ 2̲ | 6̲ 5̲ 6̲ 1̲ 2̲̇ 1̲ 2̇ | 2̲̇ 2̲̇ 0 3̲ 2̲̇ 2̲ 1̲ | 1 - - -
生　命 的 根 呀！　家 像 一 坛 老 酒，家 像　一 碗 香 茶。

2̲̇ 3̲̇ 3̇ - 3̲̇ 2̇ | 2̲̇ 2̲̇ 3̇ 3̇ - - | 5 5̲ 6̲ 1̲ 1̲̇ 7̲ | 1̇ 2̲̇ 1̲ 6̲ -
咳 哎　哎 咳 哎 哎 咳！　风 雨　来 了　回 港 湾，

0 1̲ 6̲ 1̲ 2̲̇ 1̲ 2̲ 0 3̲ | 2̲ 0 0 3̲ 2̲̇ 2̲ 1̲ | 1 - - - | 0 6̲ 5̲ 6̲ 1̲ 1̲ 7̲
苦 了 累 了　港 湾 里 扎，　这 里 是 家 呀，　这 就 是 家，

6̲ 5̲ 6̲ 3̲ 2̲ 3̲ 0 | 0 1̲ 6̲ 1̲ 3̲ 2̲̇ 3̇. | 2̲ 0 0 3̲ 2̲̇ 2̲ 1̲ | 1 - - - | 1 0 0 0 ‖
这 就 是 家，　这 就 是 家 呀 这　就 是 家。

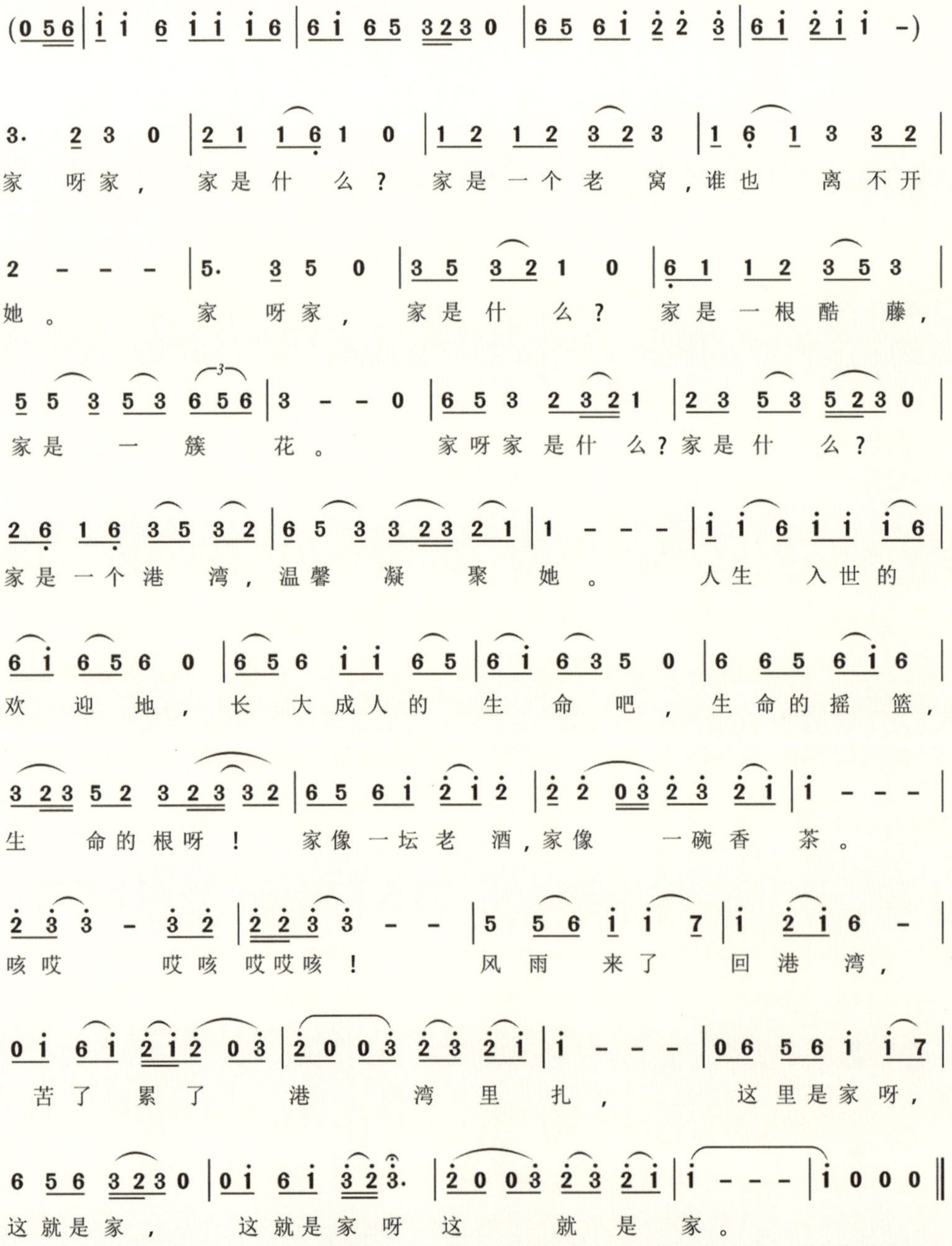

老家

1=D $\frac{4}{4}$

♩=70

张守富 词曲

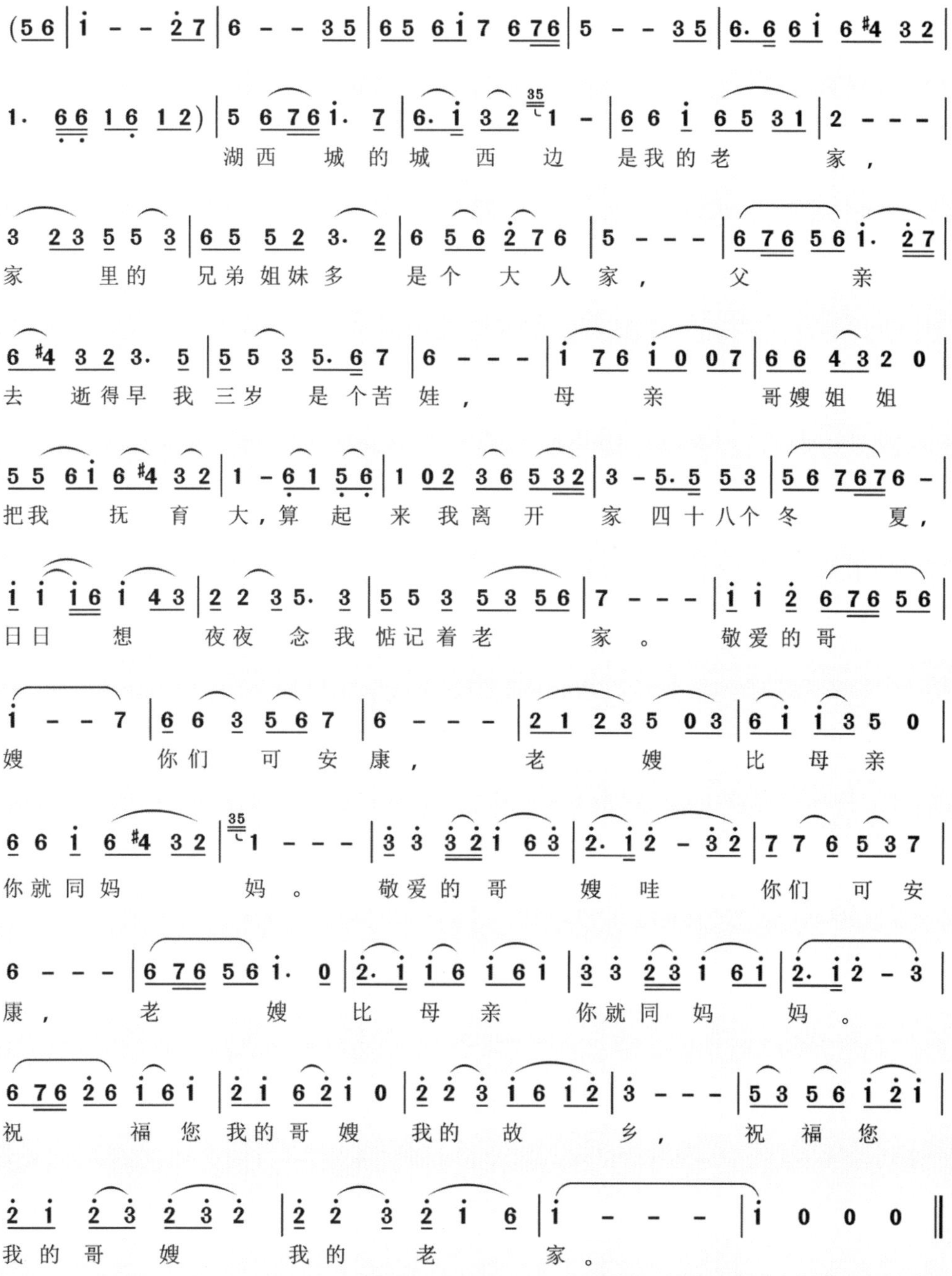

这里是我美丽的家园

1=C 3/4 4/4

张守富　词曲

55 3 67656 i6i i 6 | 3. 6 562 323 0 6 | 22 1 2. 3 535 5. 3 | 16 1 232121 1 － |

2 2 3 562 323 3 32 | 2. 3 216 5 － | 1. 6 3 23 2. 3 | 1. 6 3 23 2 － |
美丽的泉　城　　　蓝　蓝的天，　　白云飘　过　　　这座古城边，

3 6 6 562 323 0 2 3 | 6 6 1 562 323 3 | 1 6 6 3 23 2. 3 | 3 2 3 1621 1. 3 |
明湖的柳　荷　　哒呵 散发着芳　香，　　泉泉珍珠　　　一串 连一串 嗬，

5 53 6 56 563 0 | 6 56 562 323 0 | 2 2 2 1 2. 3 565 53 | 5 2 3 1623 1 － |
黄河流　过　　我的家门口，　　千佛山的大　佛　　　微笑的容　颜，

‖: 5 5 53 6 56 i6i i 6 | 6 56 562 5 23 0 | 2 2 1 2. 3 535 5. 3 | 1 6 1 232121 1 － |
新时代的泉　城哟　　多壮美，　　这里 就是 我 的 美丽家　园。

3/4 ²³3 2 i 6 0 | ¹²2 i 65 0 :‖ 4/4 2 2 1 2. 3 535 53 | i 6 1 232121 1 － | i － － 0 ‖
哎嗨哎嗨哟，　哎嗨哎嗨哟，　　这里 就是我的　美丽 家　园。

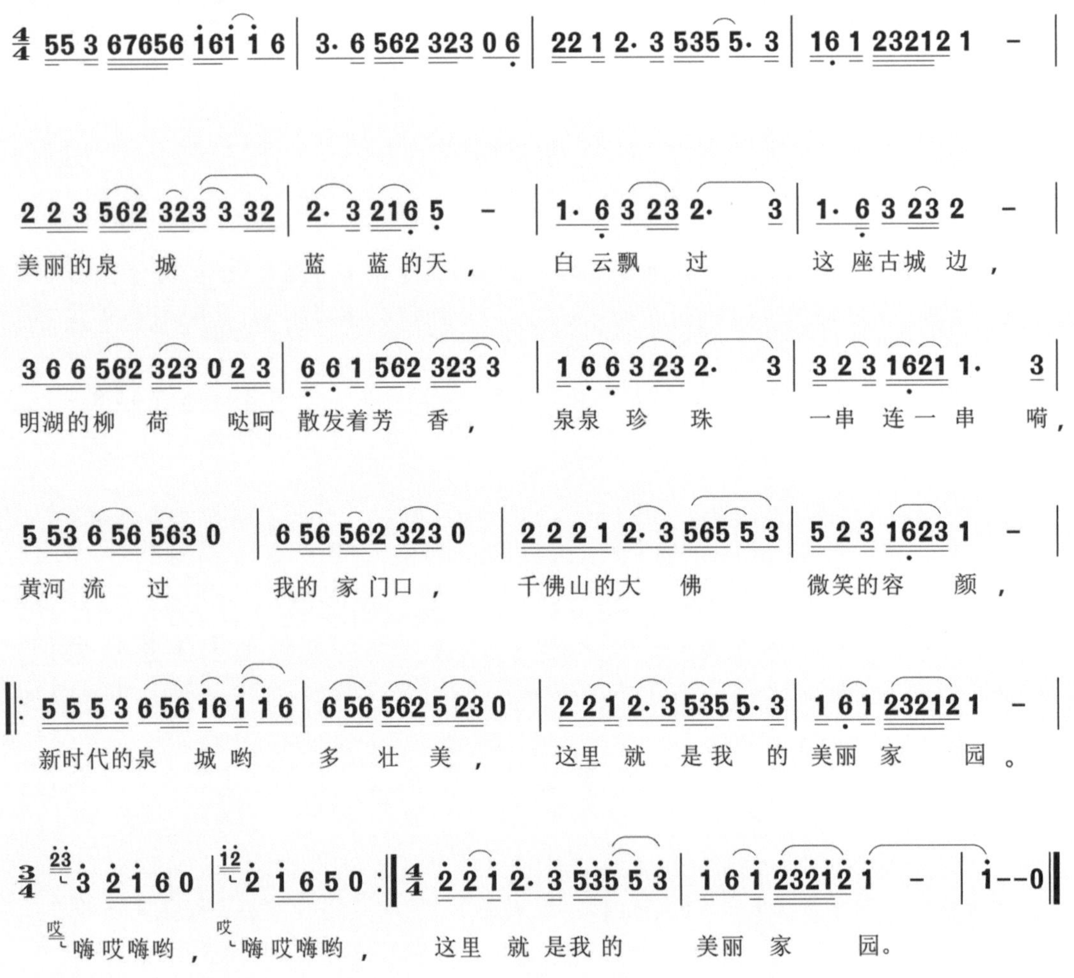

我和妈妈手牵手

1=C 4/4

张守富 词曲

深情、亲切地

(3 5 6 i | 2 5 3 - - 3 2 | 6 6 3 5. 6 7 | 6 - - - |

6 5 6 i | 2 7 6 6 4 3 2 0 | 2. 1 2 1 6 1 1 6 | 1 - - 0 |)

3. 5 3. 2 1 0 | 2. 1 1. 6 5 0 | 1 1 6 2. 3 5 2 | 3 - - - |

小 时 候， 我 妈 妈 牵 着 我 的 手；
长 大 后， 我 牵 着 牵 着 妈 妈 的 手；

2 2 3 5. 3 5 | 2. 3 3 1 2 0 | 1 6 3 2. 3 2 1 | 2 - - 0 |

让 我 爬 行 学 会 了 走， 学 会 了 走。
年 纪 大 了 慢 慢 走， 慢 慢 地 走。

5 5 3 5 6 7 | 6 - - 5 3 | 2. 2 2 3 5 3 2 | 2 0 6 5 3 |

儿 的 双 臂 坚 强， 妈 妈 双 膝 是 扶 手， 妈 妈 的
妈 妈 幸 福 路 上， 儿 的 双 肩 是 扶 手， 儿 的

6 5 6 i 1 - | i 7 6 5 6 | 1 6 3 2. 3 2 1 | 1 - - - |

双 膝 是 扶 手， 是 扶 手。
双 肩 是 扶 手， 是 扶 手。

3 2 3 1 6 5 | 2 3 5 2 3 0 | 2 2 3 5. 3 5 | 1 6 3 3 2 0 |

饭 桌 前， 妈 妈 牵 着 我 的 手， 香 甜 的 饭 菜 喂 进 我 的 口；
饭 桌 前， 牵 着 妈 妈 的 手， 一 碗 碗 热 饭 端 到 妈 的 手；

6 3 3 5 2 3 3 1 | 3 2 3 5 5 3 0 | 6 6 5 6. 3 5 | 6 3 6 7 6 5 0 |

村 头 的 路， 妈 妈 牵 着 我 的 手， 把 我 送 到 校 门 口。
春 天 里， 牵 着 妈 妈 的 手， 溪 旁 一 同 看 杨 柳。

i 2. 7 6 - | 6 6 3 6 6 4 3 | 2 0 7 6 7 | 3 7 7 7 6 | 7 0 6 6 3 |

长 大 后， 妈 妈 牵 着 我 的 手， 让 我 遇 难 不 回 头， 不 呀
风 雨 中， 牵 着 妈 妈 的 手， 儿 就 是 雨 伞 为 您 遮 寒 流， 为 您

7 7 6 6 - | 6 4 3 4 2 0 3 2 | 1 6 2. 3 - | 6 6 7 6 7 6 5 |

不 回 头。 妈 妈 呀 啊！ 妈 妈 呀！ 孩 儿 成 长
遮 寒 流。 妈 妈 呀 啊！ 妈 妈 呀！ 您 的 微 笑

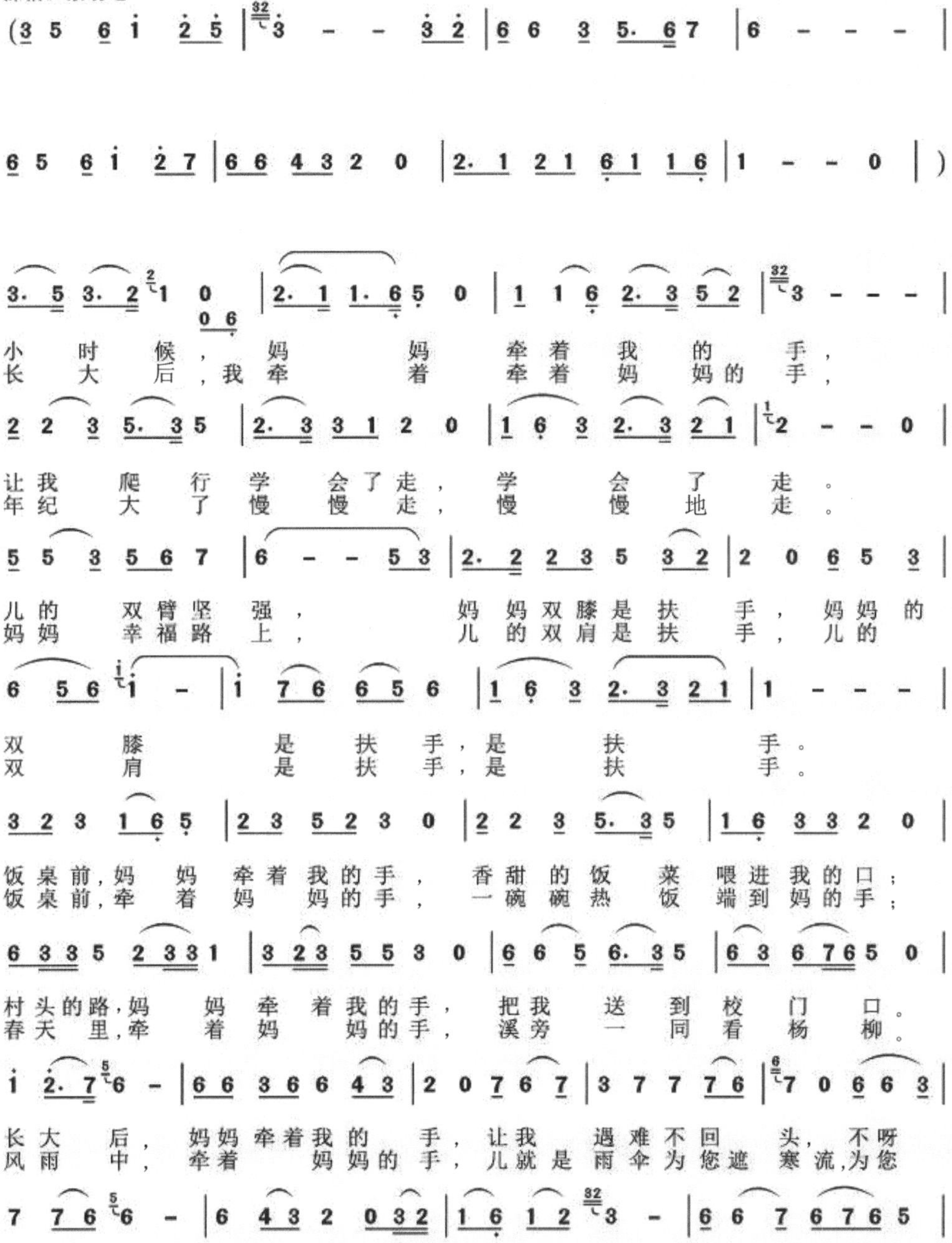

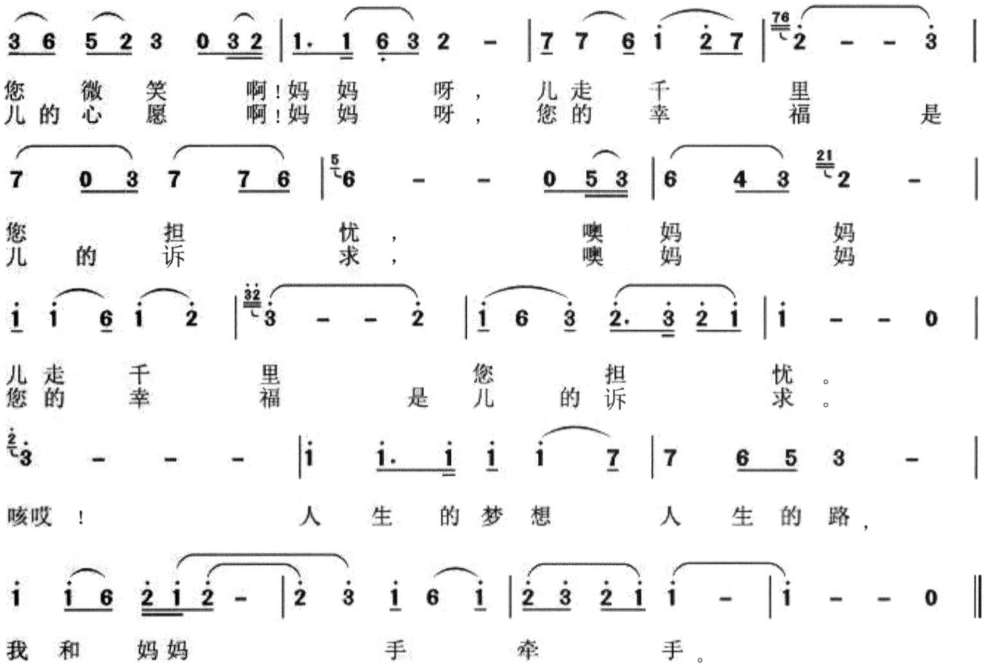

```
3 6 5 2 3  0 3 2 | 1. 1 6 3 2  - | 7 7 6 i · 2 7 |⌐76⌐ 2 - - 3 |
您  微 笑  啊！妈 妈 呀，儿 走 千    里
儿 的 心 愿 啊！妈 妈 呀，您 的 幸    福  是
```

```
7  0 3 7  7 6 |⌐5⌐ 6 - -  0 5 3 | 6 4 3 ⌐21⌐ 2 - |
您  的 担  忧 ，    噢 妈    妈
儿 的 诉  求 ，    噢 妈    妈
```

```
i i 6 i  2 |⌐32⌐ 3 - -  2 | 1 6 3  2. 3 2 1 | i - - 0 |
儿 走 千  里    您 的 担    忧 。
您 的 幸  福   是 儿 的 诉    求 。
```

```
⌐2·3⌐ 3 - - - | i i. i i  i 7 | 7 6 5 3 - |
咳 哎 ！    人 生 的 梦 想  人 生 的 路，
```

```
i i 6 ⌐21⌐2  2 - | 2 3 i 6  i | 2 3 ·2 1 i - | i - - 0 ‖
我 和 妈 妈    手  牵    手 。
```

妈妈的香乳

1=F $\frac{4}{4}$

张守富 词曲

亲切地

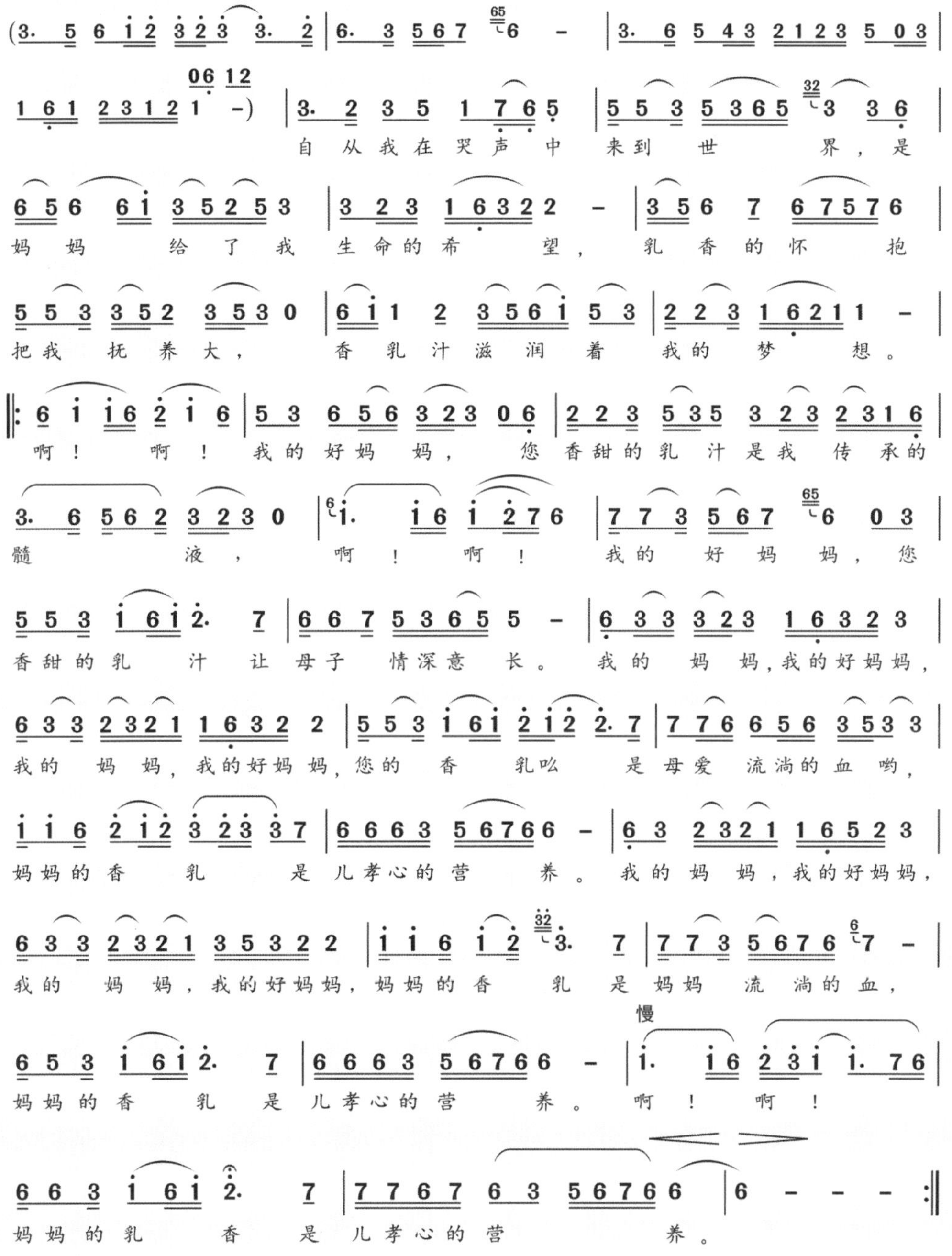

邻居

1＝♭E（或D）2/4　　小合唱　　张守富　词曲

每分钟 120 拍　热情地

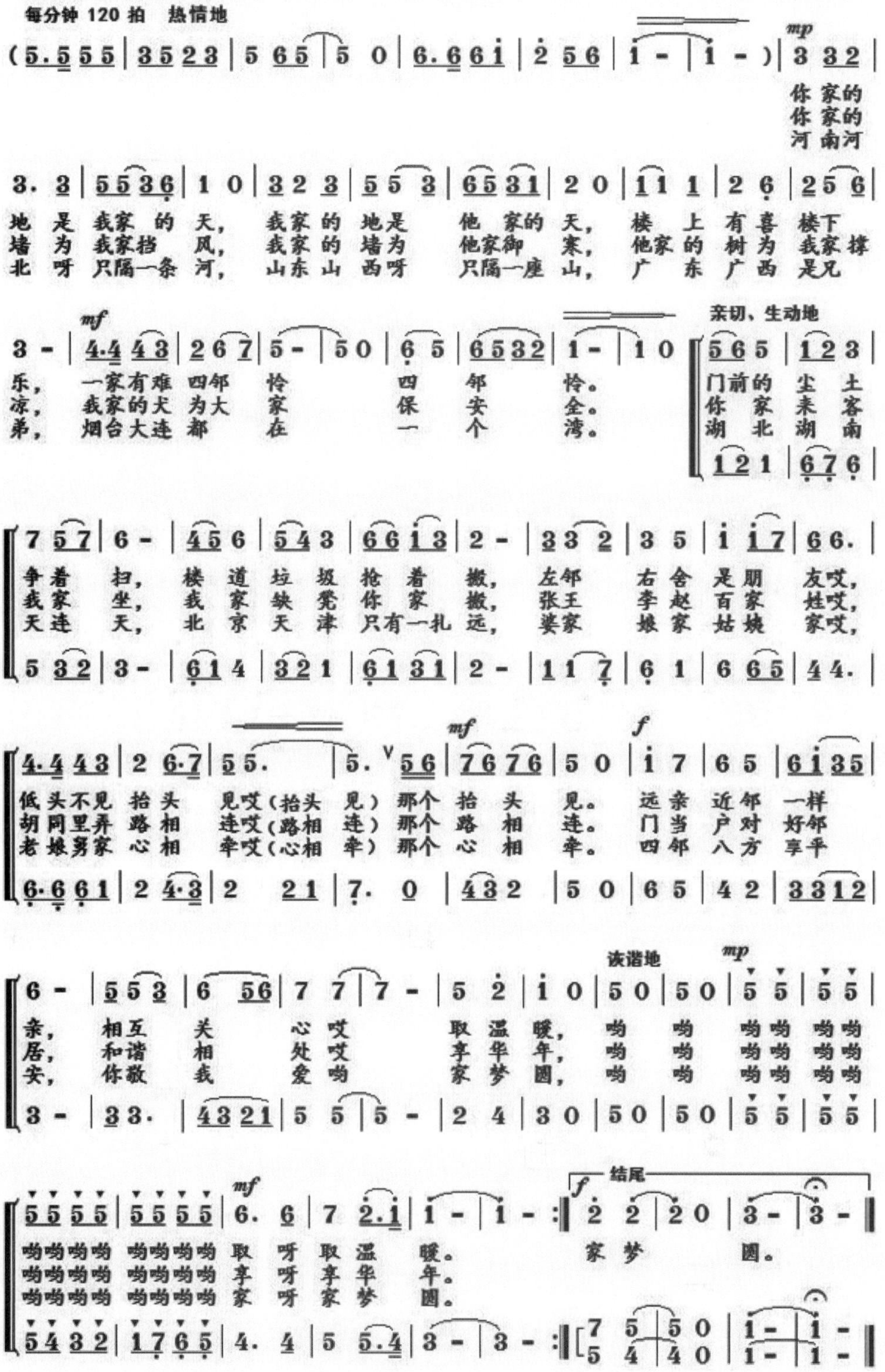

我挥巨笔刷长天

1=C（或D） 4/4 2/4

张守富词曲

豪放、激情地

(0 5 6 ‖: 3 3 23 17 2 65 | 6 5 35 1 2. 23 | 5. 35 64 32 1 | 3 35 23 6 1 -)|

5. 35 21 1. 7 | 6 01 6 13 5 - | 6 6 56 1 5 65 1 | 6 6 56 2 3 - |

1.大　长锋　大　长杆，擎竹一杆　铁臂挽，铁臂　挽。
2.大　长锋　大　长杆，擎竹一杆　铁臂挽，铁臂　挽。

5. 35 21 1 1 76 | 5 53 7 2 6 - | 1. 65 6 13 2 | 6 5 35 21 1 - ‖

大海当　墨啊　峡谷为砚，万仞险峰　写呀写楹联。
大海当　墨啊　峡谷为砚，万仞险峰　写呀写楹联。

3. 33 2 1 61 2. 33 21 6 | 5. 56 1 65 6. 11 3 5 | 3. 33 2 1 61 2. 33 2 16 |

写下中华　大地美，写下长城　万呀万里绵。写下长江　传呀传古训，
写下民族　复兴梦，写下江山　坚呀坚如磐。写下悠悠　中呀中华情，
写下家兴　与孝爱，写下民族　兄呀兄弟缘。写茶写酒　写呀写修竹，

5. 55 6 1 61 2 33 1 2 | 23 23 53 5. | 5. 35 61 2 - | 25 61 2 01 23 |

写下黄河　是呀是摇篮。浓墨重彩　绘呀绘宏图，我挥巨
写下万年　瑰呀瑰宝传。浓墨重彩　绘呀绘宏图，我挥巨
写下人民　幸呀幸福愿。浓墨重彩　绘呀绘宏图，我挥巨

5 5. 5 - | 2 03 23 21 1 - ‖ 结束句 3. 33 2 1 61 53 | 3. 33 2 1 63 22 |

笔呀　刷呀刷长天。D.S.哎咳　咳依呀　咳吆哎咳　咳依呀　咳吆
笔呀　刷呀刷长天。
笔呀　刷呀刷长天。

0 5 53 5. 6 12 | 2/4 3 - | 4/4 5 5 3 2 3 6 | 1 - - - ‖

我挥巨　笔　刷呀刷长天。

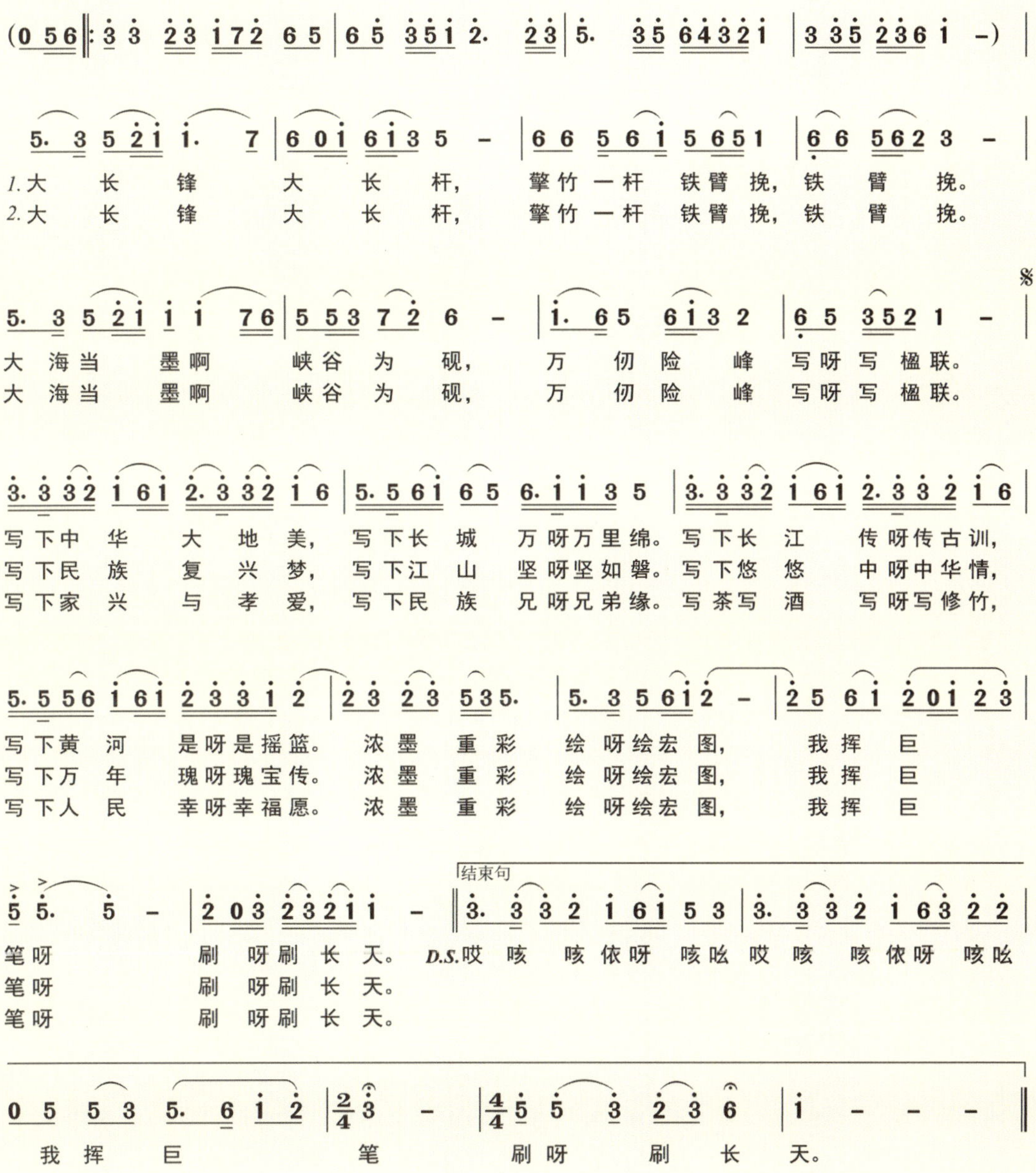

今日又回沂蒙山

1=$\frac{4}{4}$

张守富　词曲

深情地

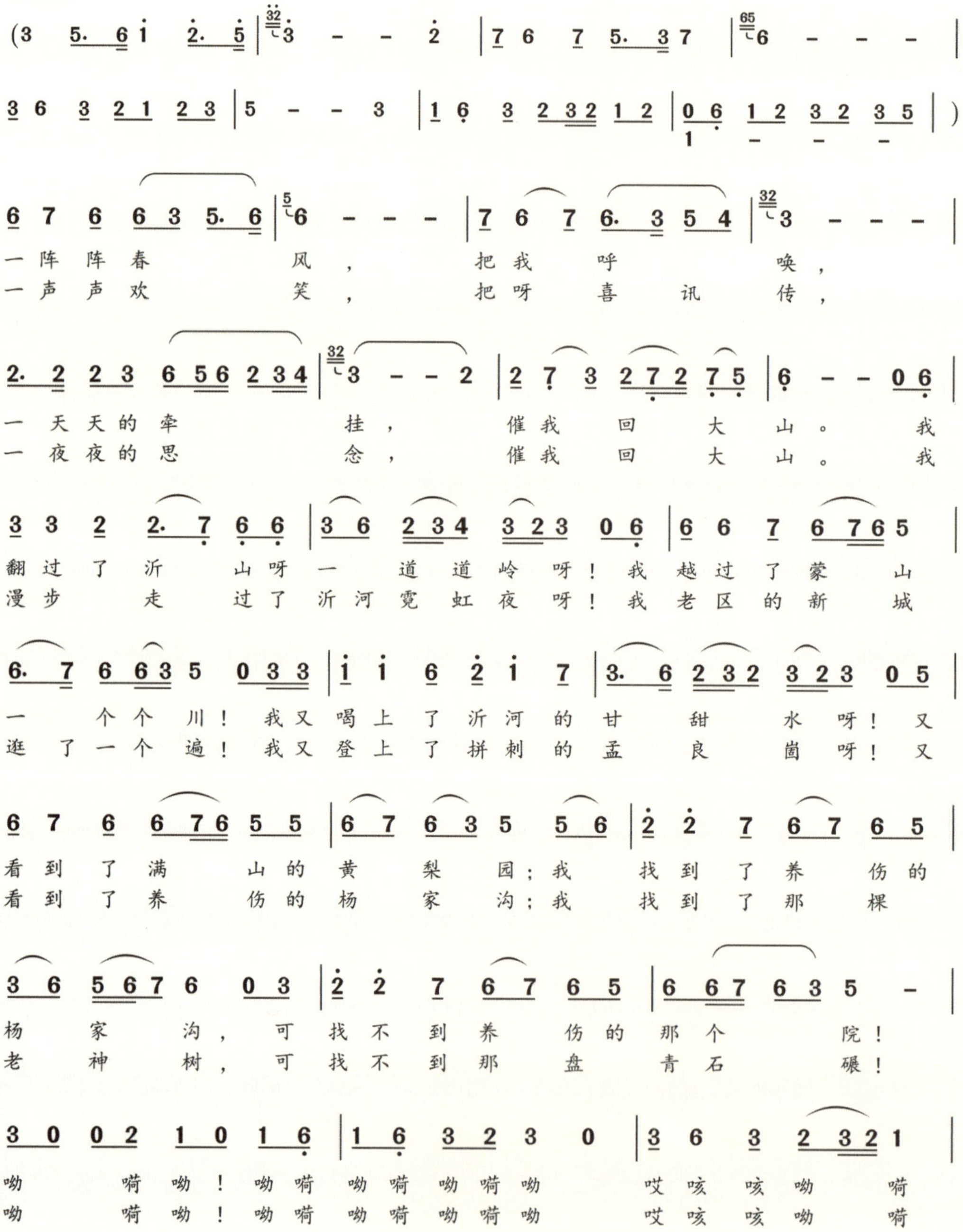
一阵阵春风，把我呼唤，
一声声欢笑，把呀喜讯传，
一天天的牵挂，催我回大山。我
一夜夜的思念，催我回大山。我
翻过了沂山呀一道道岭呀！我越过了蒙山
漫步走过了沂河霓虹夜呀！我老区的新城
一个个川！我又喝上了沂河的甘甜水呀！又
逛了一个遍！我又登上了拼刺的孟良崮呀！又
看到了满山的黄梨园；我找到了养伤的
看到了养伤的杨家沟；我找到了那棵
杨家沟，可找不到养伤的那个院！
老神树，可找不到那盘青石碾！
呦嗬呦！呦嗬呦嗬呦嗬呦哎咳咳呦嗬
呦嗬呦！呦嗬呦嗬呦嗬呦哎咳咳呦嗬

6 6 1 3 2 0 3 5 | 1 - - 2 7 | 6 - - 0 3 | 5 5 5. 3 6 5 6 |

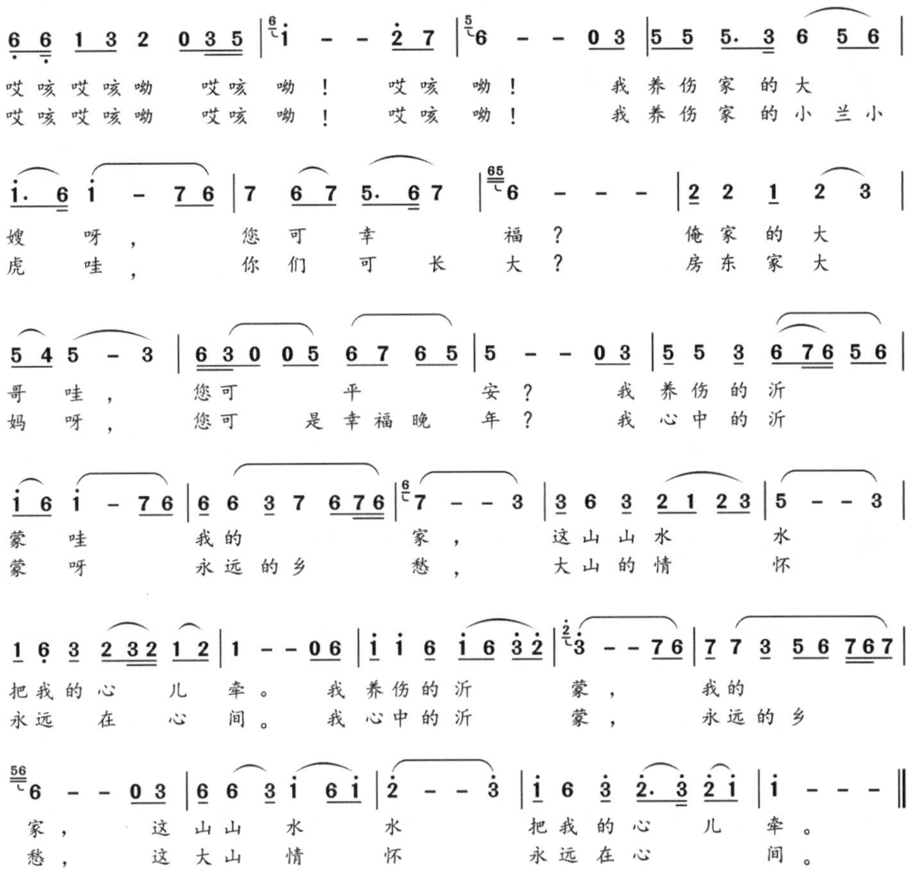

哎咳哎咳呦　哎咳呦！　哎咳呦！　　我养伤家的大
哎咳哎咳呦　哎咳呦！　哎咳呦！　　我养伤家的小兰小

1. 6 1 - 7 6 | 7 6 7 5. 6 7 | 6 - - - | 2 2 1 2 3 |

嫂　呀，　您可幸　福？　　俺家的大
虎　哇，　你们可长　大？　　房东家大

5 4 5 - 3 | 6 3 0 0 5 6 7 6 5 | 5 - - 0 3 | 5 5 3 6 7 6 5 6 |

哥哇，　您可平　安？　我养伤的沂
妈呀，　您可是幸福晚　年？　我心中的沂

1 6 1 - 7 6 | 6 6 3 7 6 7 6 | 7 - - 3 | 3 6 3 2 1 2 3 | 5 - - 3 |

蒙哇　我的　家，　这山山水　水
蒙呀　永远的乡　愁，　大山的情　怀

1 6 3 2 3 2 1 2 | 1 - - 0 6 | 1 1 6 1 6 3 2 | 3 - - 7 6 | 7 7 3 5 6 7 6 7 |

把我的心儿　牵。　我养伤的沂　蒙，　我的
永远在心　间。　我心中的沂　蒙，　永远的乡

6 - - 0 3 | 6 6 3 1 6 1 | 2 - - 3 | 1 6 3 2. 3 2 1 | 1 - - - ‖

家，　这山山水　水　把我的心儿　牵。
愁，　这大山情怀　永远在心　间。

拿起锄头唱起歌

1=♭B 4/4

欢快的

张守富 词曲

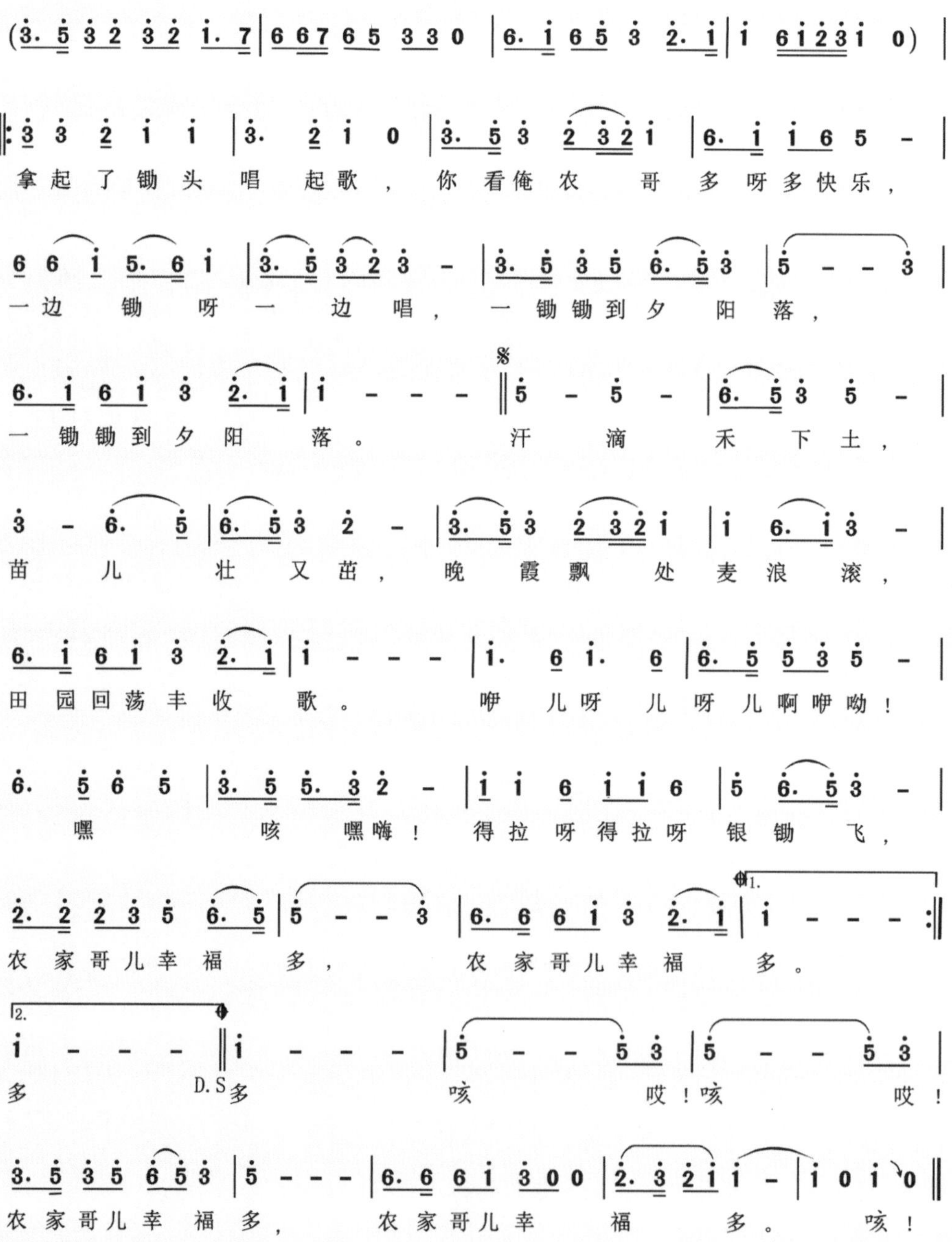
拿起了锄头唱起歌，你看俺农哥多呀多快乐，
一边锄呀一边唱，一锄锄到夕阳落，
一锄锄到夕阳落。汗滴禾下土，
苗儿壮又苗，晚霞飘处麦浪滚，
田园回荡丰收歌。咿儿呀儿呀儿啊咿呦！
嘿咳嘿嗨！得拉呀得拉呀银锄飞，
农家哥儿幸福多，农家哥儿幸福多。
1. 2.
多 D.S 多 咳 哎！咳 哎！
农家哥儿幸福多，农家哥儿幸福多。咳！

把孝记心上（歌词）

张守富

写给敬爱的老爹老娘。

一

炉火旺，映红了老娘的脸庞。
一口汤、一口饭，您把儿女育养。
缕缕炊烟把您的黑发熏白，
一碗碗剩饭咽进您的饥肠。
千针万线把儿女的心相连，
万语千言把晚辈的品才丈量。
娘呀娘，您一生不要太辛劳，
娘呀娘，您不要一生过谦良。
您为儿女一生没享多少福，
您夏采桑葚，冬备儿女保暖的衣裳。

二

太阳烈，晒红了老爹的脊梁。
一锄土、一担水，您把儿女育养。

滴滴汗水把您的衣衫浸透，
一桶桶凉井水充满着您的饥肠。
千辛万苦把父亲的情意尽到，
万水千山把父辈的汗水流光。
老爹、老爸呀，您不要把心操尽，
老爹、老爸呀，您不要太要强。
您为儿女一生吃了那么多苦，
您春播田园，秋收养活儿女的口粮。

（副歌）
儿女们永远牢记爹娘恩，
儿女们永远把孝字铭刻心上。
您是儿孙们终生的骄傲，
您是儿孙们成长的脊梁。

家里的好声音

家里的老歌，张守富与著名歌唱家李双江同台演唱《我爱五指山我爱万泉河》《红星照我去战斗》。

“家道讲坛神州行”郓城县黄河之声合唱团

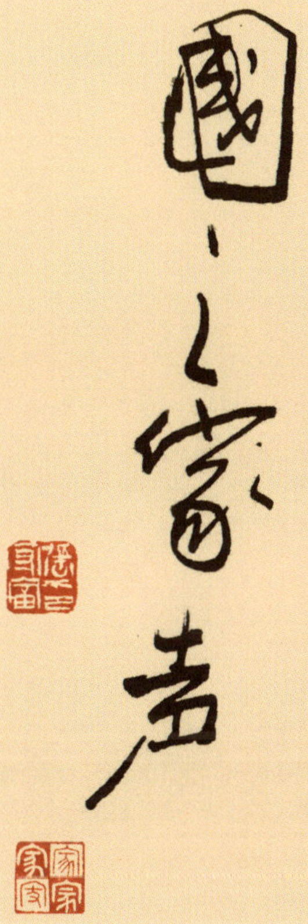
國之寶声

共产党是个大家庭

先烈用鲜血染成，我用生命捍卫

党的堡垒永远防范内外之敌
党员的先锋行动是中国共产党生命保障
红旗是先烈用鲜血染成 我们用生命保卫
这面旗帜也是永远中华民族的精神凝聚

中国共产党是个大家庭
党章在本上 人民在心上 行动在路上
在中国没有中国共产党就没有中华民族的
伟大复兴和平与幸福
要想中国共产党万岁 八仟万党员和十四亿人民
务必团结努力
从严治党 干部管党 上下同行

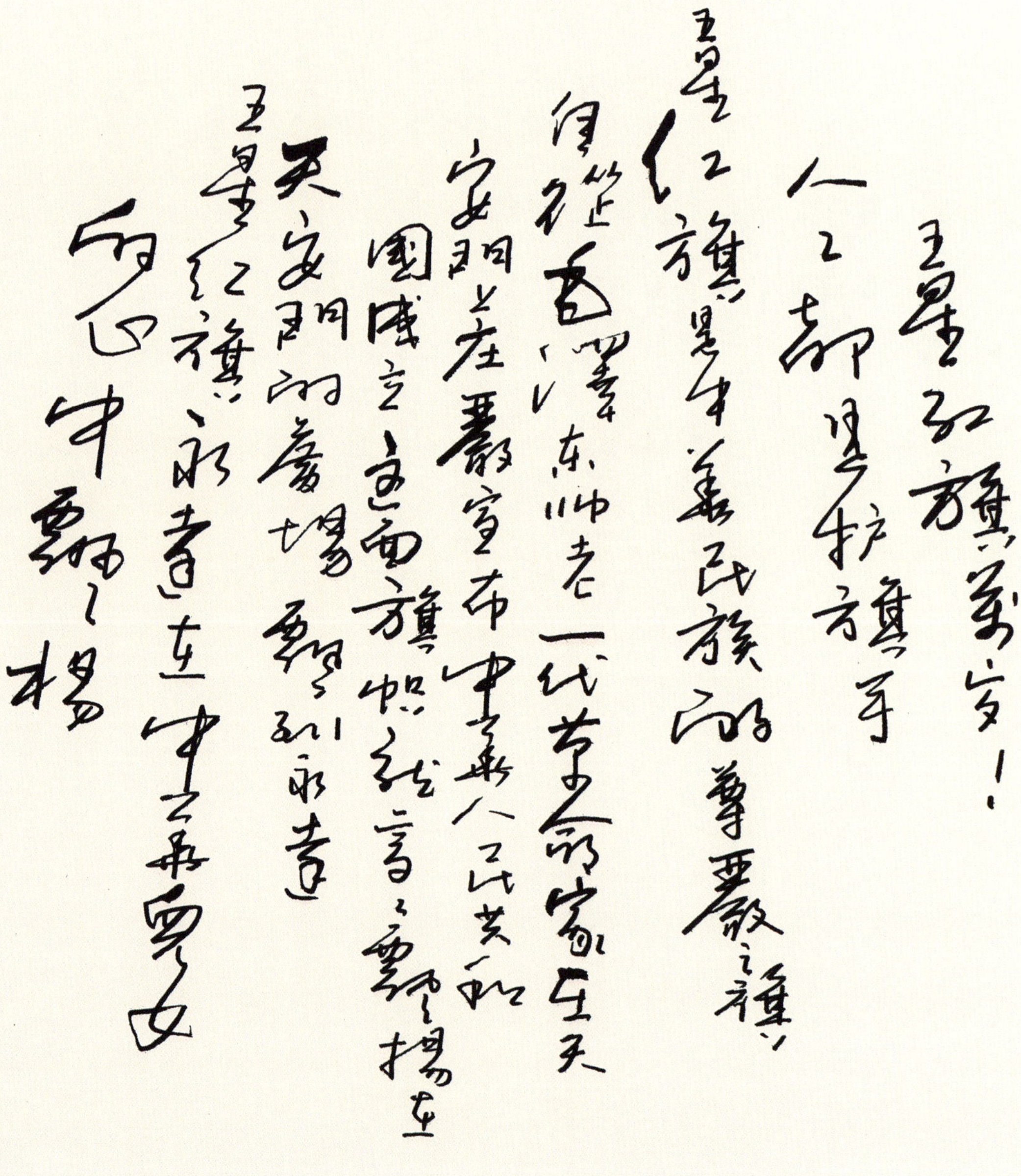
五星红旗万岁！
人人都是护旗手
五星红旗是中华民族的尊严之旗
自从毛泽东帅老一代革命家在天
安门上庄严宣布中华人民共和
国成立五星旗帜就高高飘扬在
天安门的广场飘红永远
五星红旗永远在中华儿女
的心中飘扬

青年是
力量象征
链接纪念的桥和纽带
朝气凝聚的校园
初升的太阳
党与国家传承接力的先锋队
家园的花朵和希望
人才的储备

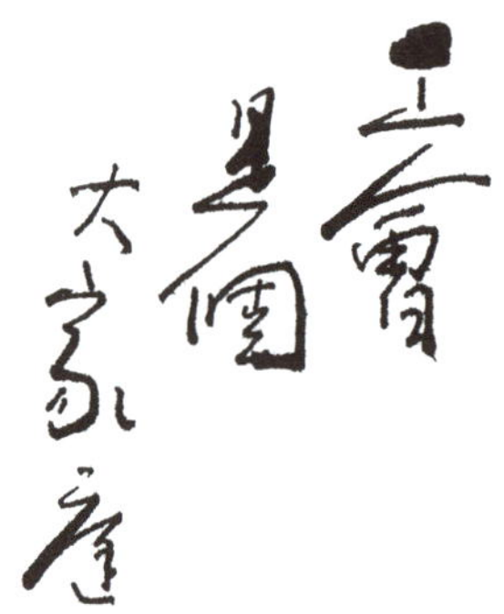

大国工匠 用智慧和汗水谱写华夏之家
现代化的篇章
工人先锋永志把祖国的建设方集中举立在上
中国的现代化是工人兄弟双手老茧磨唤

从南工潮激流中立身
从祖国发展大建设中立命
从观苦奋斗中立品
从团结凝聚中立家
力量从团结而聚
智慧从万众中生

工会是个大家庭

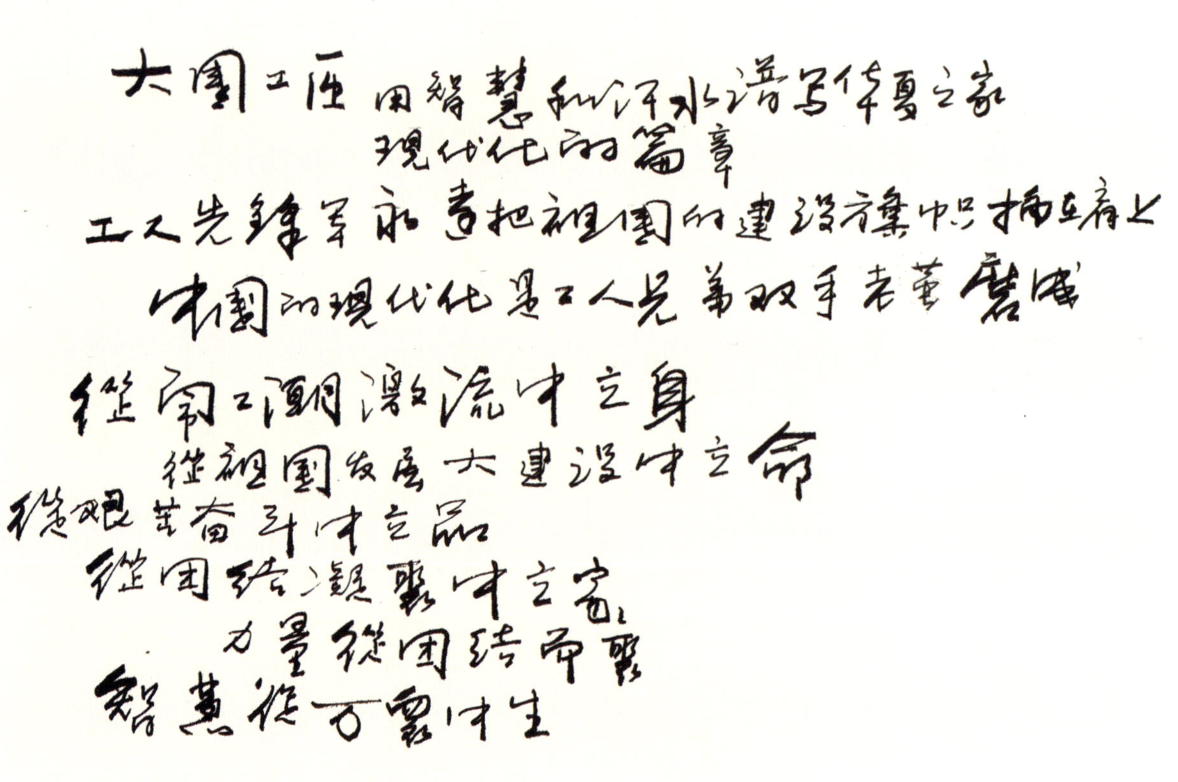

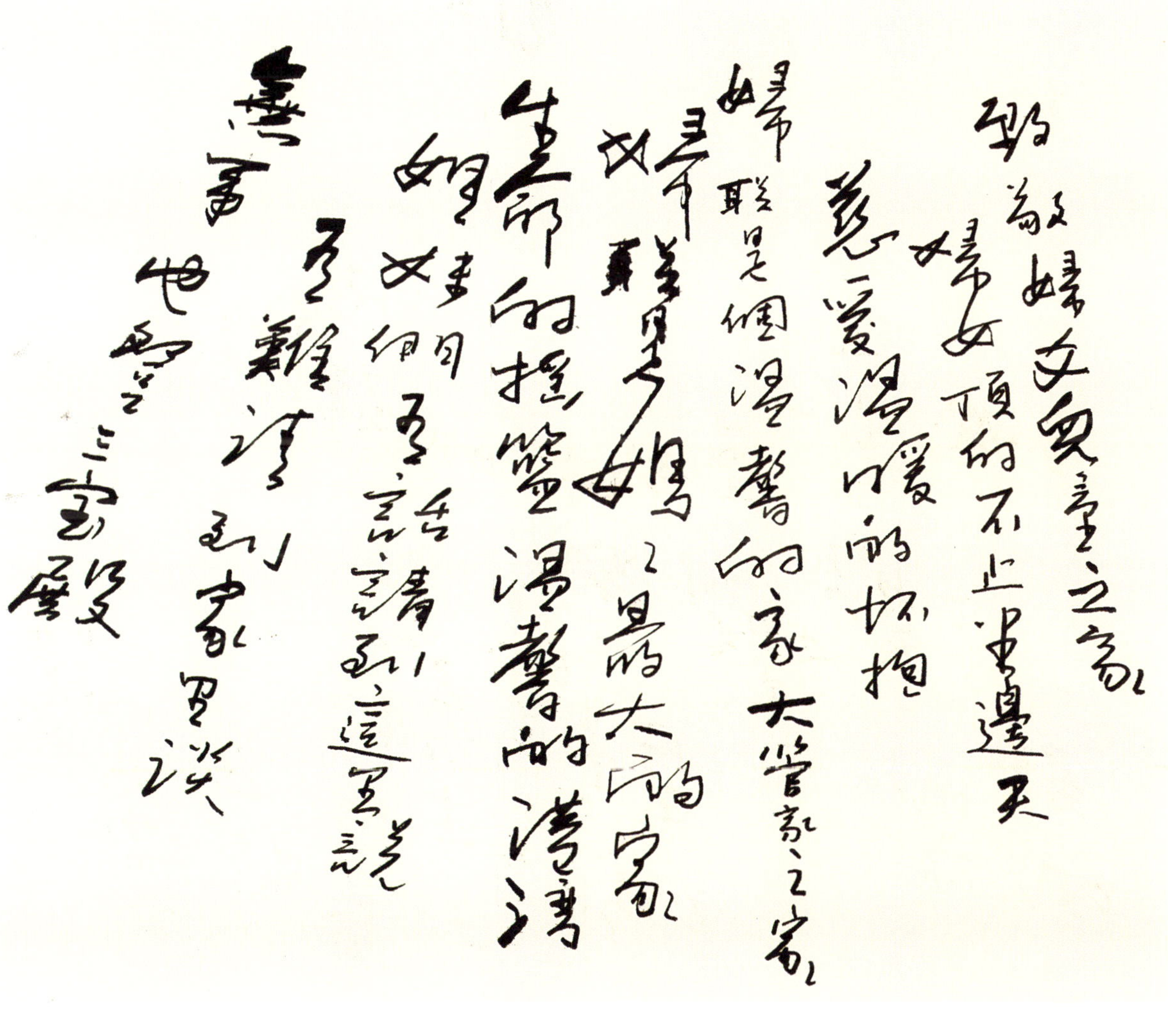

妇联是妈妈的家

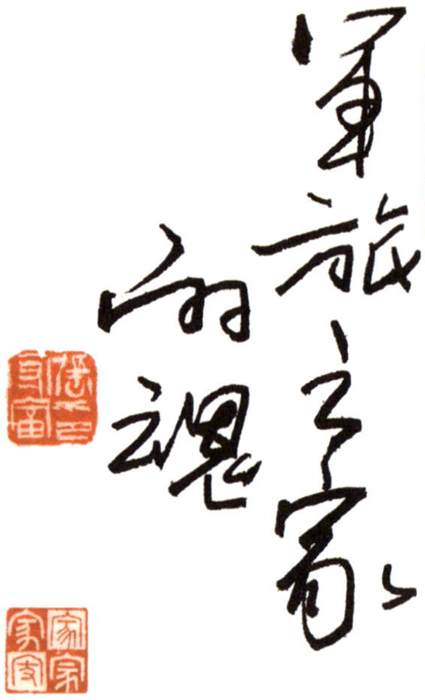

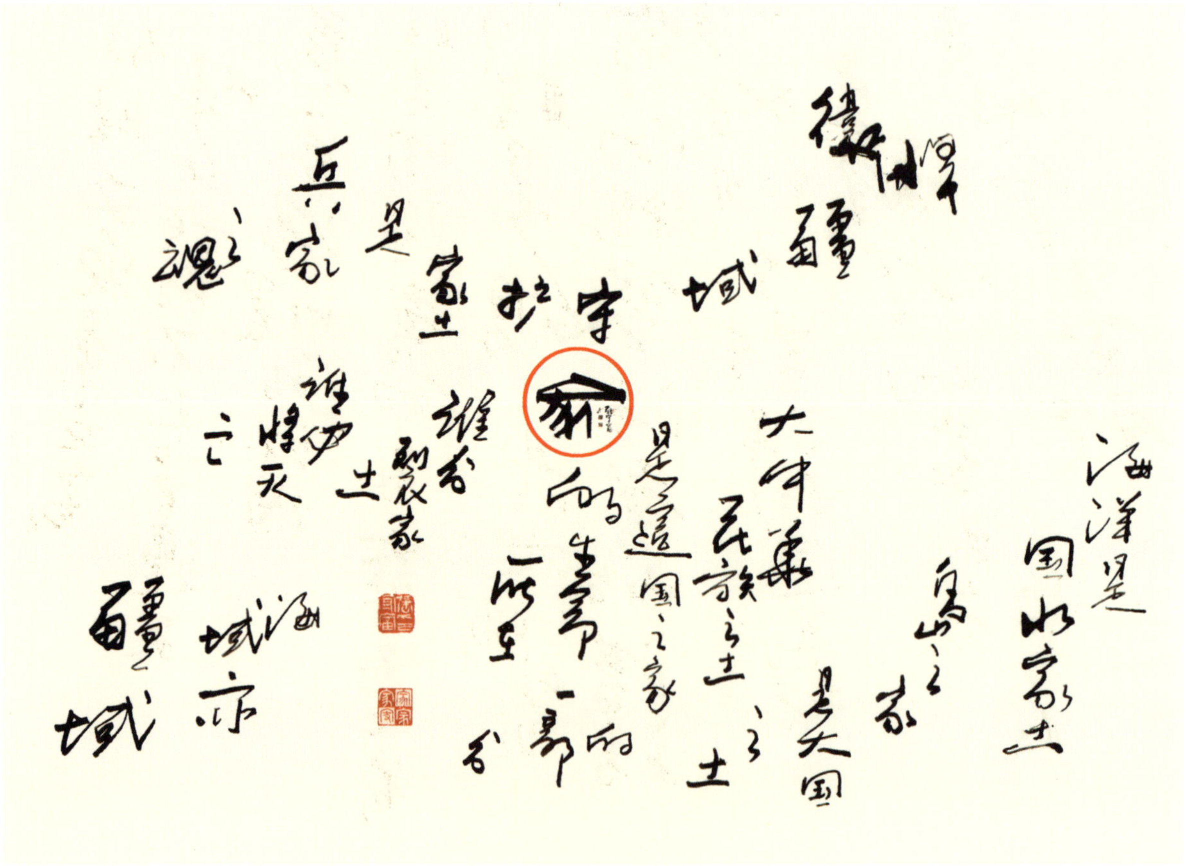

我用生命保疆域

军旅之家的魂

每当国家、百姓遇到灾难，在危急关头，人民子弟兵总是冲在最前面，舍小家，不顾自己的生命安危筑起一道道铁壁铜墙。人民子弟兵，是中华民族大家庭非常信赖的保护者，是人民心中最可爱的人，是中华民族的脊梁。

人民的好儿女

我用生命换生命

千百個日日夜夜的堅守
永不閉目的瞭望
永不畏縮的冲鋒
永不退卻的赴湯蹈火
為了千万個家的平安与幸福
這就是消防之家

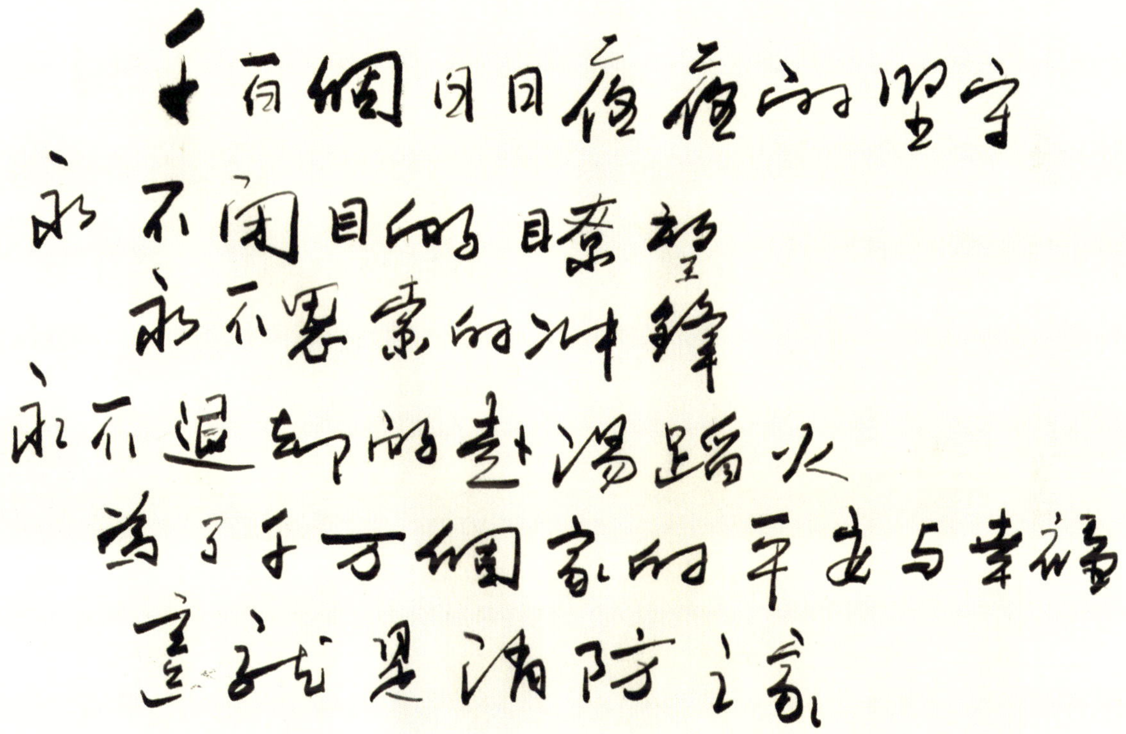

人民消防护卫家（2013年5月作于上海浦东）

文化名人进军营传家道（《家道》上海发行）

张守富与南海海警交流“警营家文化”

校园是个家

为什么说校园是师生的一个家?

从人生不同阶段时间上分析：3 岁前的 1000 多天跟父母在家生活；4 岁到 6 岁进入学前教育阶段，在幼儿园度过；6 岁到职业学校毕业，或大学专科、本科毕业，还有更高学历者到硕士生、博士生。学校生活占据了很大的比例。

无论学生还是老师，人生这么多宝贵的时光在学校度过，学校也可以算是一个家了。

从人生情缘上看：父母是我们的第一任老师，供给我们的生活和学业必要的开支；学校

家道传承进校园

的义务教育帮助我们完成学业，使我们将来能有所成就。

从人生梦想上说：父母有期望，学校来帮助实现。

从人生全面关切上说：学校和家庭的责任一样重。

家文化进校园，不是让校园取代父母的责任和义务，而是启发学生和老师爱家、爱校、爱国，师生互尊、互爱，建设和谐校园。

铭言辑语

岭窗题

家道铭语

没有国就没有家，
家是我的所有，
家是我生命的全部。

人在天涯，心在家，
永远不忘回家的路，
离家千山万水，回家只有一心。

家有多远，脚有多长，
妈妈在哪哪是家，
为了全部的家爱，有时孩子在哪哪是家。

家，有时让人流着汗，有时让人流着泪，有时让人流着血。家就像一个八味瓶，酸、甜、苦、辣、香、臭、涩、咸。

家里的老人不能只嫌晚辈不孝，而要想想自我，被晚辈不孝的原因。
来世还想在这个家。
有梦想的家庭才能真正地兴旺和传承。

只有智慧勤奋的父母，才能真正把一个家庭带向幸福。
珍惜家快乐幸福的分分秒秒，因为人生很短暂。
如果你不会珍惜家，也就不会珍惜幸福。

建立家庭很费力，让家破落很简单。
家的成功不是凭空而来的，是全家人艰辛努力或几代人传承的结果。

不要只看到别人家的好，更重要的是学人家的治家风范。
家兴之路只有四个字，那就是：孝、爱、和、能。
没有最美家庭，只有更美家庭。
家的命运掌握在一家人的手中。

一家之长的决策智慧和胆量决定一个家的走向。
貌似平凡的家庭，总是不平凡。

家风是一个家庭的品格。
为了有一个家，才会付出艰辛和努力。
每一家庭都可能成为名门，关键是树立名门思维观念。

家贫，是家庭成长的基石，穷则思变。
家长，不要遇难只会哭，成功的家庭不喜欢只会流泪的家长。

一个家的成功，需要春夏秋冬的考验。
家不怕有挫折，只怕挫折后丧失信心。
一个家，永远是自己做主才会成功。

家风是一个家的风格、人格所在。

家兴、家福八大观念

要想得到家兴、家福，必须观念正确。观念决定命运。

一、人生观（为何而生）

二、价值观（怎么作为才有价值）

三、财富观（何为财富，如何看待财富与合理设定财富欲望）

四、爱孝观（何为高尚，何为真正的爱、孝）

五、传承观（传什么，怎么传，懂得传承）

六、婆媳观（改互为外人为真心家人）

七、文化观（家里文化重千斤，正确价值观来源于深邃文化）

八、邻居亲朋观（邻居亲朋是家的延伸）

以上为家兴、家福八大综合观念，或曰八大元素。

心底平静、思维正确，方有真正的幸福感

一、关于财富与健康、身体与心理。家有亿万你得知道如何花？满库金银，到头来是买药还是买酒？是住院还是住酒店？住院不怕，但有多少人守候？大桌美味佳肴你是否能吃得下……家里的亿万是怎么来的？钱财你是否能拿到最后？是在家里享用美味，还是在铁窗里面清冷？这一切一切都要自己来回答。

二、平安是一切家庭幸福的基础，没有平安和稳定，难谈幸福。

三、人丁兴旺、文化满庭是一个家永远的幸福。

四、家业旺兴、物丰财富、生活小康，是幸福的保障。

五、孝、爱、和、能，融合温馨、快乐喜悦是幸福的神经。

六、亲朋满园是幸福的甘露。

佳节婚喜、有灾有难时有多少真朋相助，前往庭门贺喜、助难。作为一个家，有了这六大要素之一，都会有幸福感，六项都具备就是福禄寿喜。但一个家、一个人，大多不会十全，有了兴不一定有和，有了和不一定有兴，不是家和万事兴；有了健康不一定有快乐，也不一定长寿；家业富贵，不一定能传承……但总而言之，只要有正确观念和平静的心，就会在幸福系数多变的情况下，淡定地对待人生与幸福。

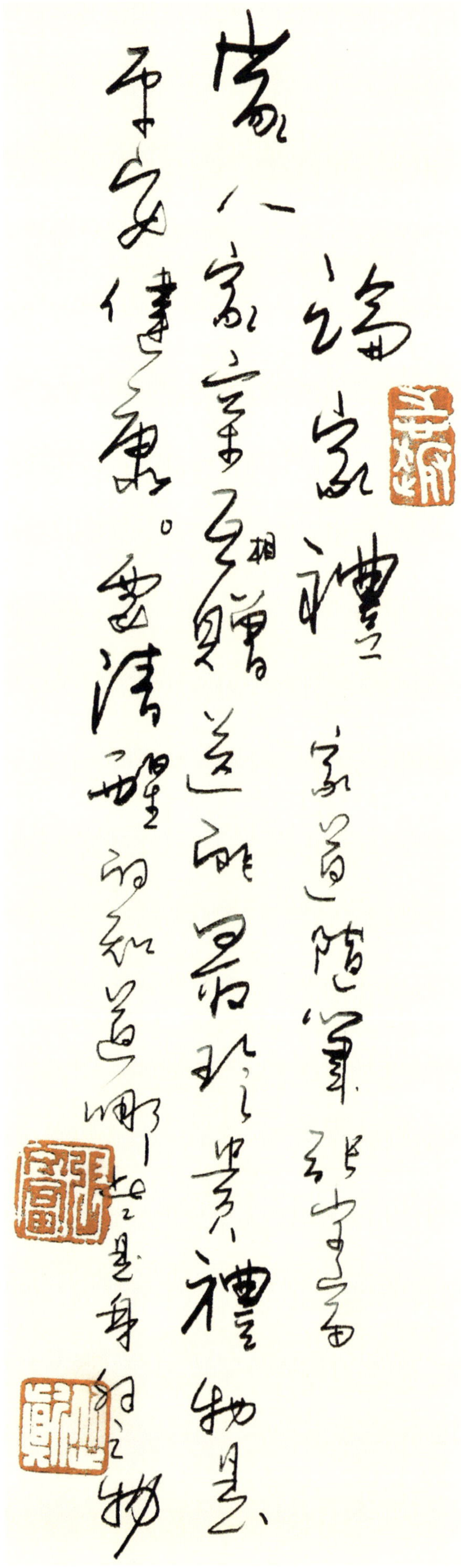

论家礼：家人家亲互相赠送的最珍贵礼物是平安健康。要清醒知道哪些是身外之物

转折

一个人、一个家都会面临转折。什么在变化转折？生产方式，生活方式，家庭形态和结构，家亲家朋，邻居关系，价值观念，金钱物质，生活与消费，家节、家庆，婚、丧、嫁、娶都在变化转折。信息拜年、快递送年货年礼、赶集上店购物消费方式，都在改变着以家为单元的活动方式。

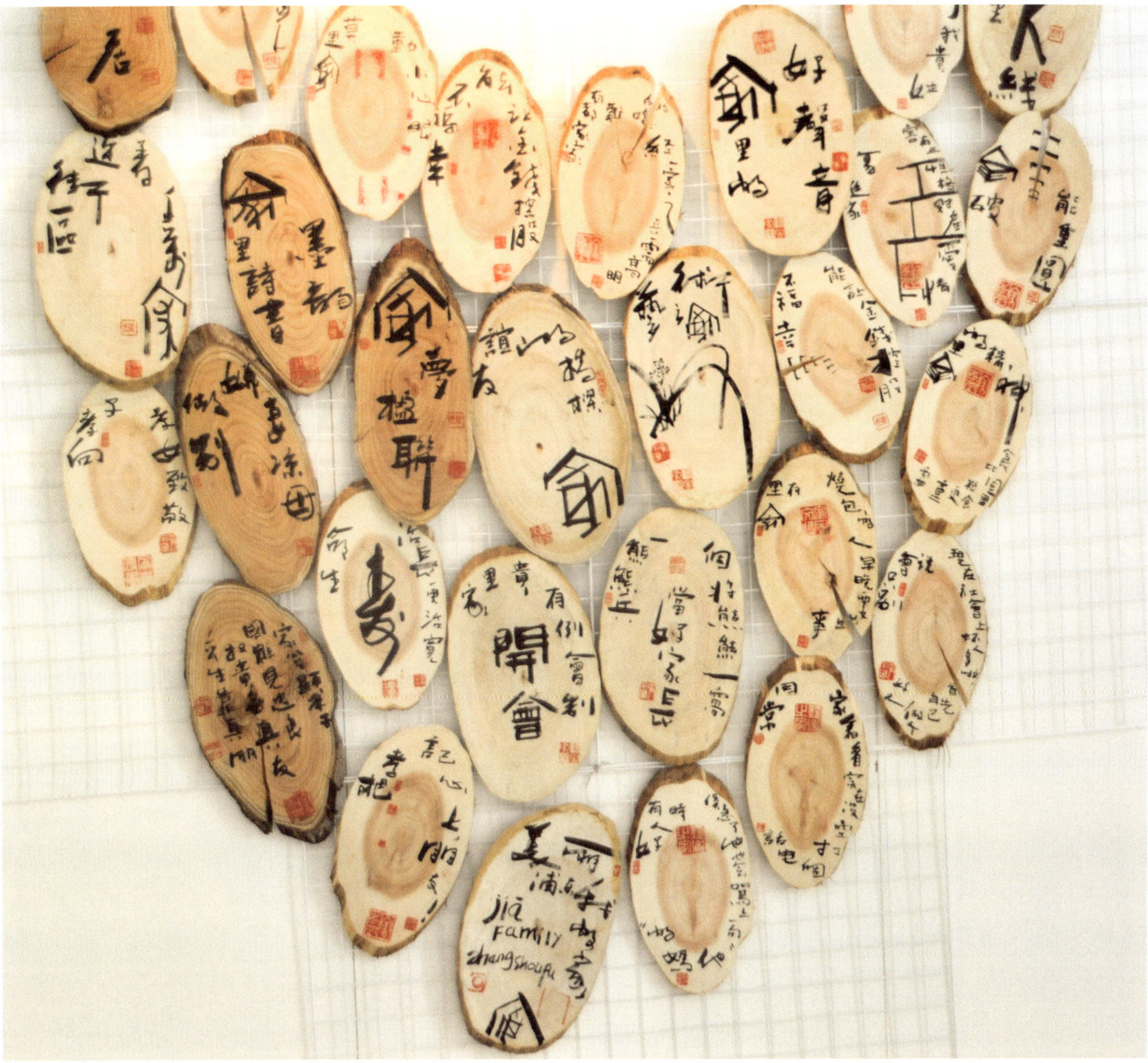

凝聚

凝聚家庭像非单质物质一样，需要不同元素，父亲是钢筋（铁、碳元素），子女是水泥（钙、碳、氧、硅、铝等元素），沙子（硅、氧元素），妈妈是凝聚钢筋、沙子的水（氢、氧元素）。家里的孝爱业兴、人才辈出均是这个家的钢筋铁骨合成的功夫。

传承与创新

面对明天与未来，家要跟得上时代的变化。面对大农业现代化，集约与规模生产，你想了些什么？电子商务的快速发展，你又将面对什么？……

今天研究家道，绝不是搞点表象艺术，而是社会政治、国家兴衰、人类发展、大家小家如何幸福赋予我们的责任！

让我们大家一起探究知家、懂家、建家、兴家的科学观念，在家的科学观念、伦理、本质、法则与文化的驾驭、保障下，实现大家小家的幸福之梦！

愿婆家、娘家、姑家、姨家、姥娘舅家，家家兴旺；愿爷家、伯家、叔家、兄弟姐妹、四邻百家、亲朋邻居家梦想成真，幸福安康！

再说富时俭朴更可贵——当家贵米

爹娘汗滴禾下土，儿挥山珍下水沟。
天天过年日日醉，一人欢乐百家忧。
酒香可思农家累，实是粒粒皆辛苦。

勤俭能让穷变富，奢靡常使富变穷

一提起简朴，很多人往往把它直接同艰苦连在一起，以为简朴一般都在艰苦之时。其实，简朴作为一种美德，无时无刻都能体现出来。艰苦时要简朴，不艰苦时照样应做到简朴。特别是在社会日益进步、生活水平日益提高的条件下，简朴之风更显可贵。

许多古今中外的有识之士都崇尚简朴。德国出生的美籍物理学家爱因斯坦成名时，一位

家谱掠影

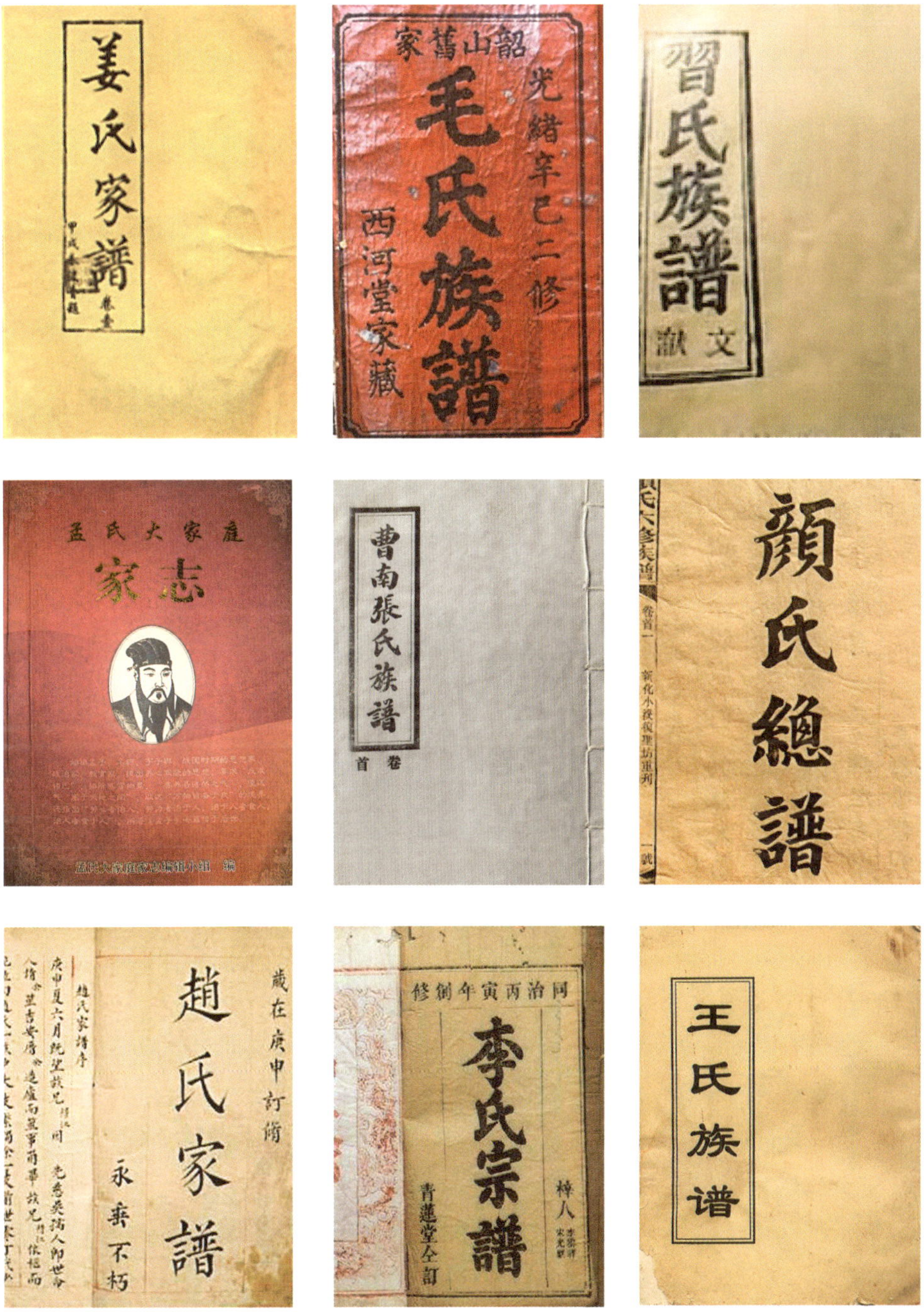

家族修续家谱是中华民族的传统文化之一

朋友在纽约街头碰见他，问道：“你怎么穿得这么破旧？”他回答说：“没关系，反正这里没有人认识我。”几年后，爱因斯坦成了全世界闻名的大学者。一次，那位朋友在纽约街头又碰见了他，惊异地问：“你怎么还穿得这么破旧呀？”爱因斯坦笑了笑说：“反正这里的人们都已认识我了。”被称为“十大华人富豪之首”的李嘉诚，由于生活俭朴，曾被称为“廉洁先生”。被人们称为“红色资本家”的霍英东，平时生活节俭，不抽烟、不喝酒，一日三餐的主食是芋头、粟米，可他却拿出巨额资金设立了“霍英东基金会”。“世界船王”包玉刚崇尚简朴。一次，包夫人给女儿的外裤膝盖处打了两块补丁，女儿噘起嘴不愿穿，妈妈告诉女儿：“你瞧，你爸的睡衣上也打了补丁呢！”这位大富豪省吃俭用，却经常拿出成亿的资金支援祖国建设。

以上这些名人富商，以简朴的精神创造了巨大的物质财富，又以简朴的美德创造了难能可贵的人生佳话。

今天我们大多数人虽然不能和那些大富商相比，没有很多的钱去救助贫困办慈善事业，但是珍惜一粒粮、一滴水，不搞铺张浪费，让更多的人分享自己的幸福，把更多的资源留给后代，同样也是一种美德。诗人陆游说：“天下之事，常成于勤俭而败于奢靡。”看看今天那些锒铛入狱的腐败分子，哪一个不是追求奢靡生活！

人的最高境界是追求幸福

幸福是一种感觉，而每个人的幸福感的来源却有不同。有人为家庭孝爱、子孙满堂而感到幸福；有人为事业成功、有学有识而感到幸福；有人为奉献助人、卫国扶民而感到幸福；有人为称心爱好、自由宽松而感到幸福；还有诸如漂亮、恩爱、健康、快乐、长寿、亲朋、平安，等等。

人所追求的价值不一样，其观念行为会有差别，人生观、价值观、幸福观亦有差别。懂得了这些，在生活中你就不会有遗憾，或心理焦躁，也就会自信地享受幸福的感觉！

人来到世界上不容易，人生就一次，把握好人生观、价值观、幸福观特别重要，“三观”把正了，爱情观、金钱观、成败观，均会树得直、立得正。

再说家谱

修家谱要从我参加中华人民共和国第一届编修《社会主义新方志》说起。

在长达八年的修志过程中，我接触较多的就是中华民族中名门望族的族谱、家谱，可以

张守富总纂《孔子故里志》参阅的孔家资料全集

说没有家谱、家传，便无法修志。在编修《孔子故里志》时，我体会最为深刻。从孔子出生，加上孔子祖上已经繁衍两千五百多年的庞大孔姓家族，如是没有记载翔实的档案，如家谱、族谱，要想编修一个历史名家之志是不可能的。编修中，我首先掌握了孔家全部档案，再经过查阅大量的孔家遗存，包括现存的孔府、孔林、孔庙的遗物，以及来自国家博物馆、故宫和中国台湾故宫博物院的藏存，加上大量的取证研究工作，才使得《孔子故里志》顺利问世。当这部孔族典籍送到台湾孔子后代孔德成先生那里时，得到了他高度的赞扬。

孔家也好，孟家、孙家、姜家也好，都是一样的道理。家谱不但是一个家族的文化传承，也是国家和民族文化的重要组成部分。之后我主持编修的《颜真卿志》《诸葛亮志》《孙子志》《诸子名家志》，均是用家谱作为资料主线编修而成的。

在民族文化大发展、大繁荣的时代，建设文化强国，不但要续家谱，还应适当了解家谱文化。修家谱不是迷信，不是唯心主义，应多弘扬。我曾立志成立“家志编撰中心”，为全国的家庭撰写家谱、家史、家志提供服务指导。也愿诸多的志士名家多读名家之谱，为中华民族的伟大复兴做出贡献。

启功老师为我题堂斋

田园草堂，古朴典雅，内藏锦绣。

田园草堂，沃土慧根，硕果累累，是我辛勤耕耘、探古论今、奉献社会的艺术殿堂。

田园草堂，是我心爱的书馆、展馆、博物馆：藏有志书、古卷、典籍、传记、文学、艺术理论书，以及卷卷格律清新、隽秀飘逸、诗书一体的诗词书法作品，还有一簇簇、一样样琳琅满目的藏品——玺宝、古乐、古帖、文房四宝，还有那一坛坛满溢芳香的老酒，室雅兰香，每每令我陶醉。

何为田园草堂？题斋人何？我的老师——爱新觉罗·启功。

早在20世纪90年代，我任山东省地方史志办公室主任并编纂《颜真卿志》《王羲之志》期间，因聘请当代书法泰斗启功先生做“颜”“王”两志顾问，由此结下了深厚的师生情谊。一次，我写书法作品请启功先生点评指导，启功先生在做了中肯点评后，转话诙谐地说：“张守富是个有特性的人，别的人见了首先要‘求’字，咱俩交往这么长时间，你却从不开口。”

我立刻回应："谁说我不求老师墨宝，现在就求。早就想请老师为我的书斋'田园草堂'题写字号。"启功先生颇有兴致地问道："为何叫田园草堂？"我答："其一，我生于乡村田园茅屋，是农民的儿子，从小热爱田园风光；其二，青年时代到军营从事文艺工作，是青春的耕耘；其三，我当官为民，是田园百姓的'牛'，为衣食父母农民耕耘；其四，中年起参加全国编修地方史志工作，且担任修志大省的史志主修，更需要我默默耕耘。当退休回归田园，将终生习练书法，写好诗词，研究文化，永远耕耘。"启功先生点头称"好，田园躬耕，草堂寓意好"。老师欣然提笔写下了"田园草堂"四个遒劲俊逸的大字。

田园草堂修方志　文山书海任驰骋

盛世修志，功在当代，资政教化，存史后世，前车之鉴，后事之师。在我主持山东省地方史志办公室工作的八年中，带领全省修志队伍几万人，登山头，看坟头，览书海，观庙宇，风雨兼程，耕耘不辍，可谓"运筹帷幄巧用兵，长明灯下苦修行"。我先后组织编纂完成省

山东省地方史志编委会确定张守富为《王羲之志》《颜真卿志》主编，并聘请启功为编修总纂顾问。上图为张守富与启功老师在编纂两志过程中的工作纪录合影

作者主持编纂《颜真卿志》《王羲之志》书影

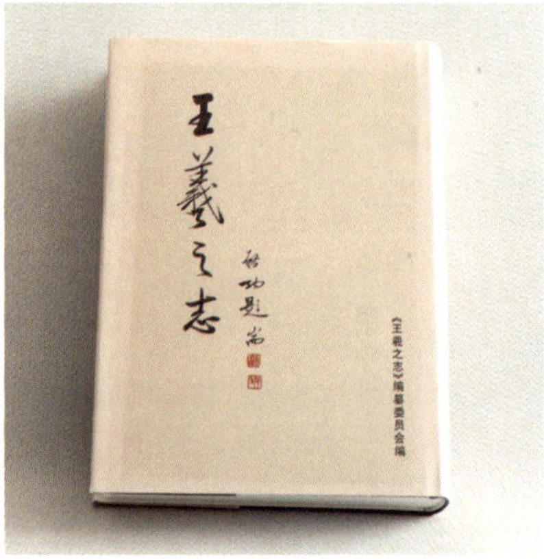

欧阳中石被聘请为《王羲之志》《颜真卿志》编修总纂顾问。上图为主编张守富与顾问欧阳中石工作中合影

志近百部，审阅志稿两千余万字，指导编纂及评审市（地）、县（区）志数百部。由我领衔主编总纂的《颜真卿志》《王羲之志》《泰山志》《孔子故里志》和《诸子名家志》等数部具有历史文化和艺术理论价值的人文名志，前所未有，填补了历史空白。

《王羲之志》与《颜真卿志》同时立项，历经几年的努力，基本同时竣稿。我与王汝涛主编的《颜真卿志》在 1998 年 11 月出版。《王羲之志》在 1999 年 6 月完成第三稿，我和王汝涛又组织山东省史志办公室和外聘的各副主编以及专业班子进行修改工作，志稿基本达到出版要求。后因 1999 年 9 月，我接受组织安排赴上海从事新的工作，《王羲之志》没有来得及完成最后出版程序。

家有文化重千斤　田园草堂练硬功

我六岁习书法，九岁习音乐，算是有一定的书法和音乐天赋。在诗词歌赋、书法、音乐、文学创作等诸多方面练就的较深厚功力和取得的丰硕成果，大多是在田园草堂或实际工作、生活实践中获得的。而所有这一切，都需要我虚心好学、勤学苦练、坚韧不拔方能实现。每到深夜，万家灯火已熄灭，田园草堂灯光依然；黎明前，万千居民美梦中，田园草堂已挑灯；八千个深夜、黎明，无一不披星，即使白天去公干，见缝插针写不停。几十年来，我几乎每天在工作岗位、田园草堂和家这三点一线上奔波，有时甚至分不清哪是草堂哪是家。

春华秋实，厚积薄发，功夫不负有心人。我先后创作发表诗词三百余篇，出版诗词书法专辑六部、思想理论和文化专著十余部，举办个人展览多次，写下的书法作品更是不计其数。我的一首《悯农》诗："日晒风吹播又栽，春耕夏种战天灾。人间大米晶莹白，茧手双双磨出来。"写照十分贴切。诗中描述就像一位勤劳朴实的老农，晶莹洁白的大米就是他播栽后收获的果实，而田园草堂正是我日复一日、年复一年不停劳作的丰疆沃土。

田园草堂探家道，爱、孝、和、能兴万家。我的家道文化研究，其实早就开启于我领衔总纂《孔子故里志》之时。传承了两千多年的儒家学说，传世了近八十代人的孔氏家族历史，以及《诸子名家志》中各名门望族的兴家轨迹，为我研发创作家道文化提供了深厚丰润的田园沃土。刻苦钻研、勇于创新、善于积累、精益求精的做人做事风范及"俯首甘为孺子牛"的精神，则是取得家道文化研究重大成果的成功之道。

习近平总书记在 2015 年春节团拜会上发表关于"我们都要重视家庭建设"的重要讲话后，我开始不失时机地策划发起首届家道文化博览暨家道中国浦东论坛，以引起社会各界更多人注重家庭、注重家教、注重家风，使千万个家庭成为国家发展、民族进步、社会和谐的重要基点，以传承民族优秀传统文化为己任。这一切的一切，都来自田园草堂及启功老师的鼓励和希望。

中共十八大以来，中华优秀传统文化得到大力弘扬，习近平总书记自 2014 年后的三年中，三次强调家庭建设的家文化的推进工作。在 2016 年底全国文明家庭代表会上，他再次引用“天下之本在家”并提出三个希望：“希望大家注重家庭，希望大家注重家教，希望大家注重家风。”可以说，总书记的号召，给家文化的研究和传播推进工作送来了强劲东风。

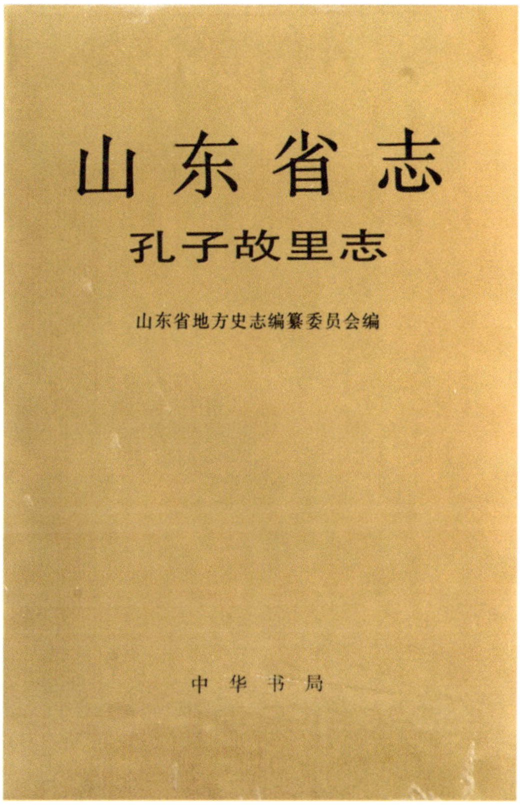

张守富主持编纂和总纂《孔子故里志》，此志为孔家首部典籍志书，也是张守富家文化研究的重要起点

草堂里启功老师教我书法学“收敛”

在编修颜真卿、王羲之志时，我们聘请启功先生当顾问。几年的交往中，我不但跟随老师学到了筛选甄别资料、巨著编纂经验和书法理论研究，收获更大的是感悟到老师的人格、风格、求实存真的风范。

在修志小憩时，我总想在创作之外让他指导自己的书法。一次，我拿了一幅自己反复习练的作品让他指导。当学生的总想让老师夸奖几句，老师就是不满意也要先肯定几句，再指正、批改作业。但当我展开作品放在他面前时， 他竟一分钟没说话，然后指着我作品中一个笔法夸张的字，用手点了三次才说出了七个字——“俗啊，俗不可耐，收！”我的脸顿时红了，一生中从没有听任何人说我“俗”，还加上“俗不可耐”，况且当时还有随行的下级在场，但后来反思，我一生收获最大的就是老师如何正直教学、一针见血地指出缺点。我懂啦，从那时始，我认真地习帖，再不随意夸张用笔了。

然而，我收获最大的还不是书法艺术本身。从那起，我学会了举一反三，做人、做事像写字一样，练内功，要谨严，要收敛。我在以后十八年的厅级干部任职历程中，都在老师的这个教诲中深深受益。

艺术的沃土，耕耘的殿堂

孔子世家譜
聖門人物誌
聖學宗傳
至聖先師孔子年譜
孟子年譜
雕菰樓易學
孔子集語
經義述聞
焦氏筆乘
讀書錄
重纂三遷誌
經典釋文

主持编纂《山东省志》百卷

【传承】

“银杏树下”郯家大院的警示

历经八个春秋的笔耕，根据我的《银杏树下》制作的三十集电视连续剧就要推上荧屏。回忆八年来，塑造一个名门家族传承与家风的兴衰的创作历程，让我对一个家的传承、家风，有了更多的思考：那就是作为一个家，无论有多少的财富，多么的有权势与荣耀，只要失去传承与家风，失去“孝、爱、和、能”的平衡，家兴与传承就会出现纠葛与困境。家呀，兴旺难，传承更难！

春、夏、秋、冬　家的四季风

家文化是家里的精神支柱

家文化研究是国家、世界文化研究的出发点和归宿。没有家文化就没有家族文化，没有家族文化就没有民族文化，没有民族文化亦没有国家文化。民族文化是国家文化，亦是世界文化。

一个家庭中的成员无论有多么显赫的官位，无论是多么的富有，如果没有文化就难以称之为名门之家。在这里还是要重温毛泽东的一句名言：“没有文化的军队是愚蠢的军队。”一个家庭、家族没文化，难以兴盛与传承。建设文化家庭，需要家长朋友多多用心呀！

家宝传承

历史上的名门之后、商宦之家多有传家之宝，传承着一个家族的文化，彪炳着家族姓氏的精神底蕴，也给后人、民族、国家留下了不朽的财富。一个普通家庭，农家有农家值得传承和收藏的东西，诸如生产农具、家用器物、衣衫饰品、祭品祭物等等。如果农家能把明清时代的器物保留至今，也就十分有价值了。工人家庭在闹革命的年代用的铁锤，新中国成立前后的学生钢笔、书包、各类衣衫等等，若留到今天，也可能成为文物。为什么很少存有呢？很重要的原因是很多民众家庭无收藏意识。许多人对眼下十分有价值的东西并不知道保存收藏，不仅奥运会、世博会等重大活动，就连地震、水灾等重大灾难，都会产生诸多的有纪念意义的收藏品。站在历史发展的角度，现代的家庭、现代的人，应当注重对传家之宝的收藏，特别是在思想意识上要善于创新家庭文化，收藏有创意的传承器物，同时要注重以不同形式编修家志、家史。一个家庭、一个氏族，如果有历史书籍清晰地记载发展兴衰，会是留给后人的一笔巨大的财富。

我的老家有三件传家宝：一是明代洪武年间的一尊香炉，是母亲婆婆的婆婆传下来的，并且年年月月香火很旺，这预示着家庭的兴旺和福寿吉祥。二是清代祖辈栽下的那棵老枣树，到现在已有两百多岁了，至今还是那样生机勃勃、硕果累累，预示着家丁兴旺、丰衣足食。第三件是一套完整的张姓家谱。家谱的前言写道，我这个家是明洪武年间从山西洪洞县大槐树下迁至山东。家族的祖祖辈辈相传相承，清晰无疑，家谱成为众多朋友家访、文化交流的重要典籍。

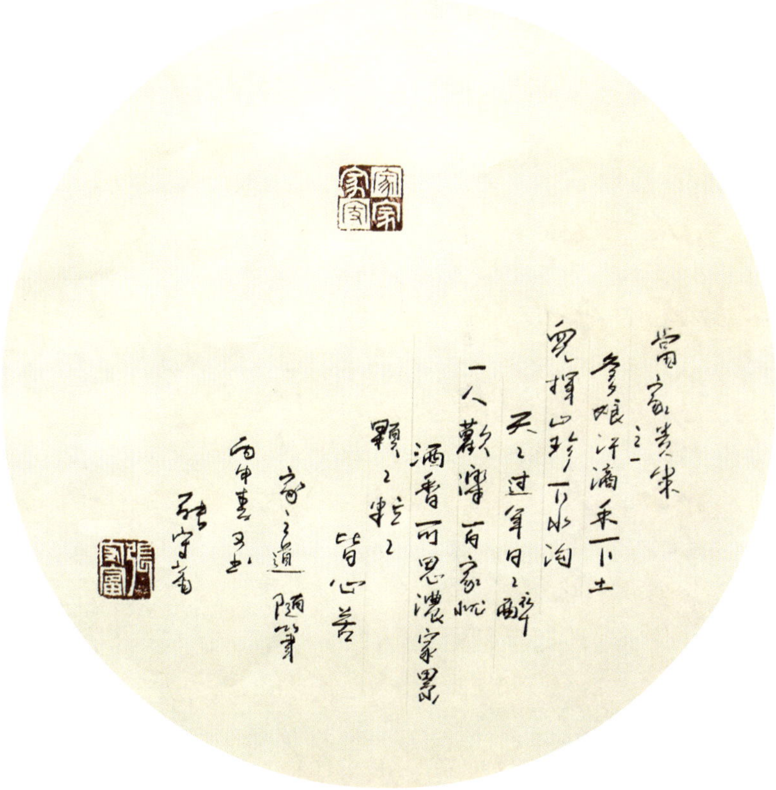

当家贵米（一）

爹娘汗滴禾下土，儿挥山珍下水沟。天天过年日日醉，一人欢乐百家忧。酒香可思农家累，颗颗粒粒皆辛苦

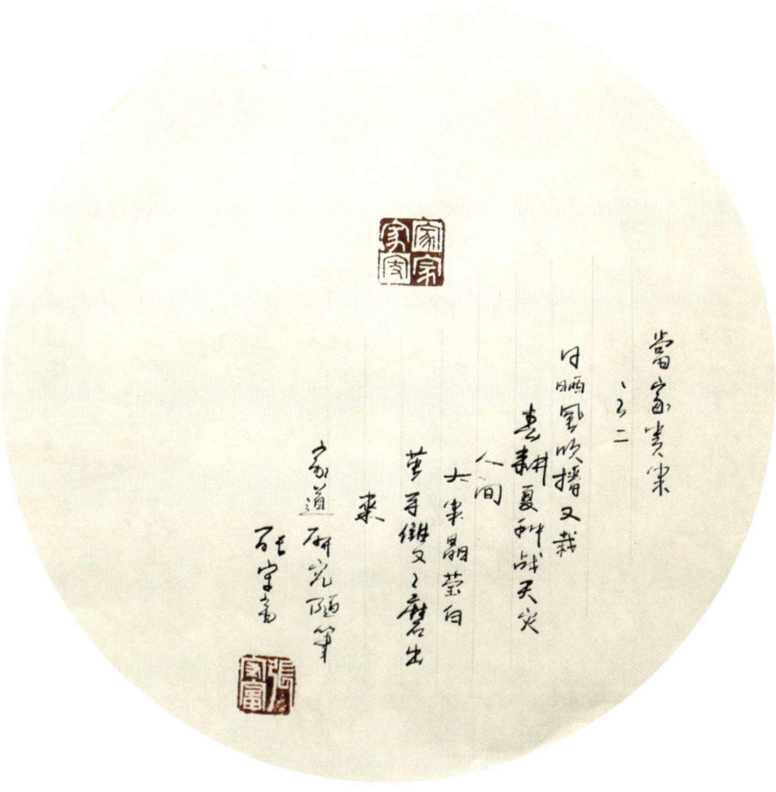

当家贵米（二）

日晒风吹播又栽，春耕夏种战天灾。人间大米晶莹白，茧手双双磨出来

织女之家

张守富创作“好家纺”诗篇欣赏

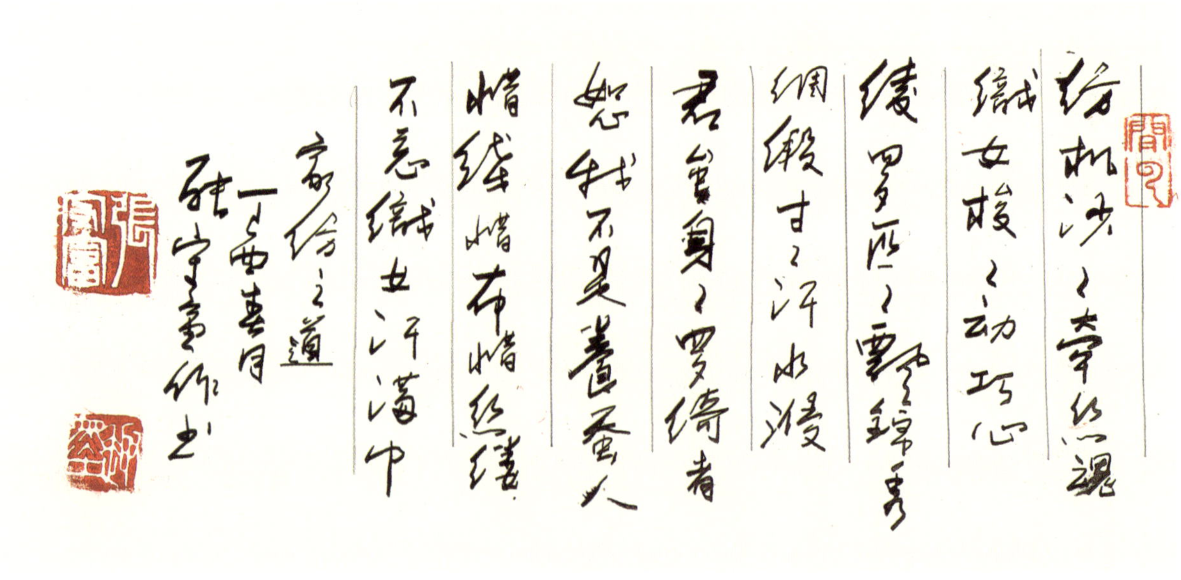

纺机沙沙牵丝魂，织女梭梭动巧心，绫罗匹匹飘锦绣，绸缎寸寸汗水浸。君虽身身罗绮者，恕我不是养蚕人。惜线惜布惜丝缕，不忘织女汗满巾

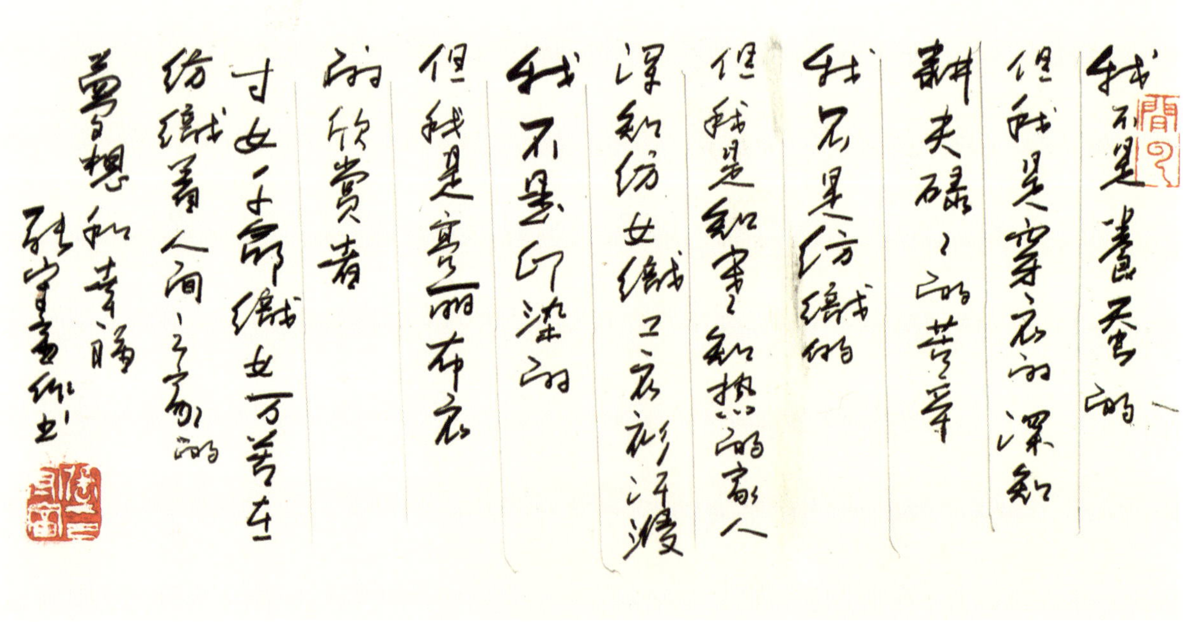

我不是养蚕的，但我是穿衣的，深知耕夫碌碌的苦辛！我不是纺织的，但我是知寒知热的家人，深知纺女织工衣衫汗浸。我不是印染的，但我是亮丽布衣的欣赏者，寸女千命，织女万苦，在纺织着人间之家的梦想和幸福

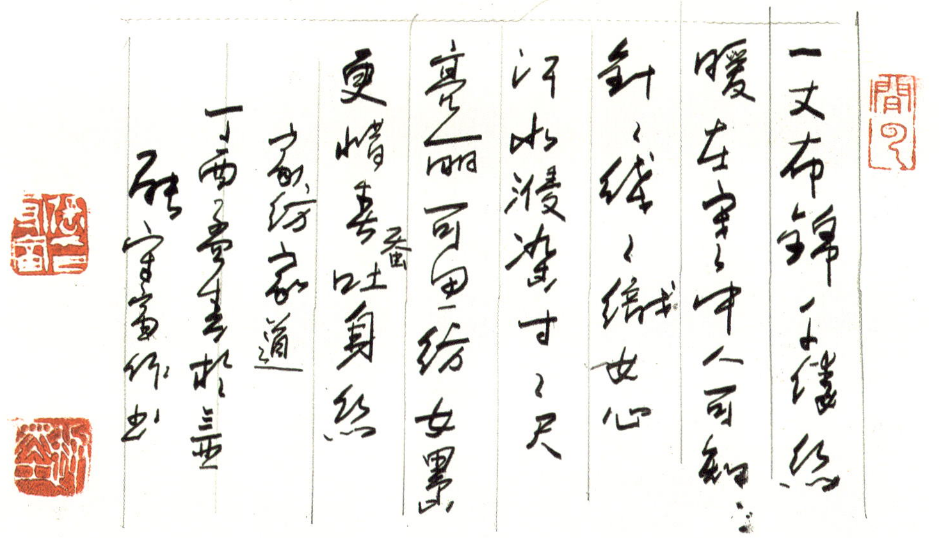

一丈布锦千缕丝，暖在寒中人可知，针针线线织女心，汗水浸染寸寸心，亮丽可画纺女景，更惜春蚕吐身丝

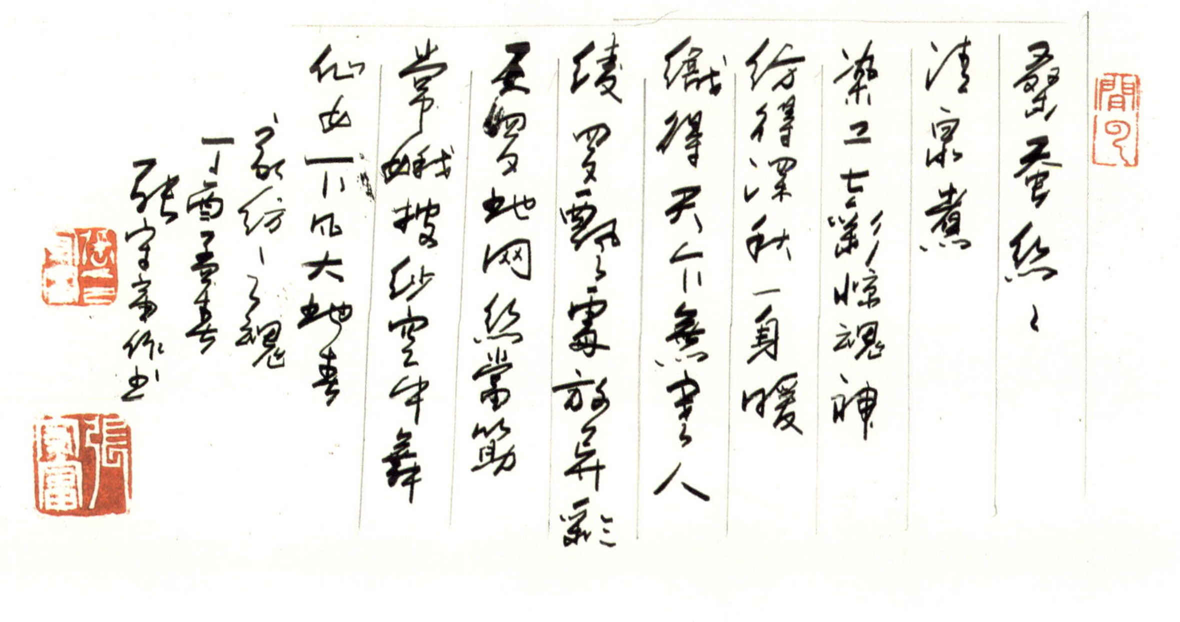

桑蚕丝丝清泉煮，染工七彩惊魂神，纺得深秋一身暖，织得天下无寒人。绫罗飘处放异彩，天罗地网丝当筋，嫦娥披纱空中舞，仙女下凡大地春

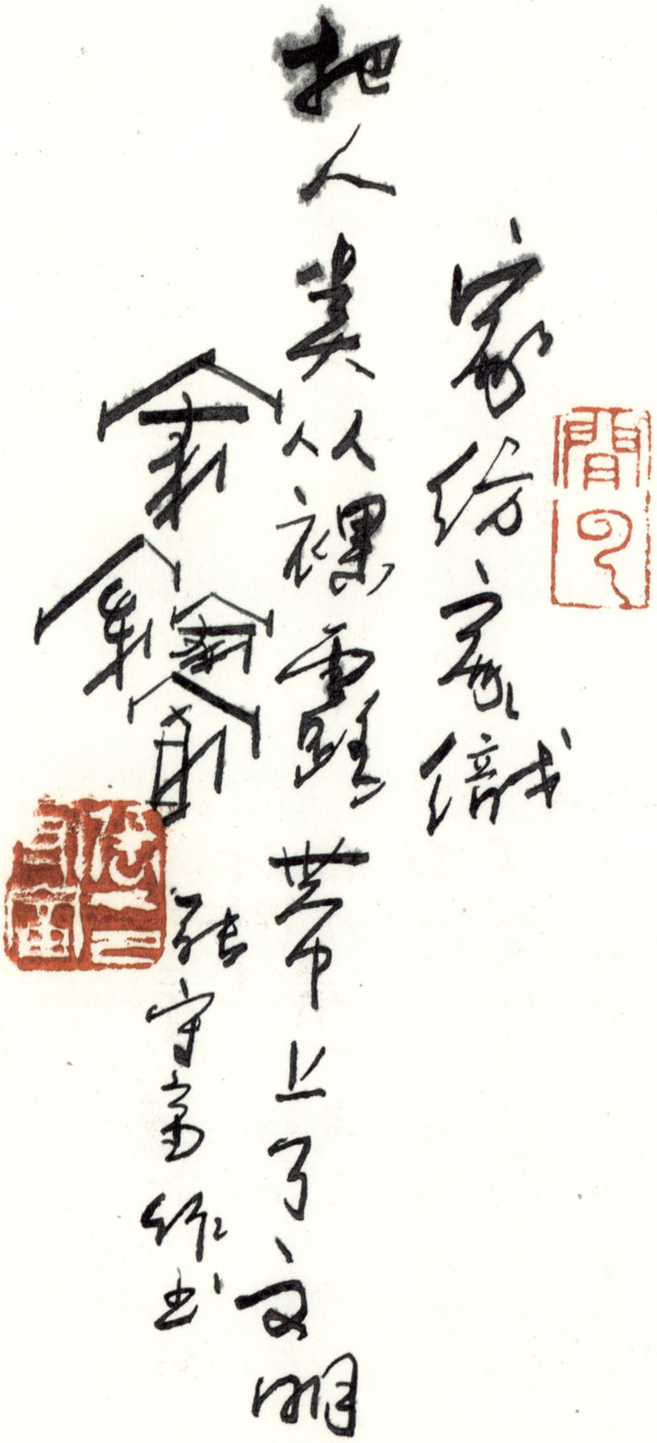
家纺、家织
把人类从裸露带上了文明
张守富

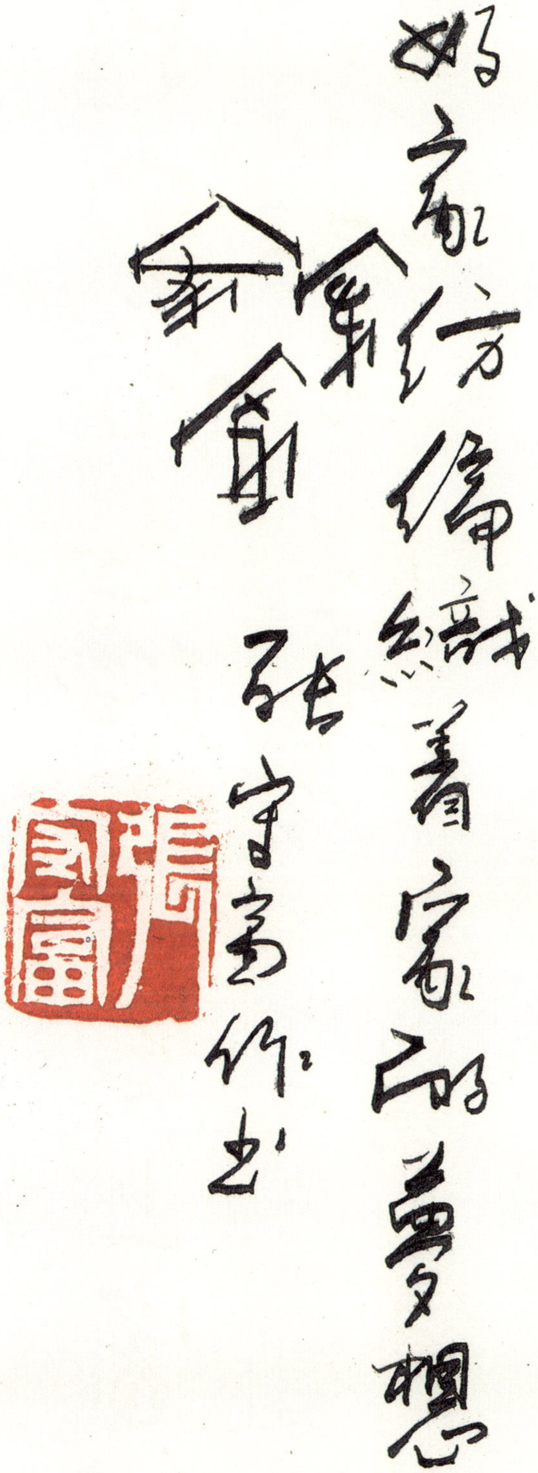
好家纺
编织着家的梦想
张守富作书

好富给毛给家人送上富贵

亮丽与温馨

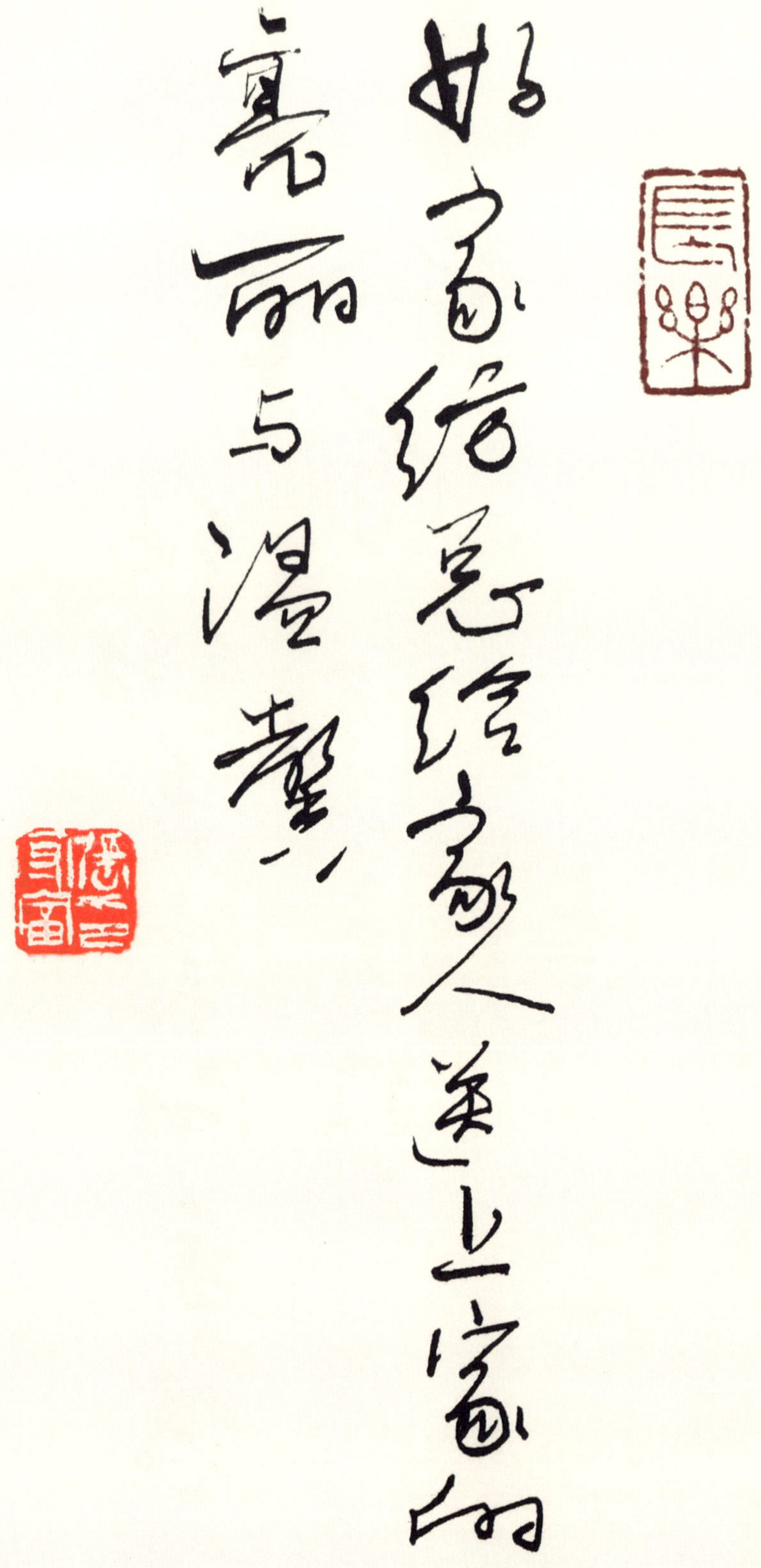

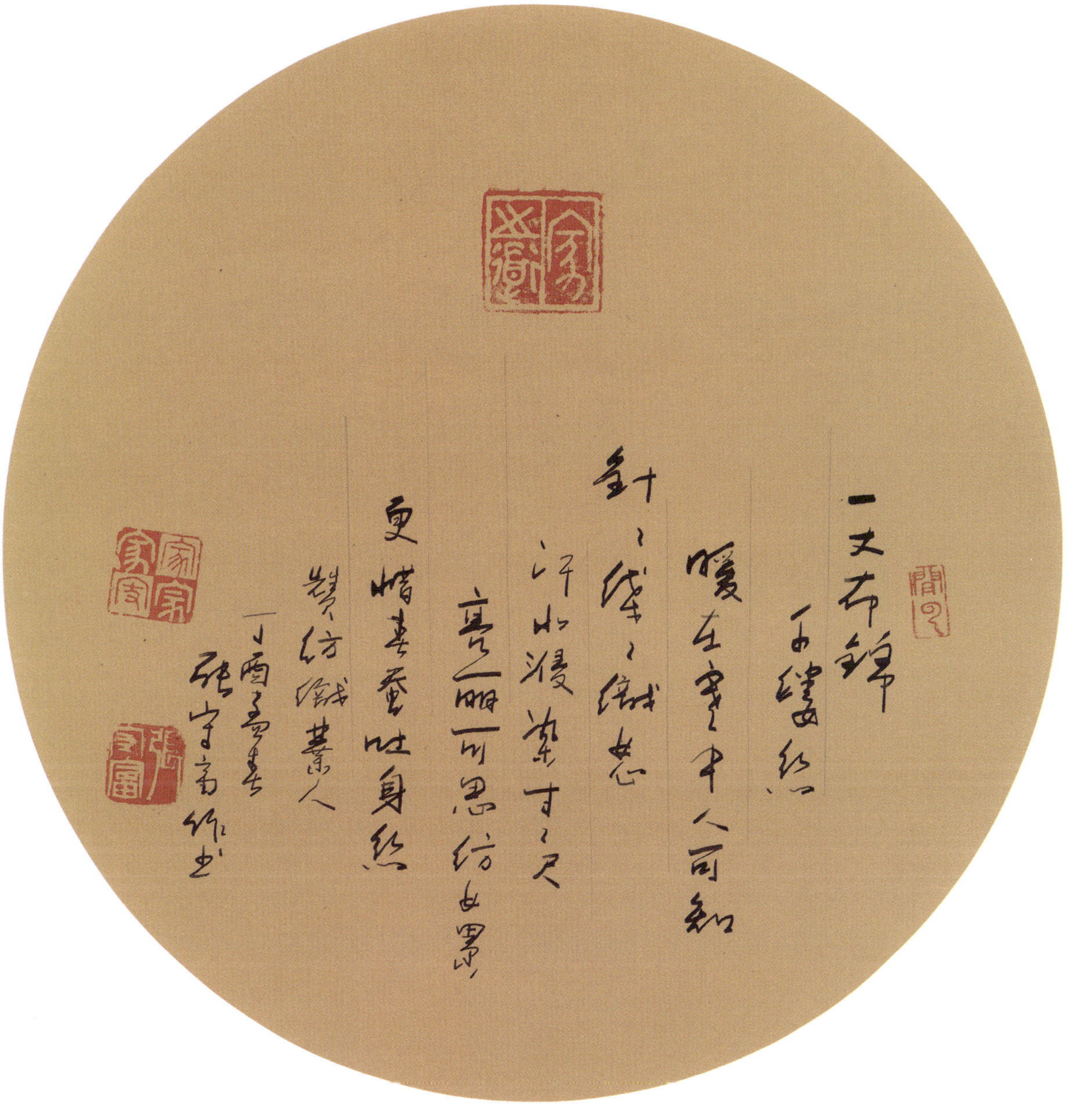

一丈布锦千缕丝，暖在寒中人可知，针针线线织女心，汗水浸染寸寸心，亮丽可画纺女景，更惜春蚕吐身丝

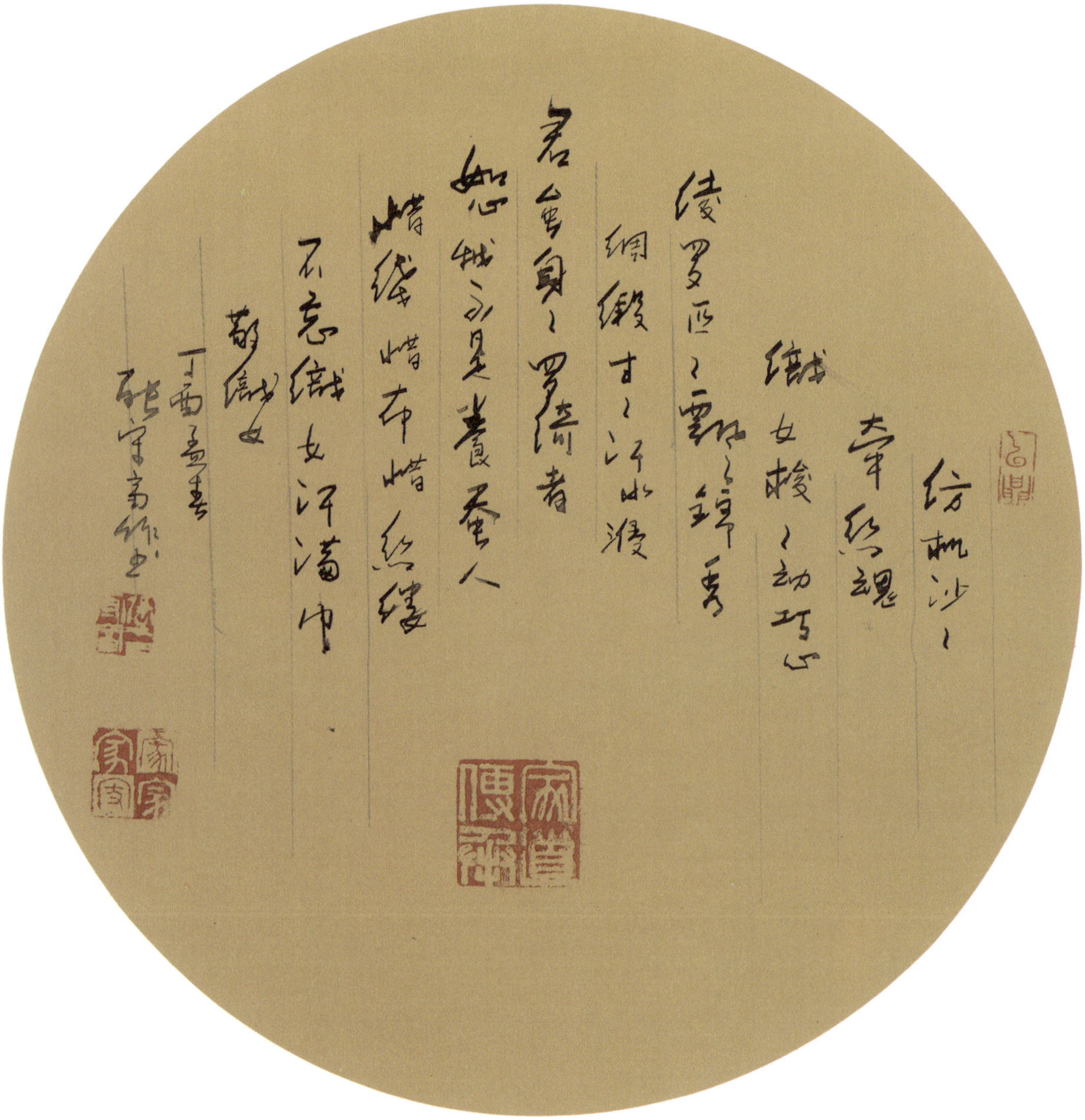

纺机沙沙牵丝魂，织女梭梭动巧心，绫罗匹匹飘锦绣，绸缎寸寸汗水浸。君虽身身罗绮者，恕我不是养蚕人。惜线惜布惜丝缕，不忘织女汗满巾

桑蚕丝丝清泉煮，染工七彩惊魂神，纺得深秋一身暖，织得天下无寒人。绫罗飘处放异彩，天罗地网丝当筋，嫦娥披纱空中舞，仙女下凡大地春

有钱没钱　回家过年

生活在乡下不容易，上有老，下有小，一年四季需打拼。孩子，知道你不容易，天天没黑没白地流着汗。过年了，一家老小盼你回家，别因为没挣到钱不好意思还乡。要知道，过年你不回来，全家人都吃不下睡不着呀！人家都在放鞭炮，下饺子，与家人团聚，可你还在外一把泥一把水地在工地上忙碌、打拼，我们心痛呀！回来吧孩子，哪怕是回家就喝一碗热热的饺子汤。“有钱没钱，回家过年！”此语献给进城务工人员兄妹和他们的家人。

失去家，方知家珍贵

朋友，回家吧！
我只知道你离开了家，
但不知你为何离开家。
也许飞机大炮轰碎了你的家，使家变成了废墟，
也许你在家里连一条命也难得保住，
也许别人剥夺了你的家，
也许你在家比离开家还难受。
家呀！当你有了它，可能不觉得那么重要，
可一旦失去时，就会觉得像失去了灵魂与一切。
朋友，回家吧！面对家里的一切一切，该咋办咋办。

大桥下的流浪人

家福是家人的核心价值

幸福像什么

不少人描绘“幸福像花”一样，其实不然。幸福就像一头拖犁耕耘、俯首流汗的牛；幸福又像一颗颗酸枣、一株株黄连；幸福还像一瓶瓶辣椒酱、一罐罐洒满咸盐的豆腐乳，像种子、像根、像一杯散发着清香的茶。

情、金钱、生命

一个家能否兴旺、平安、快乐、温馨、幸福、温暖融融、代代相继，固然有重要的经济因素，但只能是重要的因素之一。就家兴而言，也不是通常所说的家和万事兴。家兴的首要因素是“家爱”。爱是第一基础，有了爱就有了家庭的行为动力。母爱、父爱，长辈对晚辈的呵护和育养，这就是“爱生孝”。一个人对上孝，对下爱，可以说是无可比拟的高贵品格。接下来才是“和”。无爱、无孝，哪来的和。不讲孝、爱，“和”就是无源之水、无根之木。爱、孝、和相融才能使一个家真正的“兴”。当然，一个家还要有能力。家“兴”的指标也不是一个，人口兴旺繁衍，人才辈出。有吃的、有住的、有发展，老少相亲，和睦顺昌，暖意融融，家有家福，多好啊！

不能只要钱不要命。上海郊区一卖场曾经发生了一场大火灾，一个业主为了几十万元钱冲进大火，别人拉也拉不住，结果钱虽然抱在了怀里，但被活活地烧死在了熊熊的烈火之中。对他而言，钱看得比命重要了。虽是自己辛辛苦苦用劳动赚来的钱，一把火给烧了很心痛，但无论如何不能用命换钱呀。

家要用心经营

家要用心经营，或苦心经营。这样说可能有些朋友会不理解，认为家里就那么几口人，顺其自然嘛，一般管理就行了。男人有男人的事，女人有女人的事， 孩子有孩子的事，老人退休了那就在家养老，好好过呗，没什么好管理的。

就拿子女而言，往昔之家多有三弟两妹，上有高堂双亲两世，下有子孙两代，多有四世同堂、五世同堂，家规世袭严谨，家庭成员亲和力强，孝爱有规，行为有矩。随着社会的发展变化，家庭人口少了，科技进步了，生活富裕了，引起了家庭各个方面的变化，很多时候要换种思路用心经营。

一家之长面临的家庭问题还很多，诸如家庭成员的就业、婚嫁、生育、衣食住行、风雨冷暖、医疗保障，哪一点都忽视不得，为这个家操劳的劳动量，一点也不比管理一个大团体少。因此，作为家长，面对新的形势，我们应当用经营管理的新思想去管理家。经营家庭稍不用心就会出现危机，无论你地位多高，钱财多多，不遵循家的经营管理规律必定出现失误。

家长朋友，你说对不对？祝你经营成功。

家要用心经营

再说家庭隐私

有许多朋友认为家人之间不应当有隐私，应该知无不言。实际生活中，就工作而言，有的从事国家安全、军事保密工作，有的从事经济商业情报工作；就人际关系而言，即使有不同朋友之间不同内容与形式的人际关系，有些是可以在家庭成员间交流的，有些是不便或不必要、不情愿在家庭环境中交流的，家庭成员应懂得这样的道理及规则。诸如子女的日记呀，即使子女年龄再小，大人也不应随意翻阅。妻子不宜随意翻阅丈夫的手机与工作包，丈夫也不宜随意或偷翻妻子的箱包。这些都是家庭的基本规矩和深层文化与文明，不要无视家人的心理。朋友，文明家庭应当这样，你说呢？

“嫌妻凉母”戒

贤妻良母，是评价中国家庭女主人的极高荣誉。对于女性家长来说，许多由于职业原因不能承担更多的家务工作；还有不少能处理好事业与家庭的关系，繁忙工作中照样能做好一个贤妻良母。但也有不少女主人不会扮演这一角色，处处对丈夫嫌之又嫌，对晚辈凉而又凉，家庭关系处理得很不顺畅，故被称为“嫌妻凉母”。

母爱是产生孝的动力源，当然，也有的家无母之爱、长者之爱，也有晚辈不孝这种反规律的现象。就不孝而言，有一个复杂的考量或标准。总的讲，有了家爱就会生发家孝。

“嫌妻”的形成，有的是女主人性格问题，有的是区域文化问题，也有的是德行问题，更重要的是女主人是否对丈夫真爱。女主人在家庭中被称为“凉母”，这种情况较少，但也会个别出现。

家像一个八味瓶

家，有时让人笑容满面，有时让人流着汗，有时让人流着泪，有时让人流着血。家就像一个八味瓶：酸、甜、苦、辣、涩、香、臭、咸。

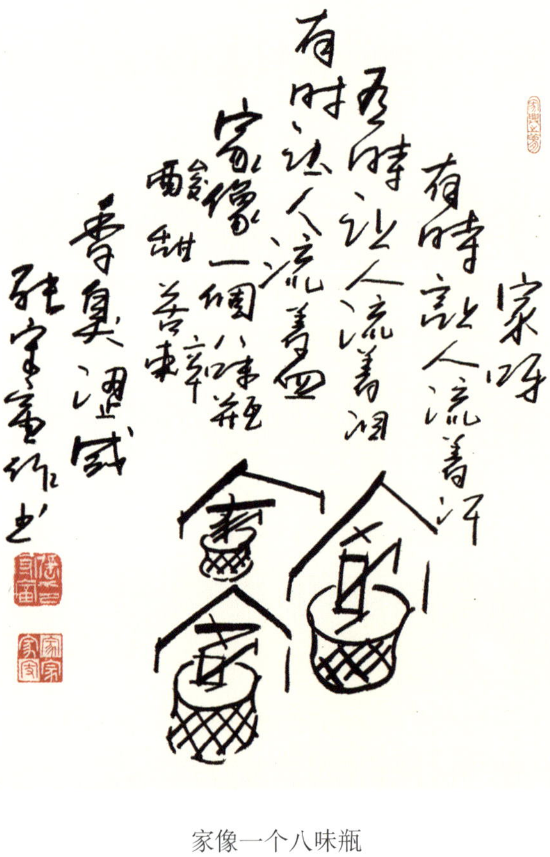

家像一个八味瓶

再说祖孙隔代亲

在研究家文化的时候，隔代亲是个回避不了的课题。看到社会上这种现状，真的想从更加科学理性的角度说清楚。

作者与外孙们快乐地交流着、学习着

通过向读者朋友特别是家庭老者、心理学家和相关专家求教，我认为隔代亲原因之一是血缘关系所致，是父母与子女亲情的延伸扩展；原因之二是氏族家庭传宗接代之传统观念得以实现与满足；原因之三是祖孙之间有时间、空间距离，距离产生亲情、快乐与美感；原因之四是心理、基因、遗传或者还有什么……

和女儿们登泰山

说“低头”

内方外圆好处事，有刚无柔难为人。

渊博的学识和不断创新是事业成功的基础，然而把一个概念变成成果，离开与他人的合作，任何人都无法实现。与人合作得是否愉快且卓有成效，完全取决于你与人相处的智慧。与人相处得好的能力，不是生来就有的，最重要一点就是学会“低头”。

我们来到这个世界，人人都会遇到不顺心，人与人之间都会发生程度不同的恩恩怨怨。对此，我们若学不会“低头”，不能善于“保养”好自己，使自己增加些“弹性”，就可能因为一点鸡毛蒜皮的小事而懊恼不已，甚至怒发冲冠，从而陷于困惑和过失的泥潭而不能自拔。因此，做人处世必须要有适度的弹性。

曾有人问哲学家苏格拉底：“据说你是天底下最有学问的人，那么我想请教一个问题：请你告诉我，天与地之间的高度到底是多少？”苏格拉底微笑着说：“三尺！”“胡说，我们每个人都有四五尺高，天与地之间的高度只有三尺，那人还不把天给戳出许多窟窿？”苏格拉底仍微笑着说：“所以，凡是高度超过三尺的人，要能够长久立足于天地之间，就要懂得低头呀！”苏格拉底可谓是深得人生的真谛：懂得低头。

民间有一句非常贴切的谚语：“低头的是稻穗，昂头的是稗子。”越成熟、越饱满的稻穗，头垂得越低。只有那些果实空空如也的稗子，才会显得招摇，始终把头抬得老高。所以，要想成熟，必须首先学会低头。

学会低头，失和时就会多一些宽容和大度，少一些恃强和责怨；失意时就会多一些超然和达观，少一些自负和贪欲；失恋时就会多一些豁达与自爱，少一些苦涩和忧伤；失败时就会多一些自信和坚韧，少一些颓丧和畏缩。

我们所要有的“弹性”，既不是圆滑世故，也不是一味地忍气吞声委曲求全，而是在错综复杂的社会关系中，既坚持原则，也讲究风格，圆而不滑；既坚持刚中有柔，也寓柔于刚，刚柔相济。若能做到这些，我们就能在更广阔的人生空间中充实自己、发展自己。

家事面面观

家庭是社会的细胞。家虽小，“五脏”俱全。经营好一个家，不易。诸如婚丧嫁娶、生老病死、爹娘生日儿满月、钱粮肉菜、油盐酱醋茶，一样少不了。

常言道，家家都有一本难念的经。一家老老小小，虽朝夕相处，但性格、职业、追求各异，常会出现是非。当今社会条件下，究竟有哪些事需要每一个家庭经常关注、用心处理好呢？

其一，是家庭成员的家庭观念问题。这里我重点提三个观点，共勉之：一个是“亲不亲，一家人”的观点。俗话说，打虎亲兄弟，上阵父子兵；一家人不说两家话；全家一条心，黄土变成金。所有这些话，都告诉我们一个道理，血缘关系或许是世上最亲密的关系。家里无论遇到天大的事和困难，只要一家人同舟共济，一心面对，有福同享，有难同当，就没有过不去的“火焰山”。近年来社会上母亲为儿子捐肝、弟弟为哥哥捐肾的事迹，不知感动了多少人。二是“孝不孝，讲可靠”。父母施爱，子女施孝。尊敬、赡养、孝顺老人，是中华民族的传统美德，也是法律赋予每个公民的责任和义务，“常回家探望老人”已经行文入法。百善孝为先。随着中国进入老龄化社会，养老问题已经成为摆在每一个家庭面前的一件大事，其中首先应该承担第一责任的就是每一个家庭成员。无论你是政府官员、军官、商人、工人、农民，赡养和孝敬老人都是每个人应该承担的基本责任和法律义务。不赡养不孝敬老人的人，必然为世人所不齿。我们不但要学古今孝道，更要以道德模范为楷模，为自己家庭里和社会上的老年人安享晚年尽到责任。三是“兴不兴，看行动”。常言道，家和万事兴。许多家庭建新家，搬新房，还要把这个横幅镶嵌在自家大门上。我在《家道》中，进一步提出了“爱、孝、和、能”是和谐家庭的四大支柱。所有这些，都不是空口号，而需大家见诸行动。只有一条条都做好了，真正的和谐幸福家庭才能呈现。

其二，是家庭成员的关系问题，包含父母子女关系、婆媳关系、兄弟姊妹关系、夫妻关系等。处理这几对相互关系，均有规有矩可循。要想处理好子女与父母的关系，就要探研爱、孝二字。父母爱孩子是天性，无微不至，而子女对父母的孝敬与赡养，同样也应该是坚定不移的。

可怜天下父母心

“可怜天下父母心”，是中国妇孺皆知的一句话，多用来赞誉父母教养子女、感叹父母与子女之间的深厚感情。

习近平总书记在2016年全国文明家庭表彰大会上，讲到三个希望，其中一个希望就是“希望大家注重家教”。可见，家教是多么重要。

父母操心常丢“西瓜”

可怜天下父母心，是父母为子女操不完的心。怀在娘的肚子里，父母就开始操心：是男是女，是胖是瘦，是足月生还是不足月就要生，是难产还是顺产；出生之后，操心奶水够不够吃，奶水之外补充什么营养，是国产奶粉好还是进口奶粉好，是纯奶粉好还是掺了别的什么好；牙牙学语时，操心口齿是否伶俐，发音是否清楚，是否搞点超前教育造就一个神童；蹒跚学步时，操心别摔跤了，别碰伤了；上幼儿园时，操心送，操心接，操心阿姨照护得是否周到细致；上小学，上初中，上高中，又操心学校是不是重点学校，班级是不是尖子班，老师是不是特级教师，操心孩子每次考试是不是名列前茅；而考大学，则是父母最为操心的时候，那简直是过鬼门关，分明比子女更紧张；考取了大学，又要操心毕业分配了，能不能留在身边，有没有一份如意的工作；参加了工作，就该操心谈朋友，结婚；结婚前就得操心房子、家具、家用电器、婚礼筵席；结婚后，又开始为子女的子女操心了！

然而，即使事无巨细、没完没了地操心，还是有不少子女难以成才，枉费了父母一片苦心。其中一个重要原因就是，很多父母往往忘了操这样一份心，那就是培养子女自理、自律、自立、自食其力、自强不息的品格和能力。

事实证明，父母越是为子女操心，子女就越是不为自己操心，久而久之，子女就养成了一切依赖父母、处处仰仗父母的坏习惯，患上精神软骨病。父母是树，子女是藤，树在时，藤缠树，一旦树倒了，藤就趴在地上站不起来了。让子女尽早学会自立，才是父母为子女应操的首要之心。尽早让孩子单独睡小床，而不要无论白天和黑夜都把他们抱在怀中；尽早让孩子自己穿衣吃饭，而不要把他们娇惯成饭来张口衣来伸手的少爷公主；尽早培养孩子的自主学习能力，而不要让他们依靠着你的辅导和督促；尽早对他们讲明白：你这辈子怎么过，过得怎么样，取决于你自己，亲戚朋友靠不住，爷爷奶奶靠不住，连你的父母也是靠不住的，唯一靠得住的是你自己，是你自己的真本事！这份心操好了，子女就会为自己操心了，为人之父为人之母就不会那么累了。

“冷酷”的爱好处多

有这样一个真实的故事：

1920年，美国的一个年仅11岁的男孩爱上了足球。他在校园里踢，庭院里练，一次不小心把邻居家的玻璃踢个粉碎。当时玻璃很昂贵，邻居索赔12.5美元。12.5美元是个不太小的数目，当时可以买下125只母鸡。小男孩闯了祸，主动向父亲说明原因、承认错误，希望父亲能帮助处理这件事。父亲却问道：“这事是你做的吧？”“是的，爸爸。”小男孩说。“那你应不应该负责？”父亲接着又问。“应该，我做的事我必须负责。”男孩坚定地说，“可我没有钱。”“钱我可以借给你，但你一年后必须还给我。”父亲说。“放心好了，爸爸！一年后我一定还上这笔钱。”小男孩非常自信地说。从此，这个小男孩就开始了一边读书学习，一边打工挣钱的生活。他仅仅用了半年时间就还上了父亲的12.5美元。这个小男孩就是后来成为美国总统的里根。

人处世上，你所承担的，有诸多责任；你所应对的，是众多性质不同的事务；你所面临的，根本不可能一切都是预想到的；你所经受的，也绝不会永远是你所谙熟的。因此，在对子女的教育培养中，应当教给他们：自己必须通过学习、磨炼，才能形成随时化险应变的良好心态，具备逢事克难制胜的智慧才能；任何人都不能永远依赖他人，自己的路必须自己来走。这种看似“冷酷”实则真诚的父母之爱，当代子女更需要。

“父母之爱子，则为之计深远。”让我们记住先秦时期触龙劝说赵太后的话，多给子女一些多情而冷酷的爱吧——庭院里练不出千里马，花盆中长不成万年松。

“望子成龙”扭曲了父母心

望子成龙，望女成凤，是“天下父母心”的集中表现，也是一种人之常情。但是这种“父母心”如果过了头，甚至于到了偏执的地步，便有些变质变味，便不再仅仅只是“可怜”，而是有些可笑、可悲、可恶，甚至可鄙了。在任何一个时代，孩子都应该是社会上最快乐最不知忧愁的人。然而，在我们这个时代，某种程度上，孩子却成了社会上最忙碌、最忧愁、最痛苦的人，成了社会上玩得最少的人：这无论如何是一种荒唐悲哀的现象。

据我的观察，对子女将来的人生成就所怀期望的大小，与父母自身人生成就的大小有着很大的关系。一般来说，那种自身较有成就，在某种程度上算是“出人头地”的父母，他们那种“望子成龙”的心情反而平淡些，对子女将来人生成就所怀的希望反而不是那么强烈。他们当然也希望子女有尽可能大的作为，但通常不至于达到偏执的程度。而那种自身“平庸”无所成就的父母，之所以一定要让子女有所作为，一定要让子女“出人头地”，很大程度上是把自身未能实现的追求、梦想转移到了子女身上，让子女来完成他们自身未能做成的事。由于自己的人生平平庸庸，他们便一定要让子女出类拔萃。同时，由于他们自身并无真正意义上的事业而只有一份赖以谋生的工作，他们便有可能把心思、精力都用在孩子身上。他们之所以“平庸”，也许就因为他们从小胸无大志，如今，一切都晚了，但他们却又不甘“徒伤悲”，而是把伤悲转化成对下一代的希望、要求和强求。也许他们因为自己曾经玩得太多，于是拼命剥夺孩子的玩耍时间。在这种时候表现出的“父母心”，难道仅仅是可怜吗？

21世纪是观念创新、信息贯通的时代。子女不仅是父母的后代，更是社会的成员；父母不仅有责任抚育子女，而且更有义务教子女自立，为子女导航，与子女为友。那种把子女当作“私有财产”，管教子女不择手段、为所欲为的观念必须彻底放弃，给子女一片可敬而不是可怜之心是当代天下父母的唯一选择。

共产党人更应讲孝慈

共产党人，除了承担党章赋予的职责外，还肩负着推动民族、国家的发展，人民生活安康的使命，更承担着传承中国先进文化，继承和弘扬中华民族传统美德的义务。

孝慈是中国传统社会十分重要的文化和道德规范，也是中华民族遵奉的传统美德。在中国传统社会，儒家历来视孝慈为“人伦之公理”，将它当作维护社会伦理关系和政治统治的重要手段，把孝慈与“忠君”“爱国”相联系，以孝慈为“修身、齐家、治国、平天下”的出发点，使孝慈这种调节亲子关系的道德规范上升为具有社会普遍意义的行为准则，成为社会教化的内容之一。

在近代社会，许多思想家、政治家从爱国主义的角度将孝慈作为国民道德予以提倡。梁启超将孝慈列为“私德上第一大义”，将它视为“人格最要之件”。他说：“人非父母无自生，非国家无自存。孝于亲，忠于国，皆报恩之大义，而非为一姓之家奴走狗所能冒也。”古往今来，中国文化关于“事亲以敬”“爱子必教”“敬亲爱国”的道德论述，不仅具有历史的进步意义，而且具有现实的继承和借鉴意义。

共产党人继承和发扬孝慈的伦理道德传统，就是要加强道德修养，站在时代的前列，不断培养优秀的个人道德和家庭美德，如孝敬父母，尊重长辈、爱护和教育子女、关心和帮助晚辈等等，还要具有广阔博大的胸怀，善于将孝敬父母、长辈的情怀转化为热爱祖国、热爱人民、报效祖国、服务人民的伟大情怀，转化为关心、支持青少年健康成长的社会理念与热情，有一分热，发一分光。

在中国革命史上，一切先进模范人物，在他们身上无不既反映出无产阶级的先进道德，又体现出中国传统的优秀道德。他们既是一代又一代人眼中的英雄豪杰，又是后世子孙心中的道德楷模。党的好干部的优秀代表及一大批各界优秀人士中，在他们的家乡，不仅流传着许多爱党爱国、忠贞为民的故事，同时也流传着许多孝敬父母、养老扶幼的佳话。

家里的翰墨

家之韵

张守富家文化书法代表作

庭之气

张守富家文化书法代表作

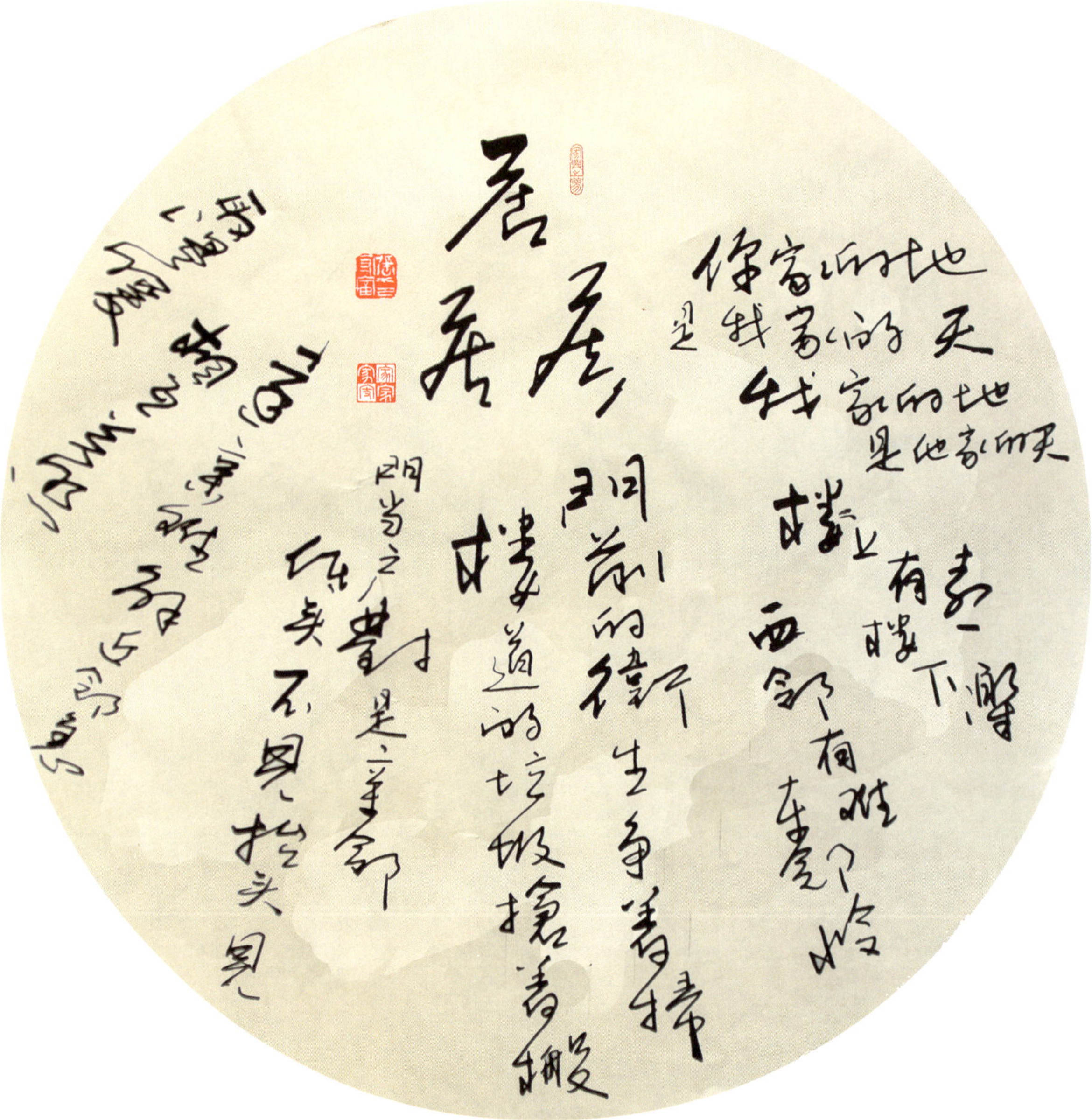

邻居情深

张守富家文化书法代表作

家，紫气东来早　张守富、宋爱云合笔

家里的好色彩 枝枝叶叶尽是情 张守富、宋爱云合笔

梅花香自苦寒来　家有红梅傲独枝　宋爱云画

我家的老枣树

家里儿女多，操心一家很幸福

鸡鸣梅春

春雨天香润家福

大山里的好人家

山涧家风

小桥流水有别舍　张守富、梁冠英合笔

山涧流水好人家　张守富、梁冠英合笔

温馨港湾

清风家园

家之韵

山里好人家

吉利之家

家中有节

远古之家　梁冠英、张守富合笔

传承　张守富、梁冠英合笔

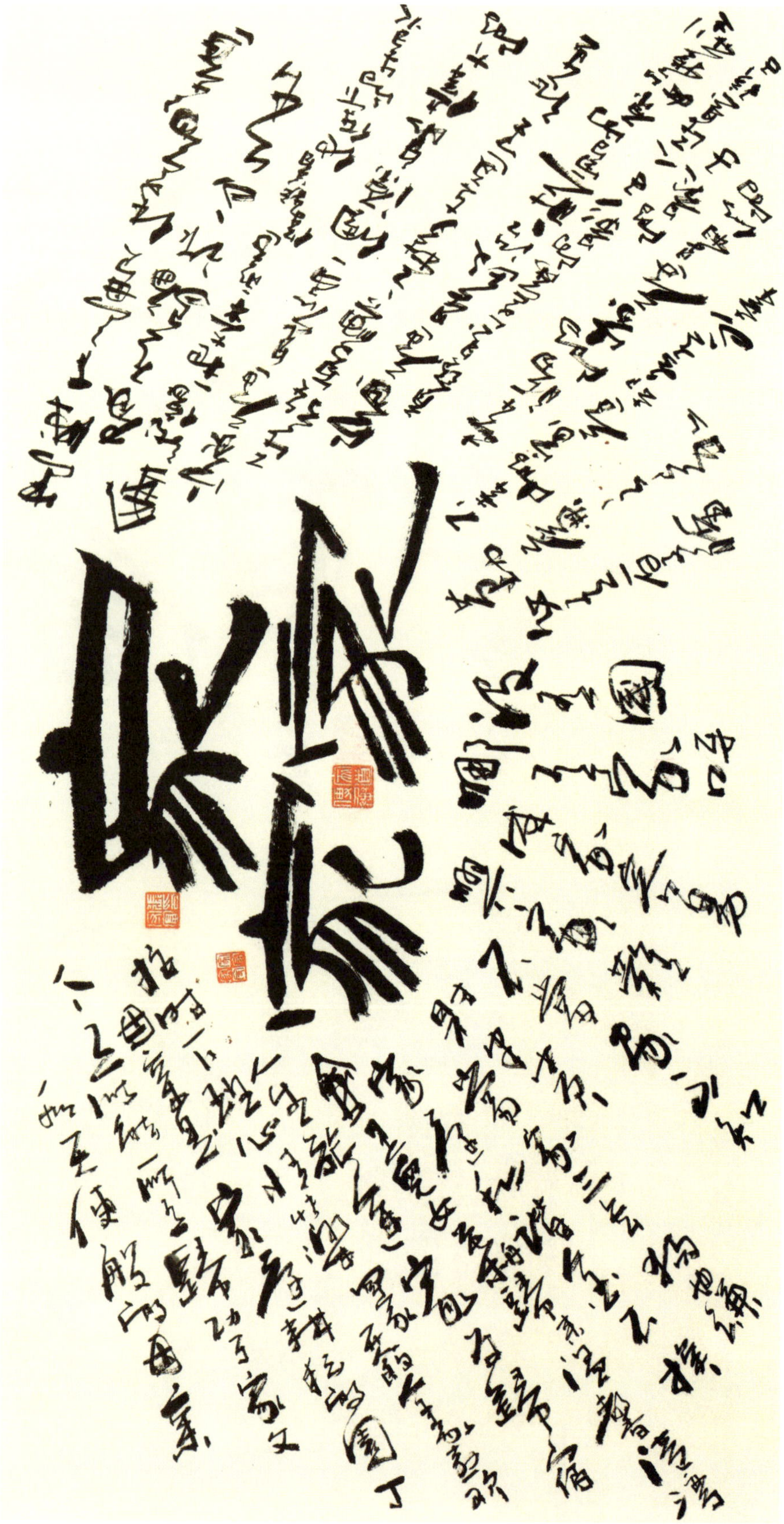

大家风范

共产党全部使命就是为了中华民族这个家

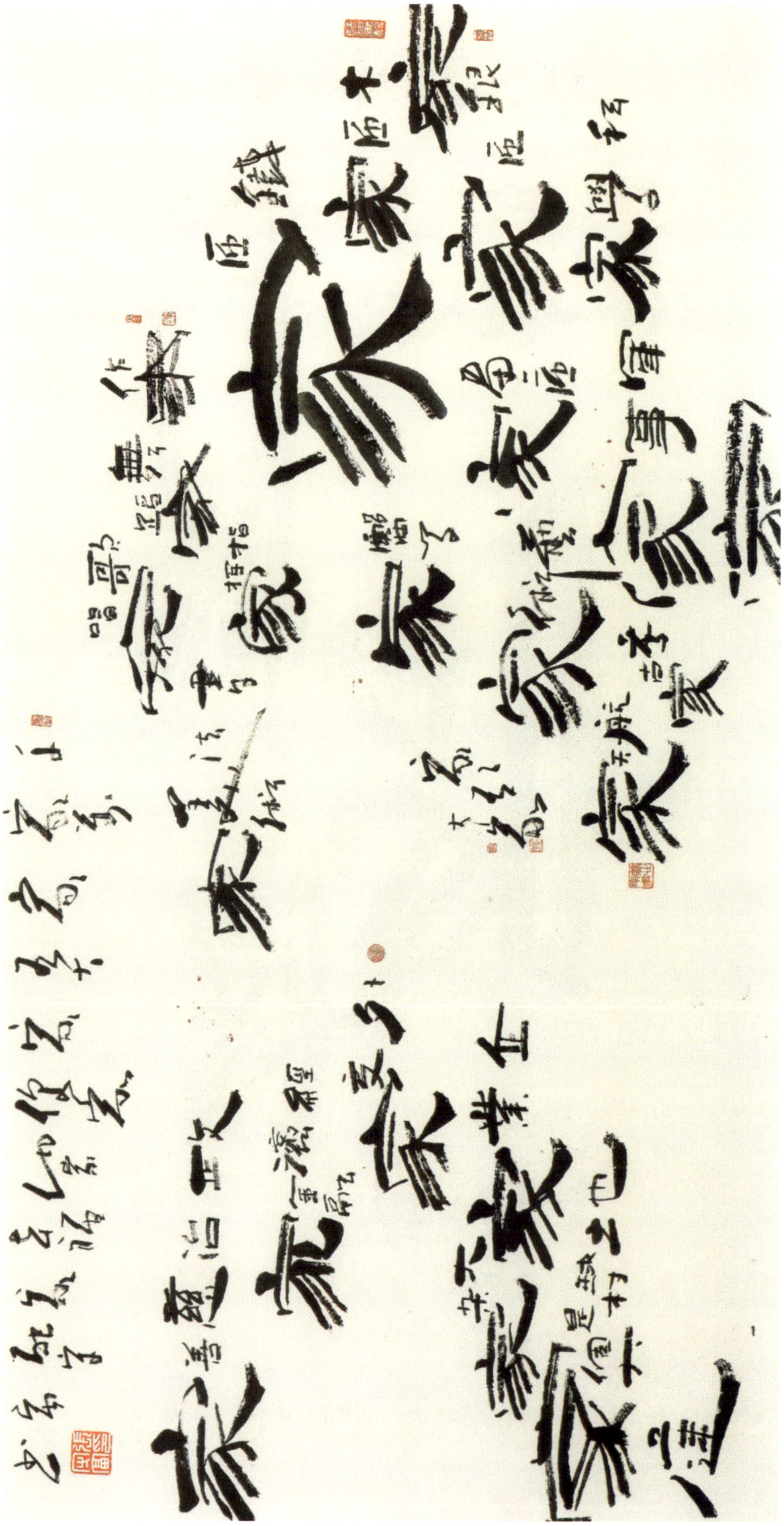

千家万户有大家，你家他家幸福家

大家风范小家福

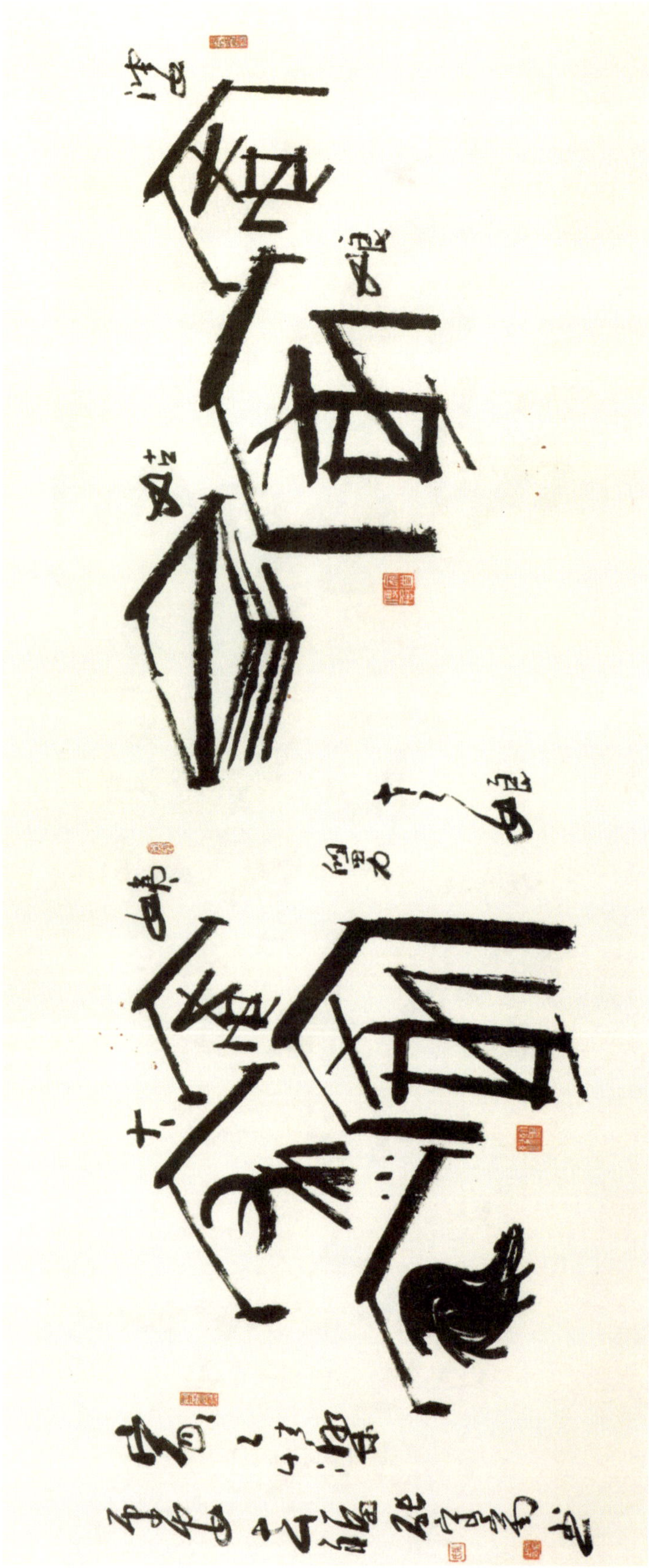

家家快乐，平安幸福

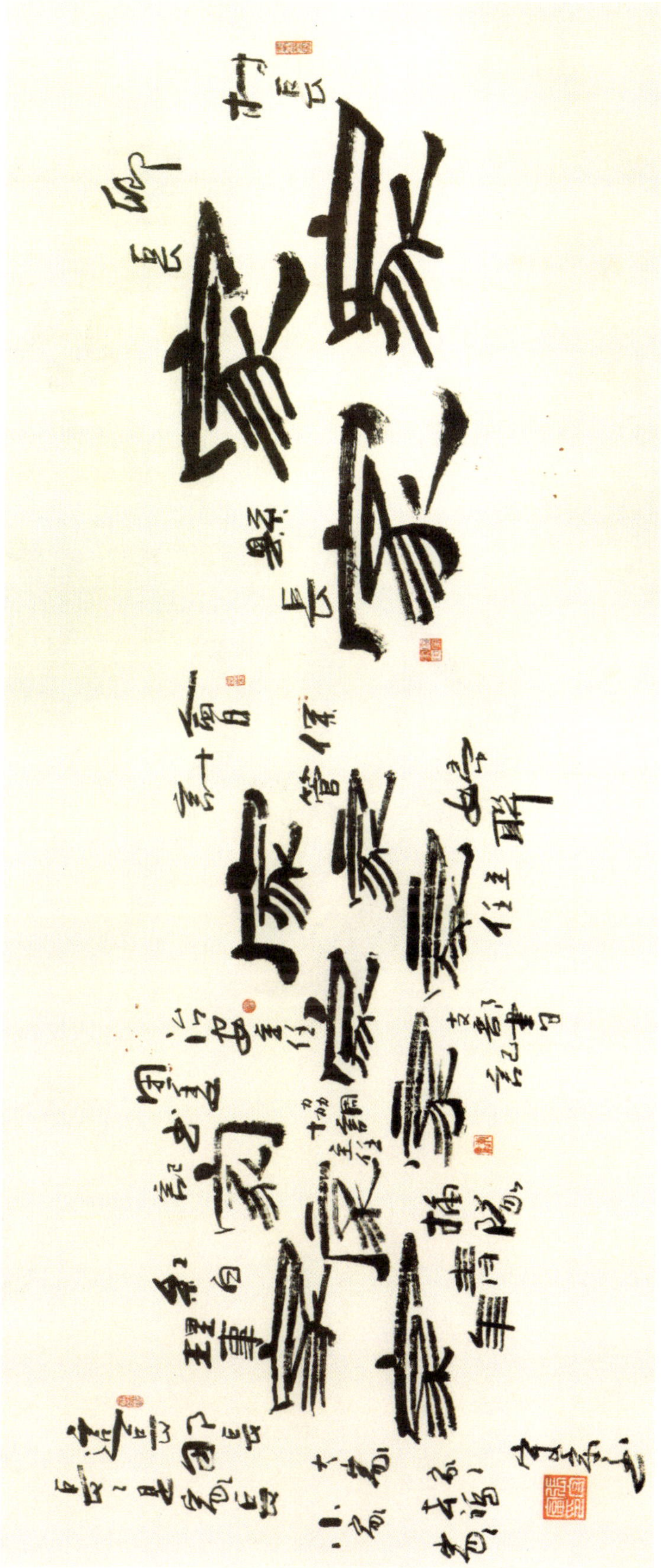

这长那长，长长是家长；大家小家，家家幸福家

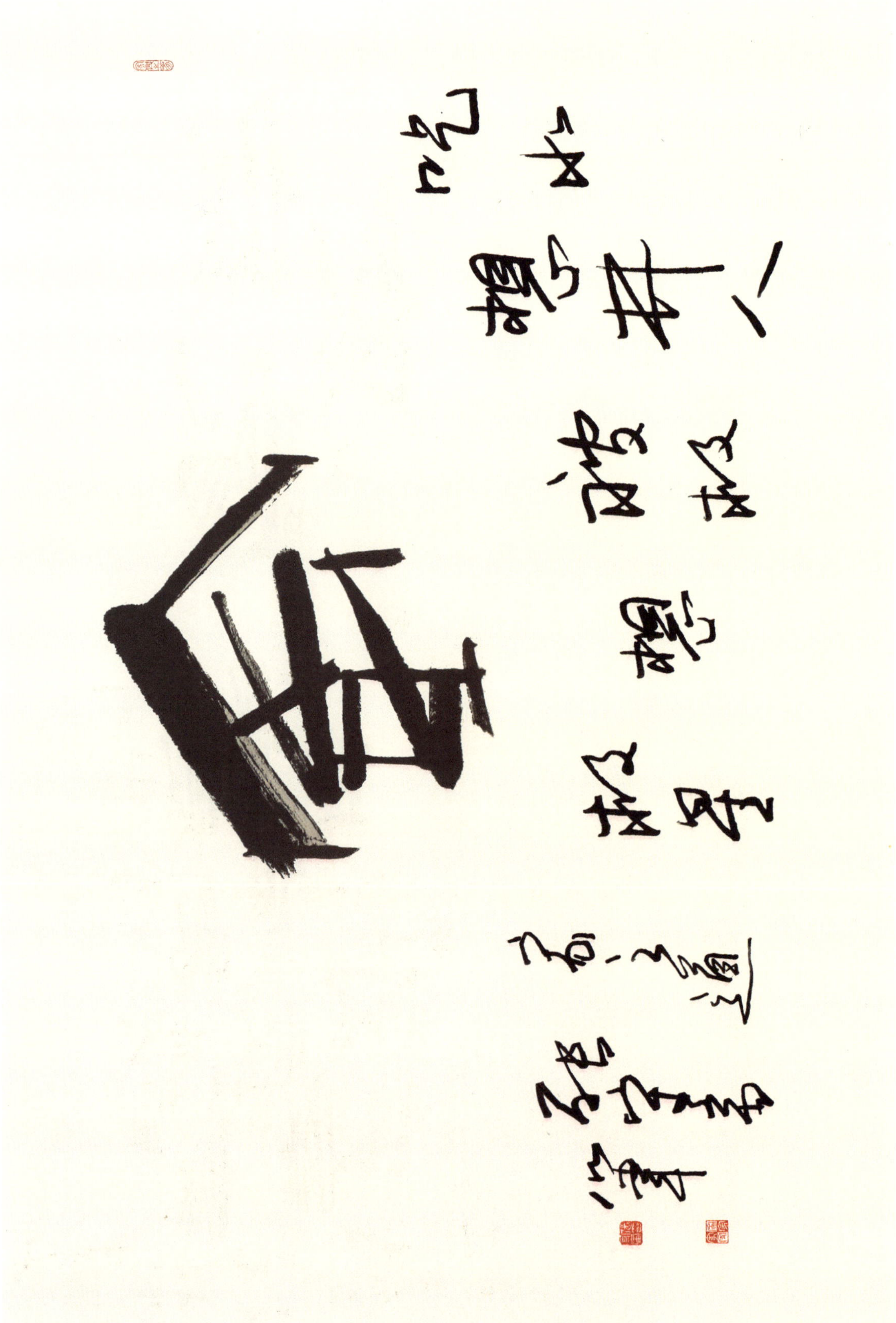

吃水想井人，被救想救星

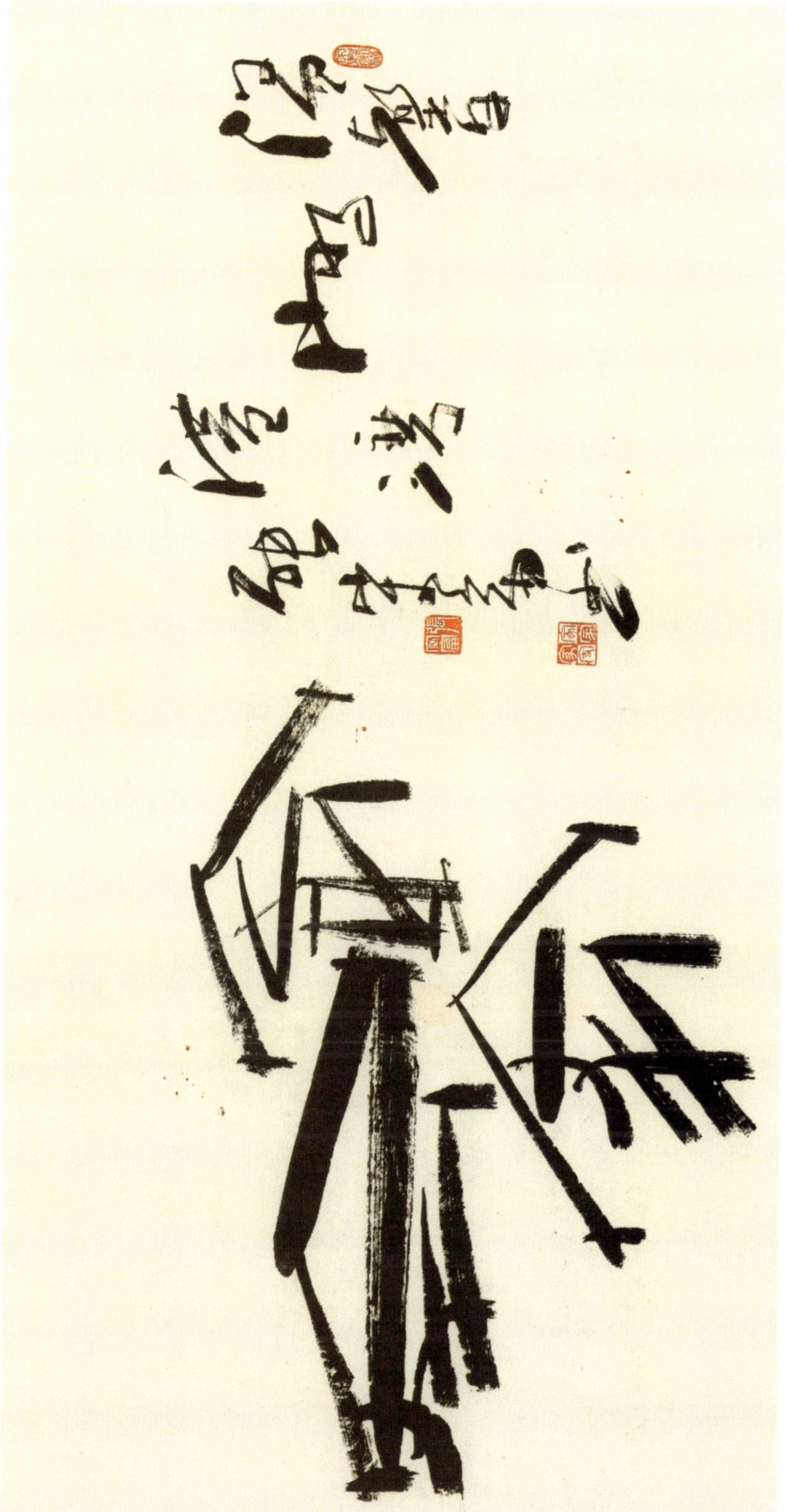

温馨的港湾

水唯能下，方成海而纳百川，利万物而不争，处众人之恶故其道，故善地，心善渊，与善仁，言善信，正善治，事善能，动善时。你高我低，不掩你优；你低我流来，不暴你缺陷；你动我随，不撇下你孤单；你热我沸，决不妨碍你的热情；你冷我凝，决不漠视你的寒冷。

水性柔而能变其形，柔中刚，至净能容博大胸襟，包容万物而洁纯；水性变，万变而不失其品。化低下为海而纳百川；化江河奔流而载舟浮舟；化湖湾静其气，化小溪而声声潺流；化云升天，为寰宇增彩；化雨落地，刷洗大千世界；化霜雪而严寒，化冰冻而怒情。水性柔，柔似慈母。水性刚，刚如严父。刚柔相济，有爱有恨，有情有义。

君子上善若水，正人从善如流

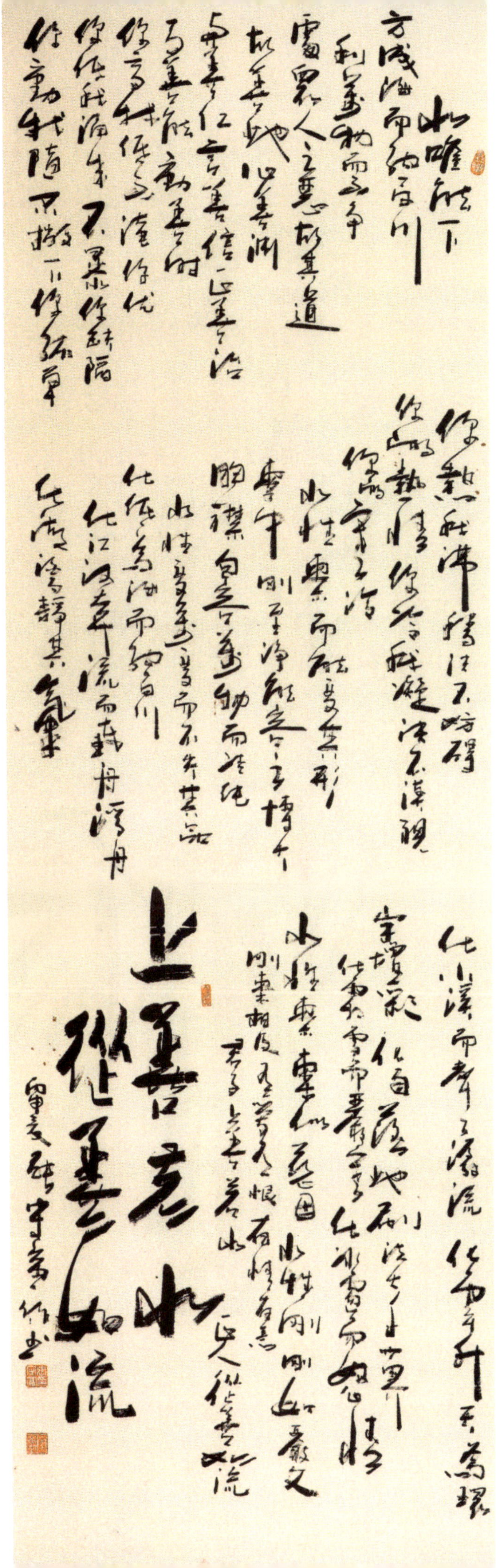

上善若水　从善如流

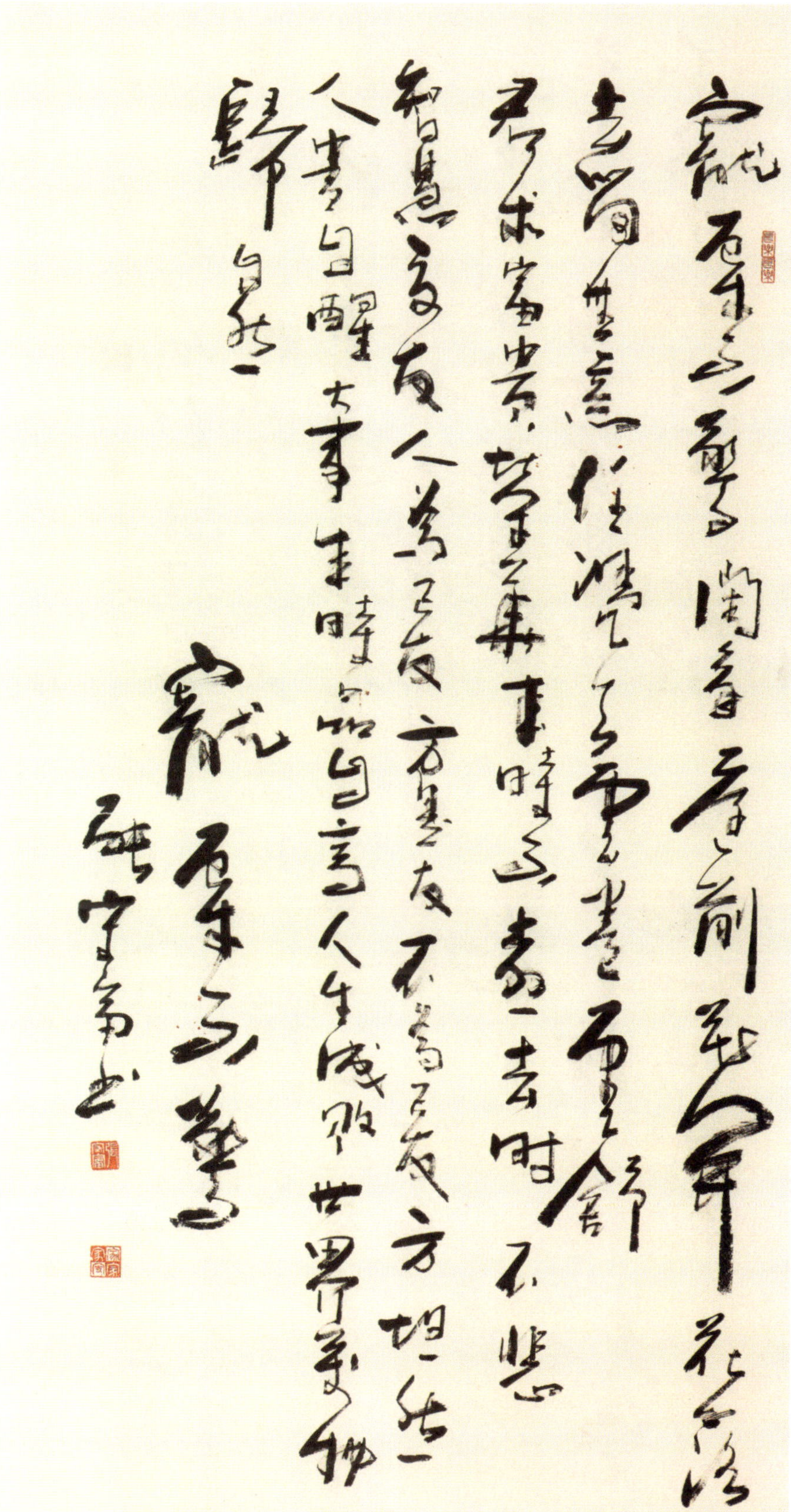

宠辱不惊，闲看庭前花开花落；去留无意，任凭天上云卷云舒。君求富贵荣华，来时不喜去时不悲。智慧交友，人为己友方是友，不为己友方坦然。人贵自醒，大事来时品自高。人生成败，世界万物归自然

宠辱不惊

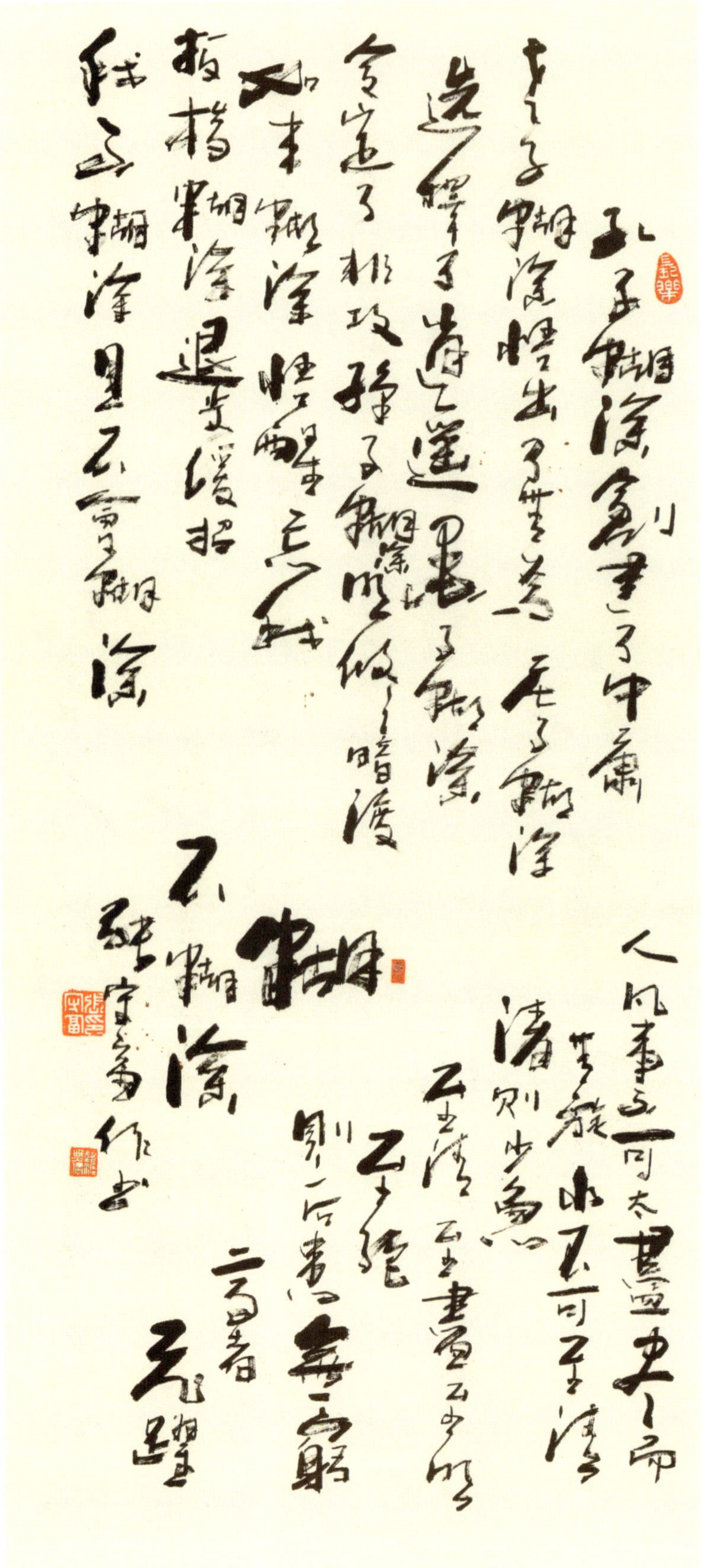

孔子糊涂创建了中庸，老子糊涂悟出了无为，庄子糊涂选择了逍遥，墨子糊涂今定了非攻，孙子糊涂明修暗渡，如来糊涂悟醒忘我，板桥糊涂退步缓招，我不糊涂是不会糊涂。

人凡事不可太尽，尽而无旋；水不可至清，清则少鱼；至清、至尽、至明、至绝，则后患无穷。高者飞跃

糊不糊涂

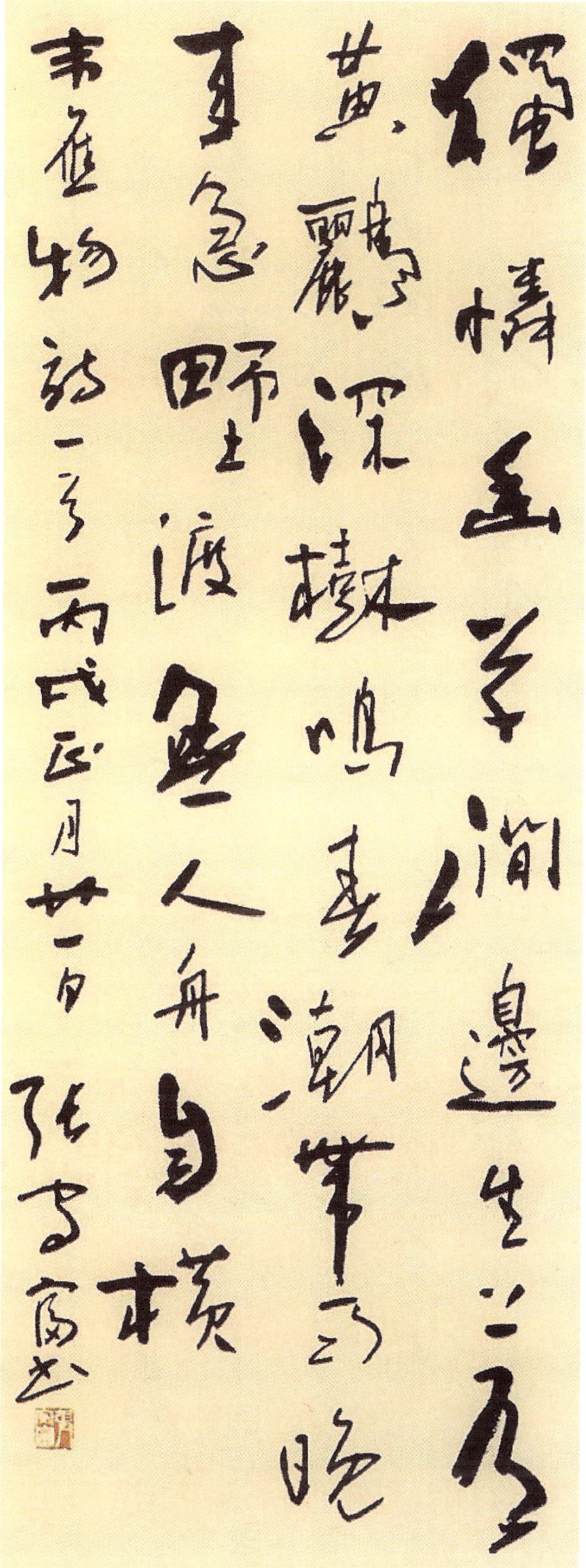
独怜幽草涧边生
上有黄鹂深树鸣
春潮带雨晚来急
野渡无人舟自横
韦应物诗一首 丙戌正月廿一日
张守富书

韦应物诗

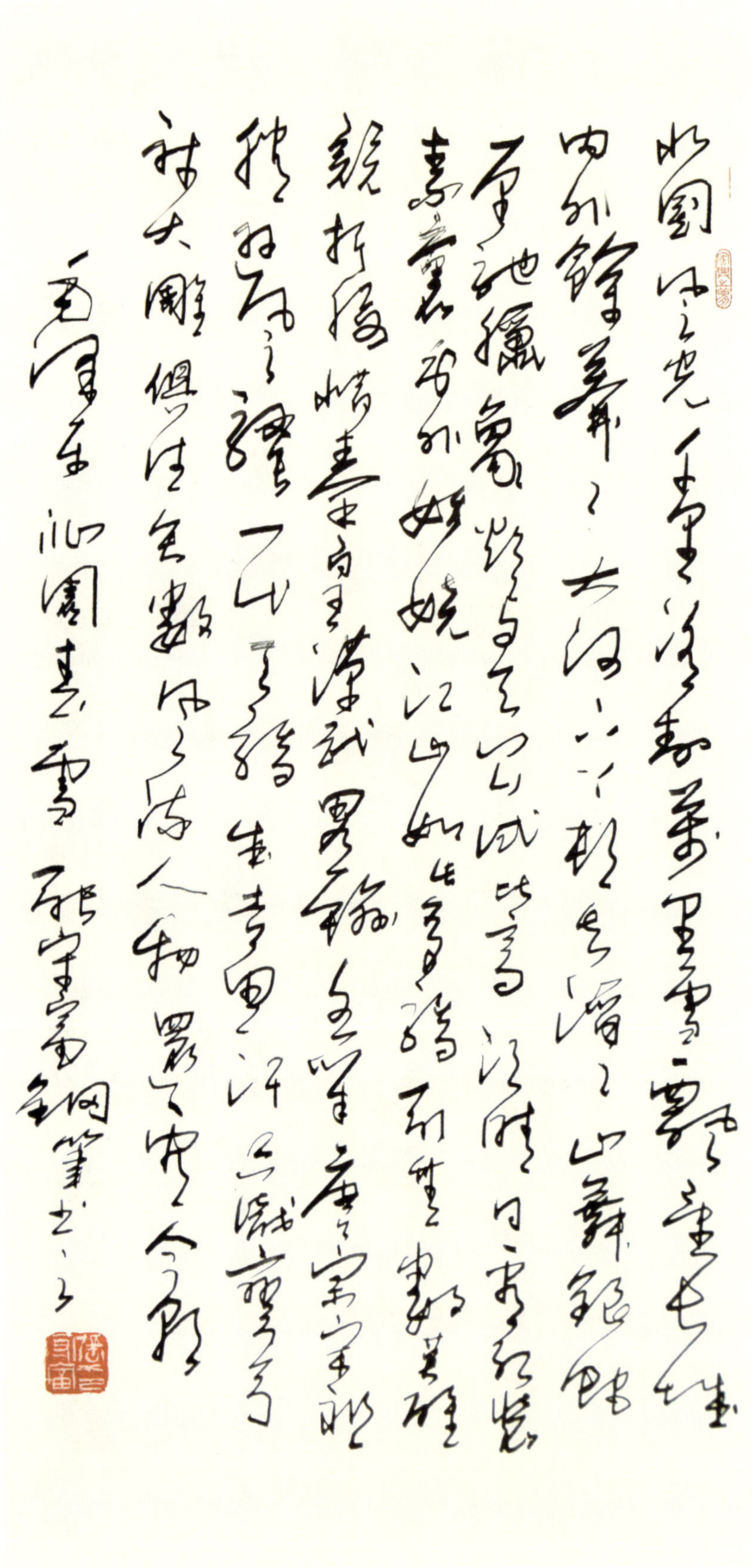

毛泽东《沁园春·雪》

新西兰游感三首

惯看圣诞雪飘飘，谁料今宵夏雨豪。
万里稚童遥问讯，寒冬何日望风逃？

冷暖轮回四季中，世情亦有夏和冬。
几多今夕狂欢客，牵挂人家未大同！

蓝天万里围纱帐，绿浪千畴展水床。
高枕青山成一梦，醒来忘却在南洋。

圣诞之夜作于新西兰

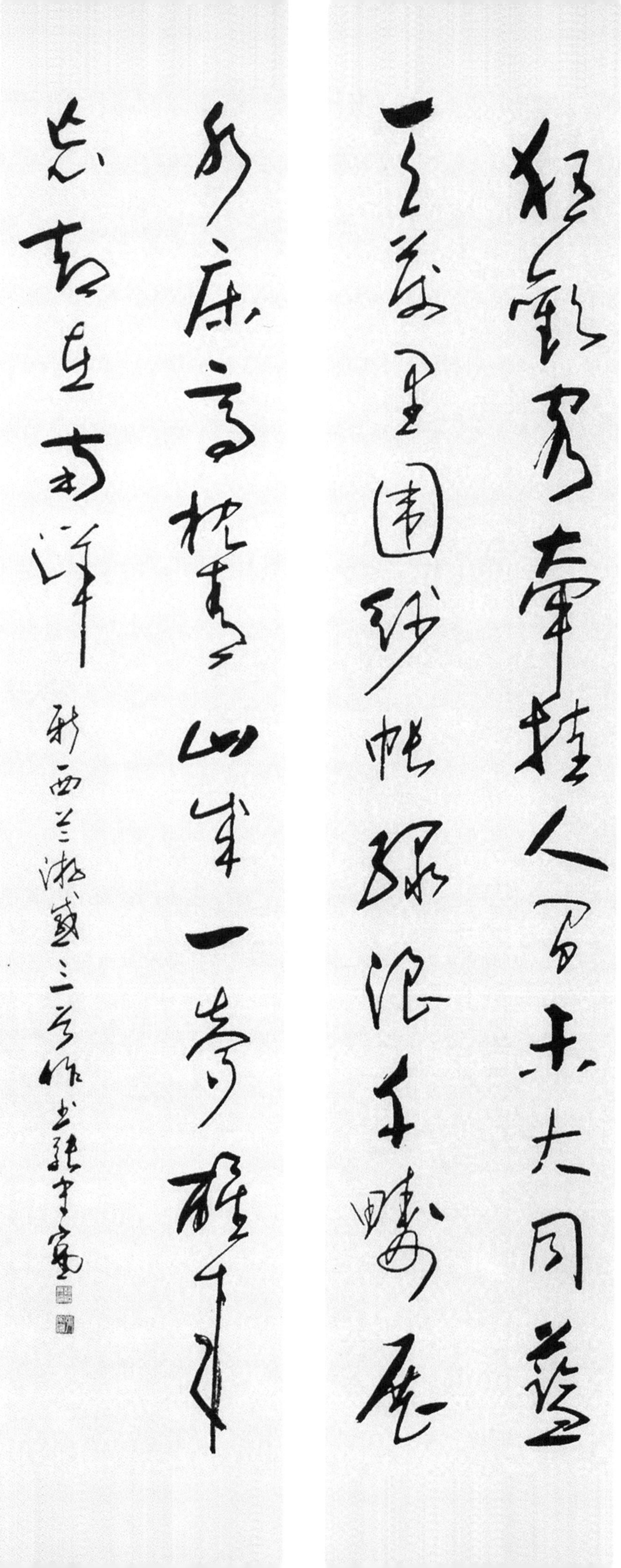

新西兰游感

慣看群雄誕雷霆，淮料金宵
夜雨驟寒生，秣馬逐風塵……

田舍望盡遠，暖轍田間耒
去秸六百夜，和子戰為人多

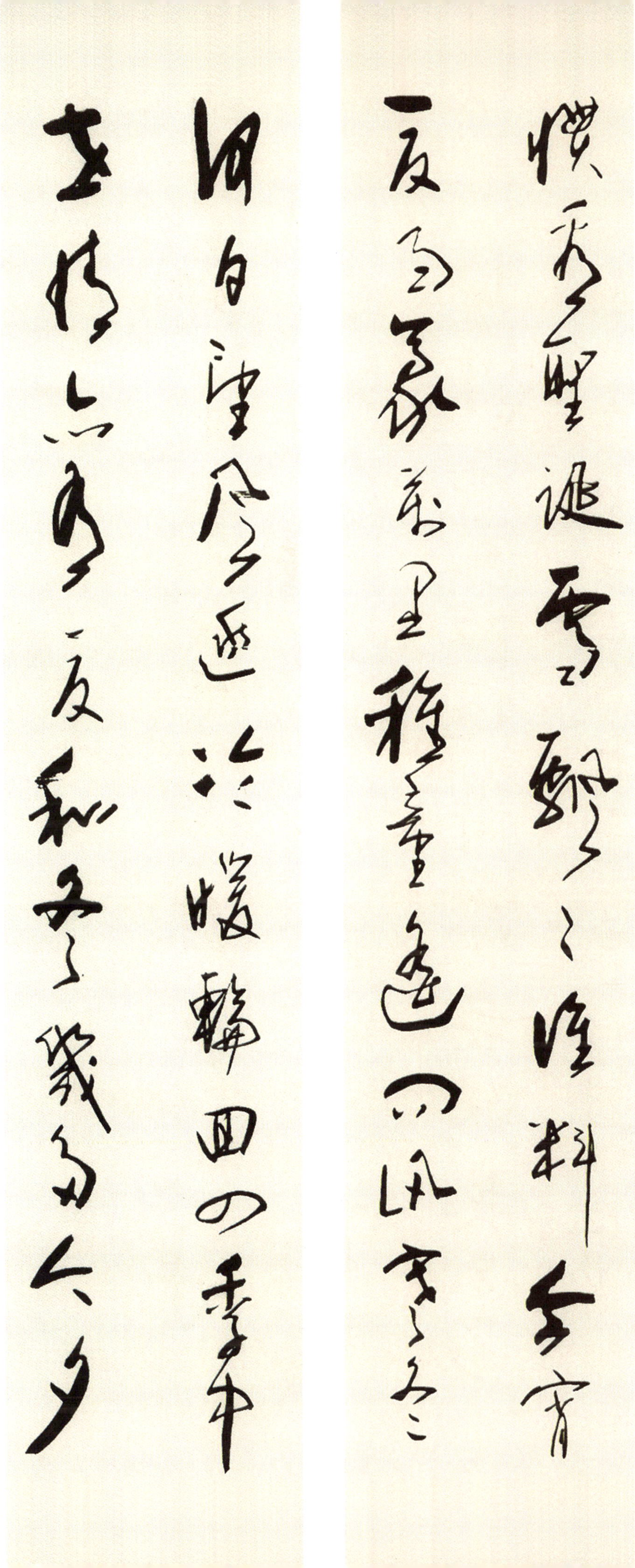

钢筋铁骨军警炼兵如山甘

民心毋万里征程走下鞍缰

历沐雨天虹现得亦安然失此安

然社稷兴衰重如山

"采藜子·述怀
丙戌秋张守富书

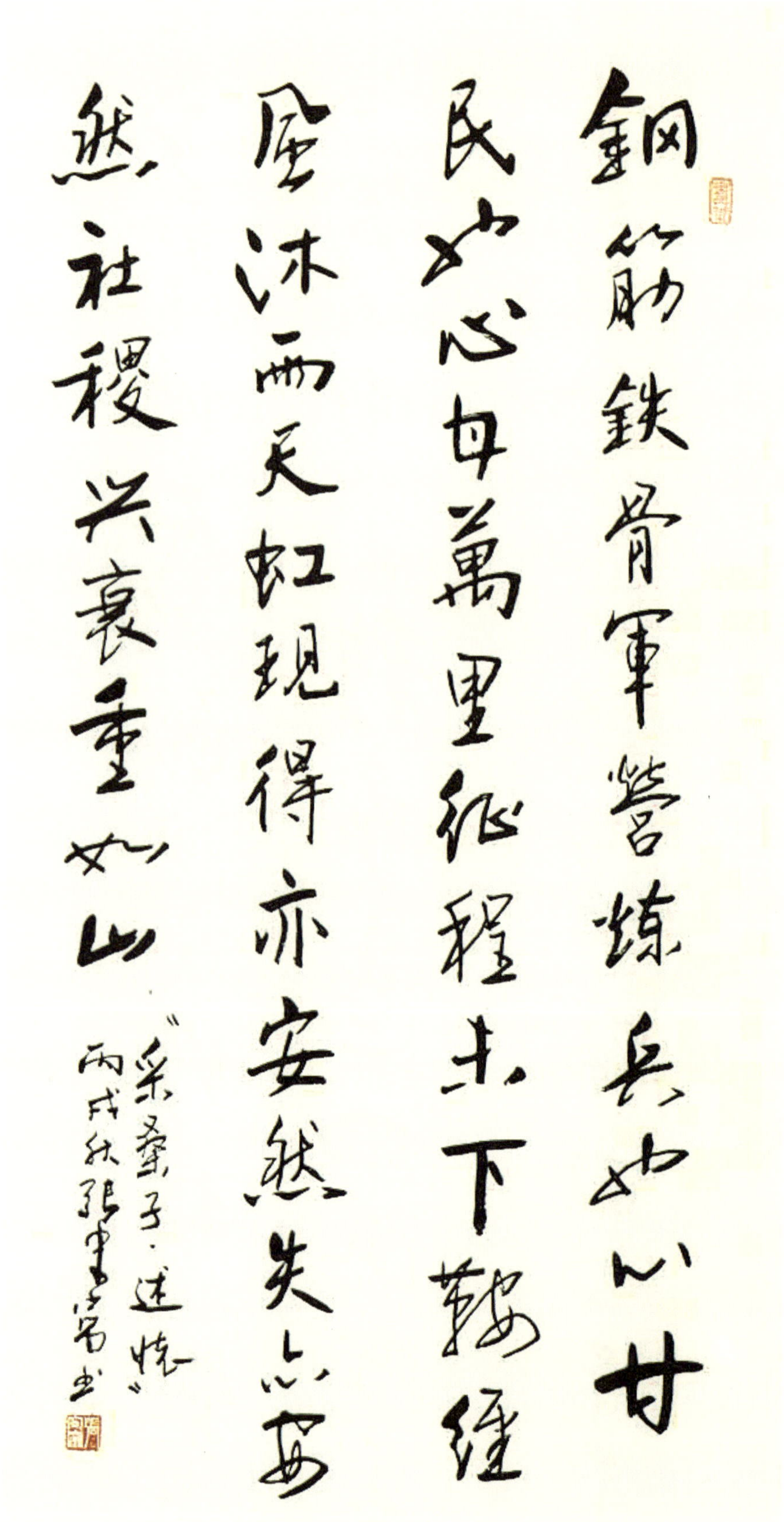

张守富作书

万顷银河泻千寻，练悬雷
鸣声裂地狮吼势崩矢骤多
豪情涌如军怒马旋遣挥
巨笔狂草刷长天　观黄果树瀑布　守富

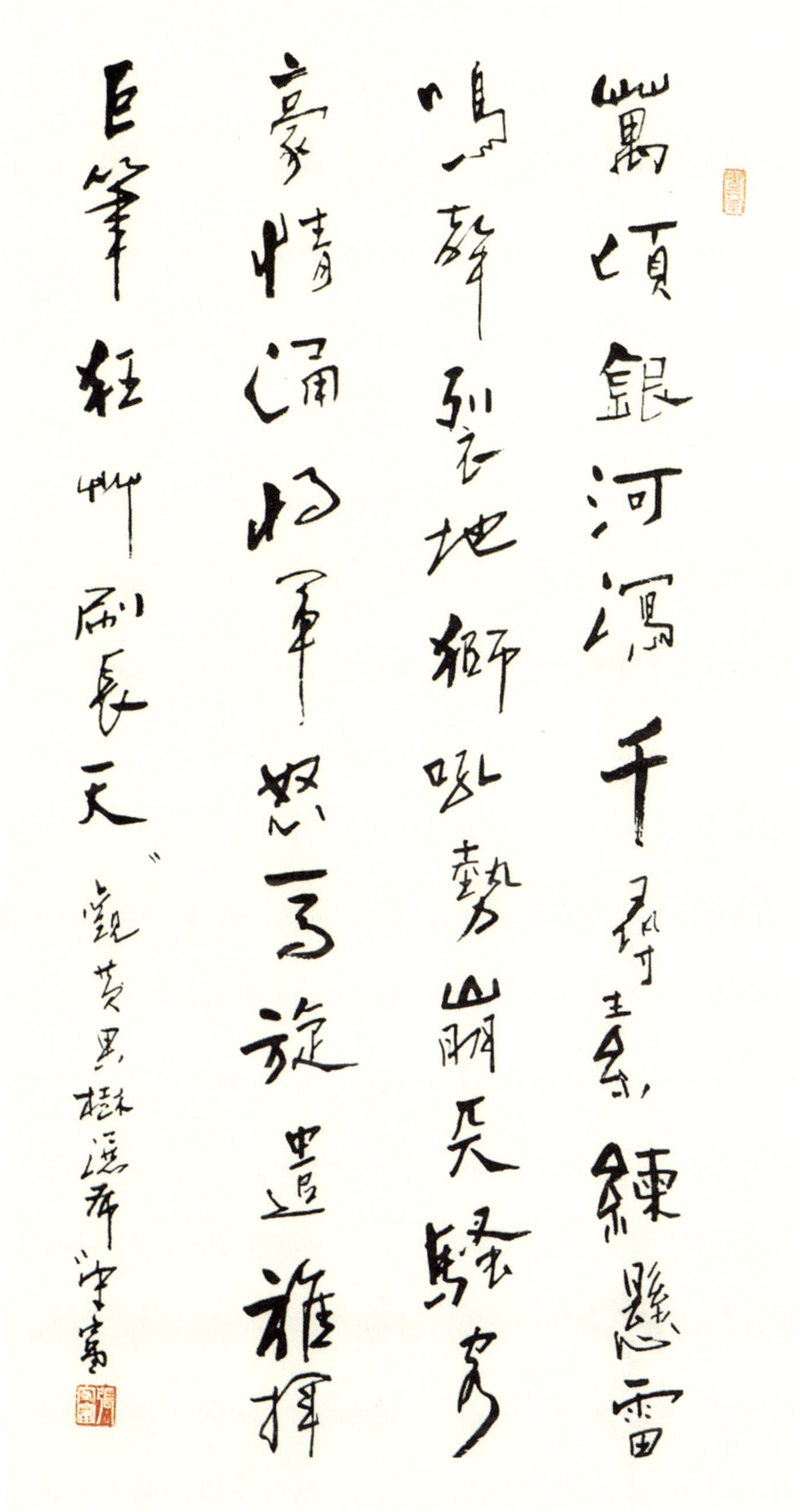

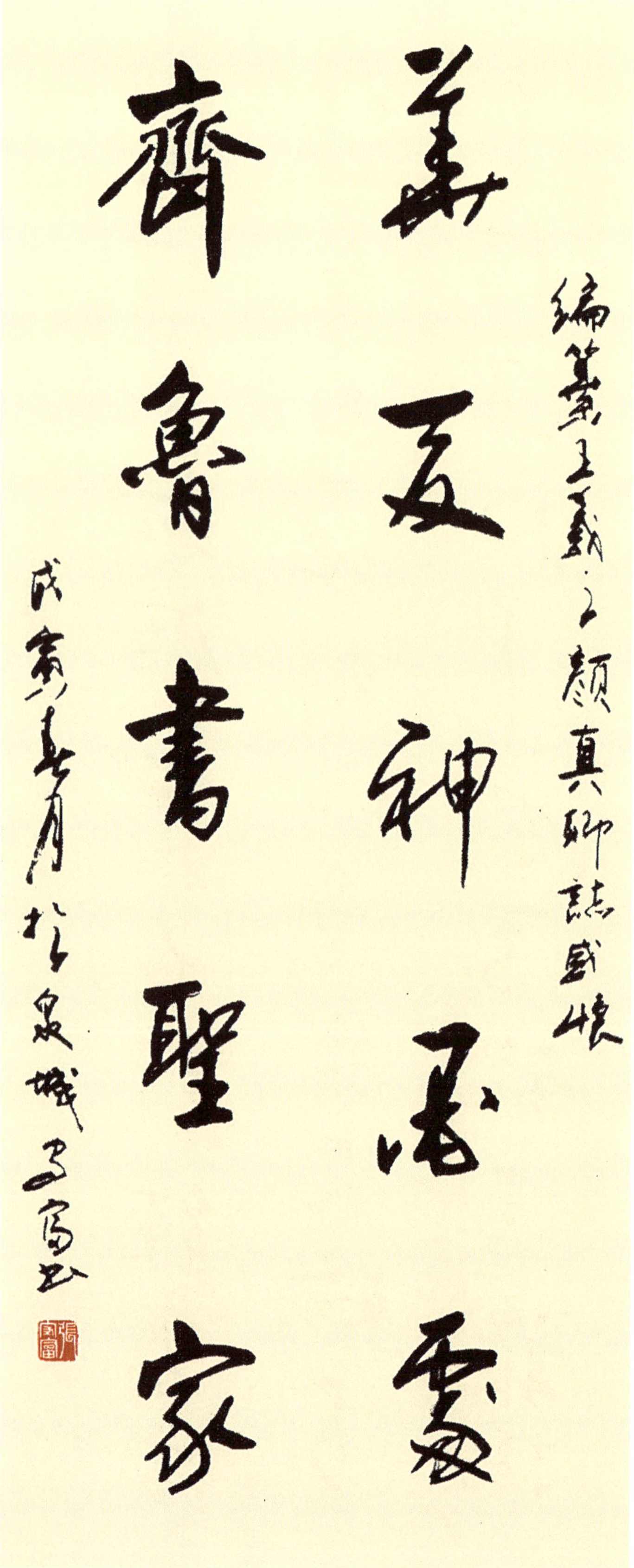

张守富编纂《王羲之志》《颜真卿志》感怀作书

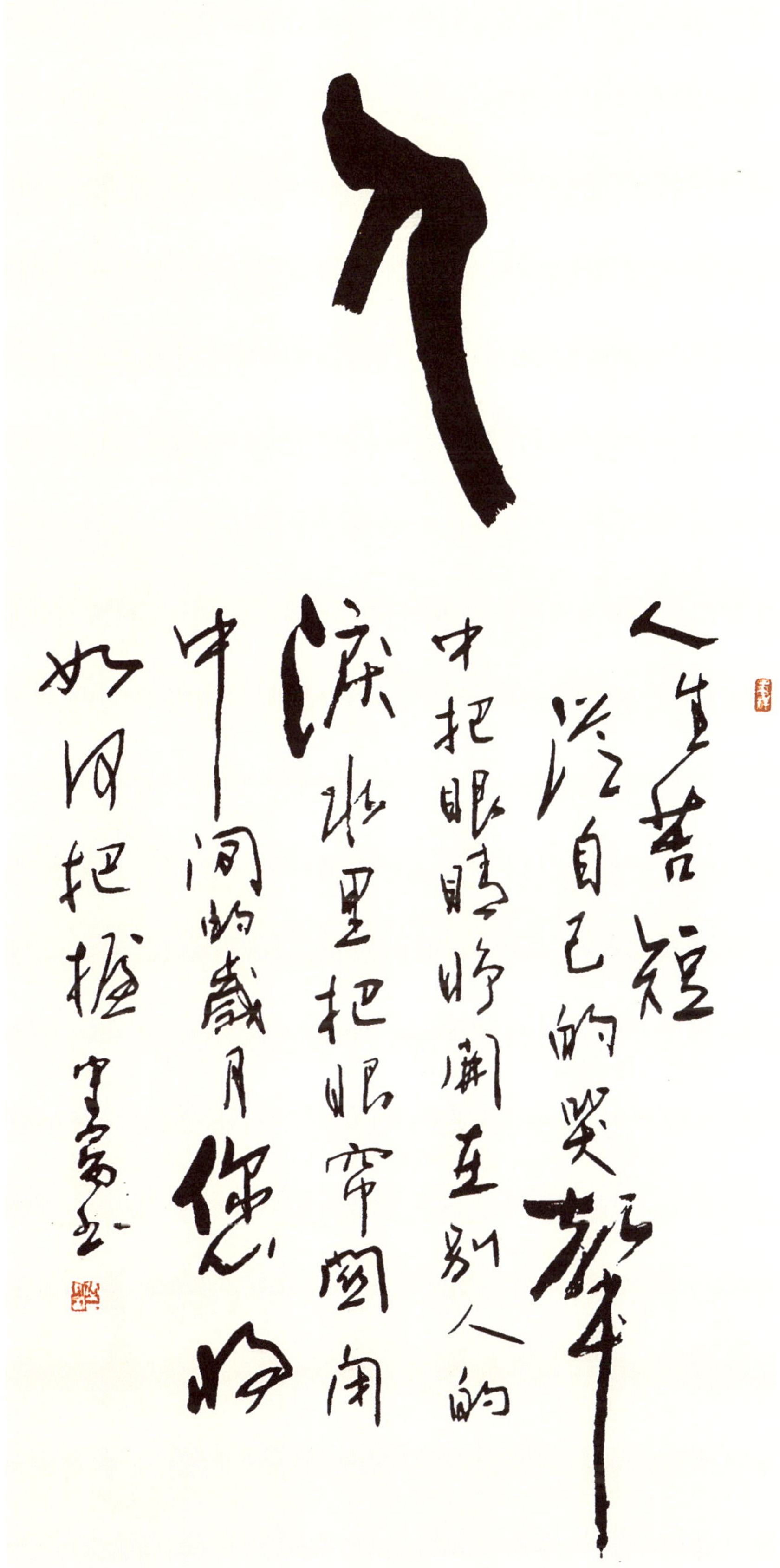

人生苦短 从自己的哭声中把眼睛睁开，在别人的泪水里把眼帘关闭。中间的岁月你将如何把握？

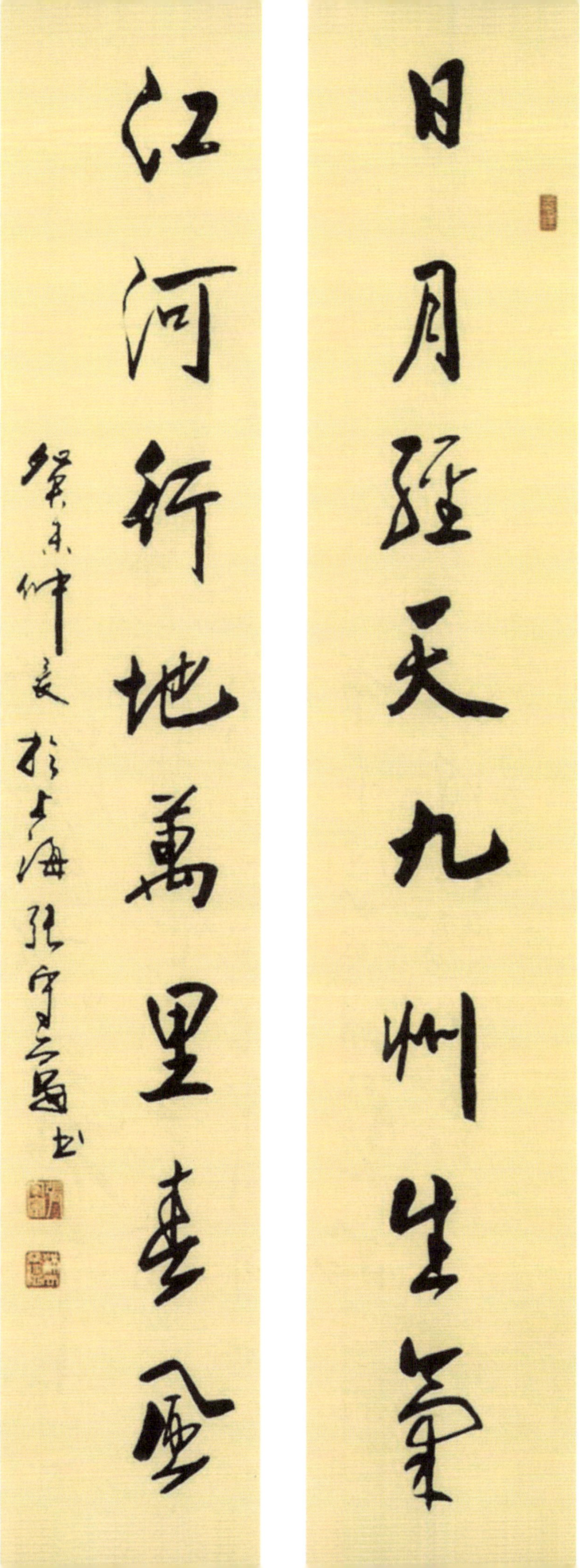

日月经天九州生气　江河行地万里春风

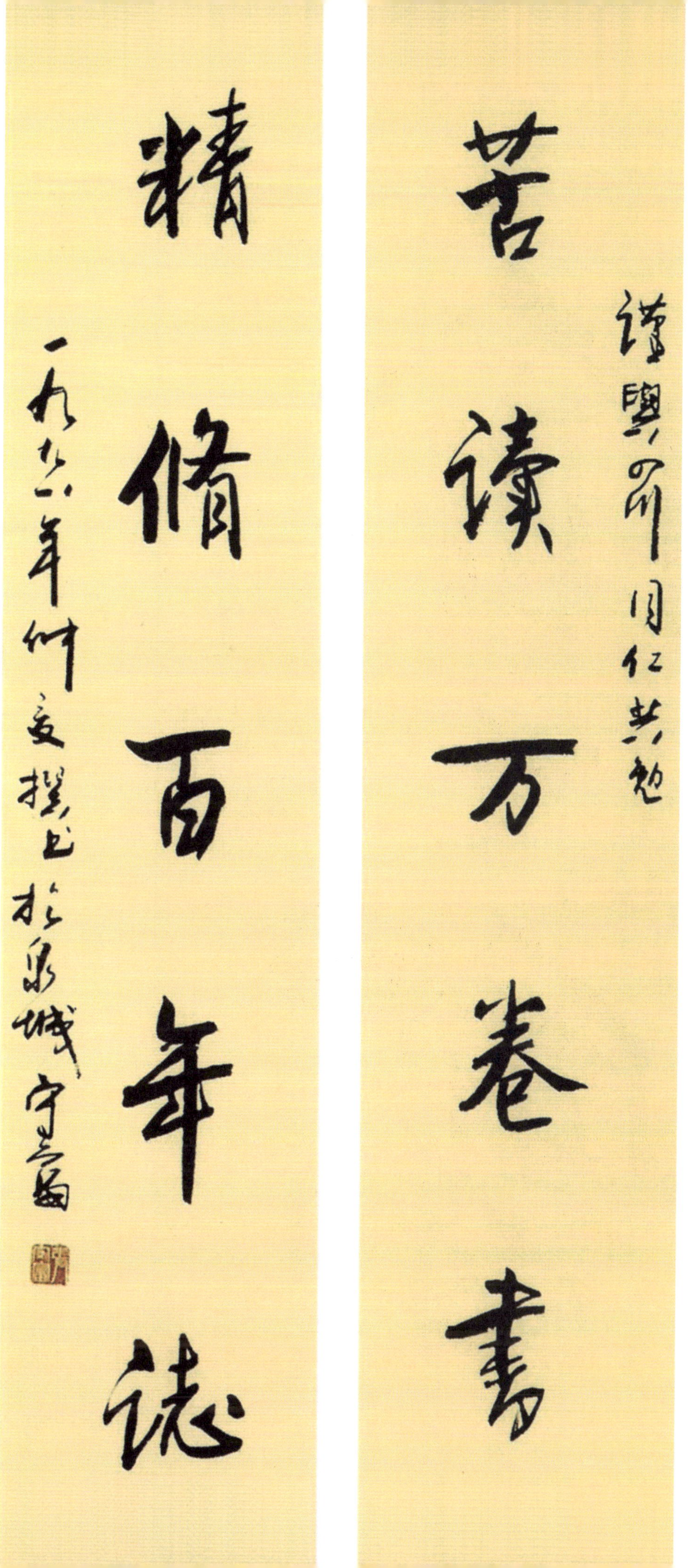

苦读万卷书　精修百年志

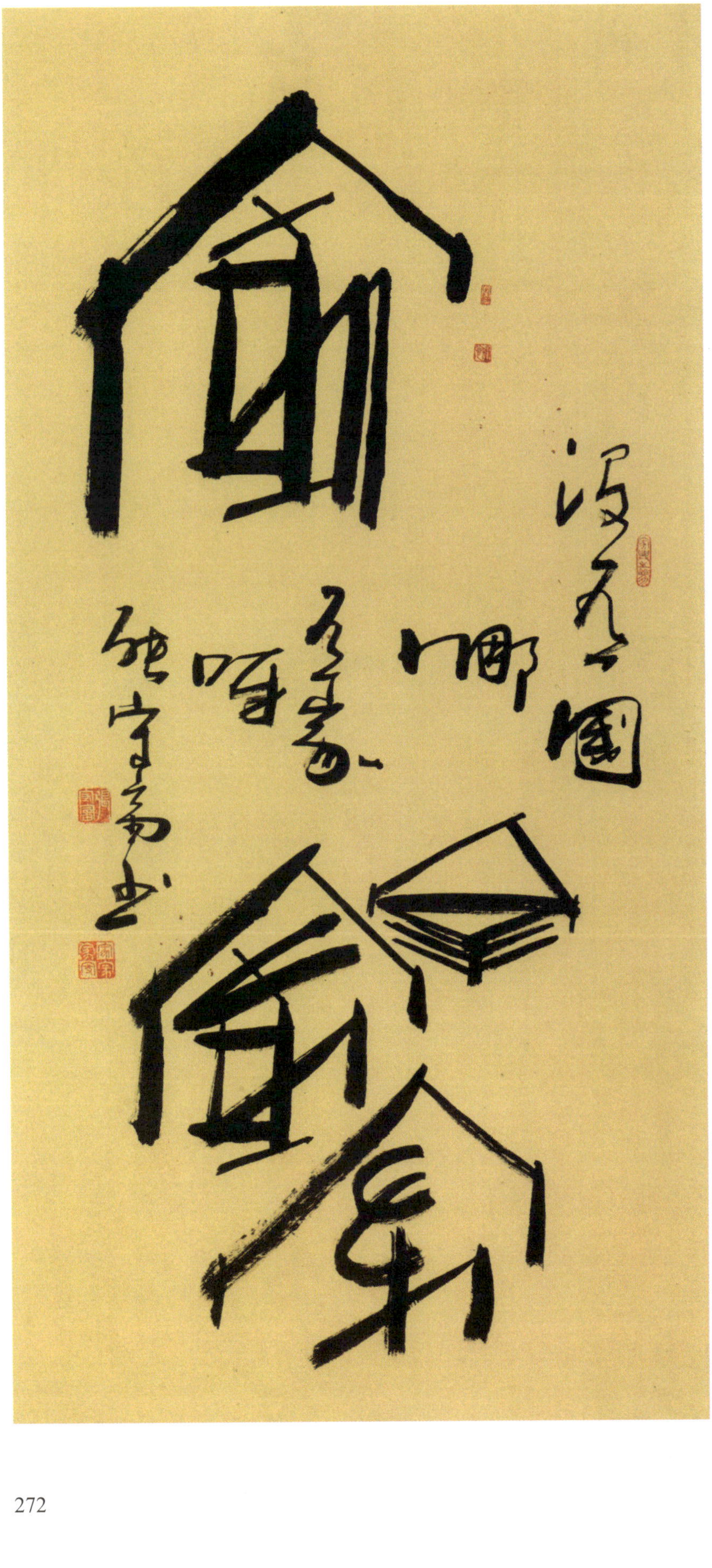

没有国哪有家呀

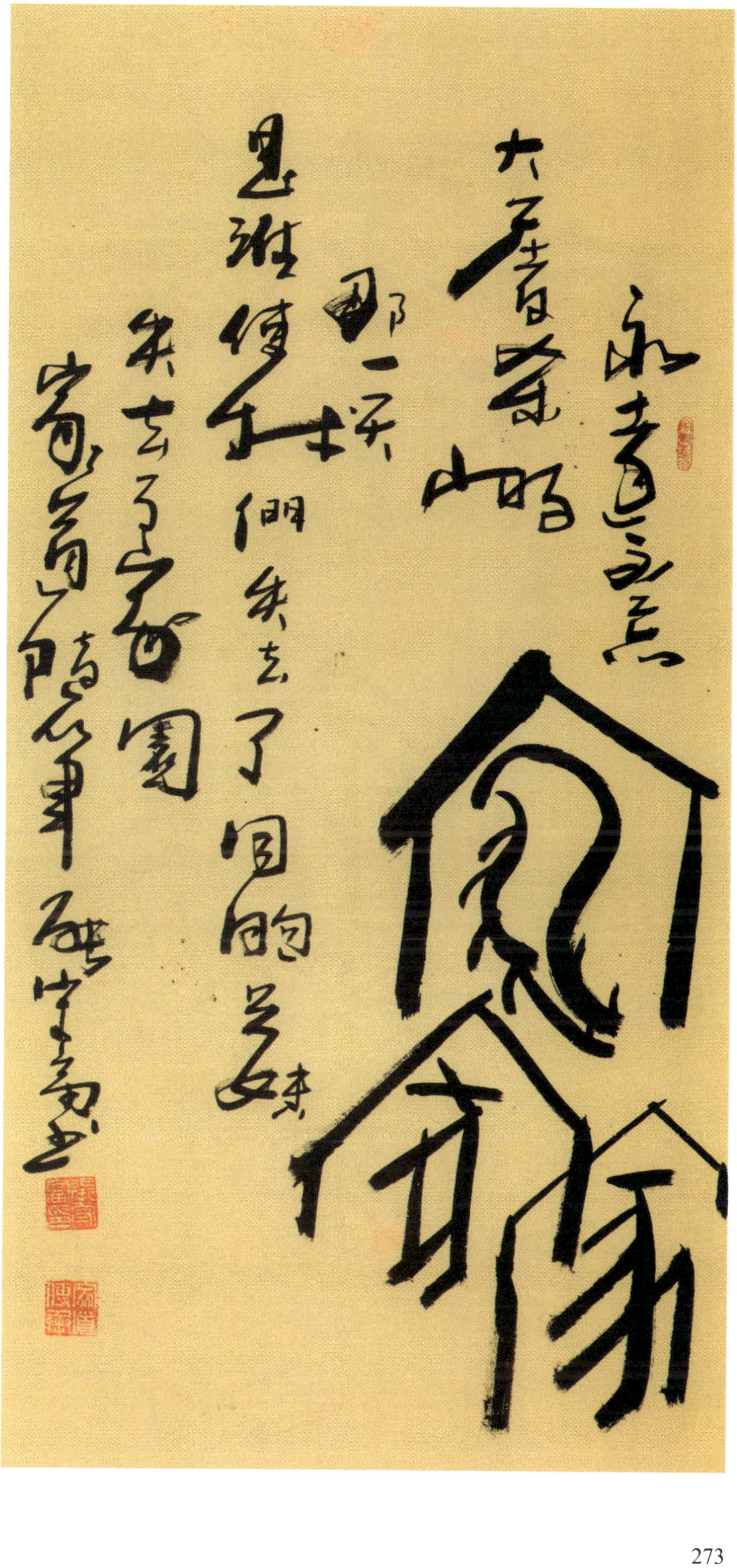

永远不忘大屠杀的那一天，是谁使我们失去了同胞兄妹，失去了家园

中华名门知多少　家族民族紧相连

建家一心　爱家不二　家之道

家魂

楹联鉴赏

楹联铭句话家梦

“家魂”“家道”研究，张守富拟上联，全国名士对联选萃

一

上联：家爱、家孝、家和、家能，家家兴

下联：人仁、人义、人礼、人智，人人信

对联人：张鹏，山东临沂

二

上联：国之梦、家之梦、幸福梦，梦梦梦幸福

下联：天之愿、人之愿、安康愿，愿愿愿安康

对联人：刘绍清，山东济南

三

上联：国之梦、家之梦、幸福梦，梦梦梦幸福

下联：人的愿、民的愿、平安愿，愿愿愿平安

对联人：李国弟，上海浦东

四

上联：国之梦、家之梦、幸福梦，梦梦梦幸福
下联：远亦思、近亦思、亲情思，思思思亲情

上联：家爱、家孝、家和、家能，家家兴
下联：施仁、施义、施礼、施智，施施信

上联：婆家、娘家、姑家、姨家、你家、我家、他家，家家平安幸福
下联：春月、夏月、秋月、冬月、圆月、半月、残月，月月和谐康泰
对联人：霍朝民，山东单县

五

上联：国之梦、家之梦、幸福梦，梦梦梦幸福
下联：国之强、家之强、中国强，强强强中国

上联：家爱、家孝、家和、家能，家家兴
下联：学业、事业、家业、基业，业业旺

上联：婆家、娘家、姑家、姨家、你家、我家、他家，家家平安幸福
下联：男人、女人、老人、新人、工人、军人、文人，人人健康快乐
对联人：王继熊，上海

六

上联：国之梦、家之梦、幸福梦，梦梦梦幸福
下联：天有道、地有道、人生道，道道道人生

上联：家爱、家孝、家和、家能，家家兴
下联：人仁、人智、人礼、人义，人人信

上联：婆家、娘家、姑家、姨家、你家、我家、他家，家家平安幸福
下联：工界、农界、军界、学界、商界、政界、艺界，界界繁荣昌盛
对联人：李效武，山东济南

七

上联：家爱、家孝、家和、家能，家家兴
下联：族仁、族义、族风、族德，族族旺
对联人：项兆金，湖北黄石

八

上联：家爱、家孝、家和、家能，家家兴
下联：道学、道理、道德、道统，道道深
对联人：刘朝斌，上海

九

上联：婆家、娘家、姑家、姨家、你家、我家、他家，家家平安幸福
下联：国事、家事、民事、心事、易事、难事、好事，事事圆满如意
对联人：顾怡君，上海

十

上联：婆家、娘家、姑家、姨家、你家、我家、他家，家家平安幸福
下联：父辈、母辈、长辈、幼辈、前辈、晚辈、同辈，辈辈健康快乐
对联人：顾海燕，上海

十一

上联：国之梦、家之梦、幸福梦，梦梦梦幸福

下联：人得乐、己得乐、天下乐，乐乐乐天下

对联人：徐睿，上海

十二

上联：婆家、娘家、姑家、姨家、你家、我家、他家，家家平安幸福

下联：国事、家事、公事、私事、小事、心事、琐事，事事称心如意

对联人：崔勇，北京

十三

上联：婆家、娘家、姑家、姨家、你家、我家、他家，家家平安幸福

下联：亲情、友情、爱情、人情、国情、民情、乡情，情情荣辱与共

对联人：袁伟英，山东济南

十四

上联：国之梦、家之梦、幸福梦，梦梦梦幸福

下联：夫之爱、妻之爱、甜蜜爱，爱爱爱甜蜜

对联人：扈俊涛，山东邹平县

十五

上联：婆家、娘家、姑家、姨家、你家、我家、他家，家家平安幸福

下联：读书、悟书、藏书、看书、出书、编书、写书，书书乐在其中

上联：家爱、家孝、家和、家能，家家兴
下联：国企、民企、外企、私企，企企发
对联人：王红梅，山东济南

十六

上联：国之梦，家之梦，幸福梦，梦梦梦幸福
下联：军者图，民者图，富贵图，图图图富贵
对联人：赵刚，上海

十七

上联：国之梦，家之梦，幸福梦，梦梦梦幸福
下联：上位法，下位法，根本法，法法法根本
对联人：刁春风，山东济南

十八

上联：家爱、家孝、家和、家能，家家兴
下联：人康、人寿、人文、人睦，人人旺
对联人：徐庆炜，北京

好家风文化
艺术掠影

家文化产业研发成果：好家纺

家文化产业研发成果：好瓷器

家文化产业研发成果：好瓷器

家文化产业研发成果：好瓷器

家文化产业研发成果：好瓷器

家文化产业研发成果：好瓷器

张守富家文化和景德镇市首富家文化陶瓷有限公司合作开发陶瓷艺术产业

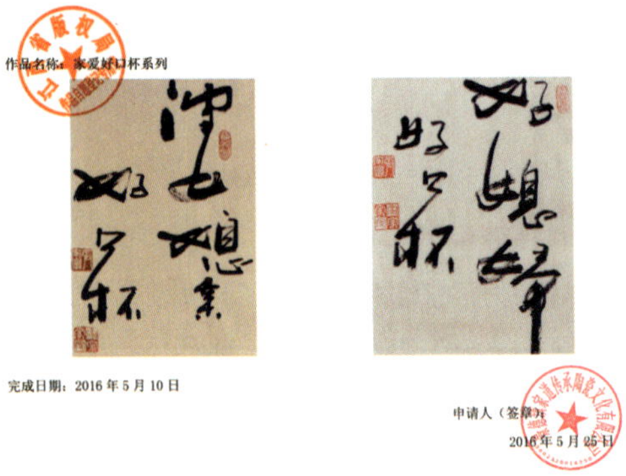

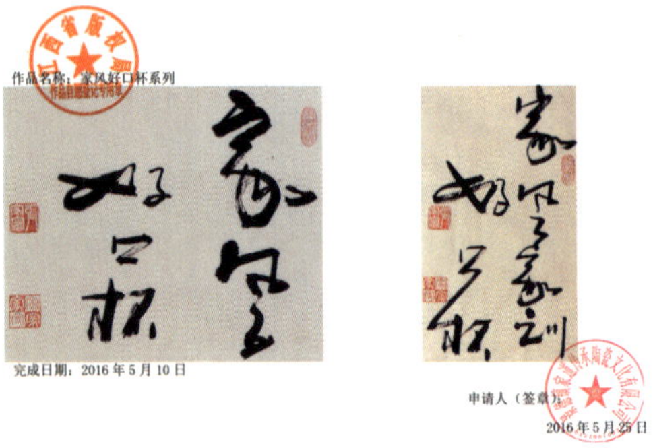

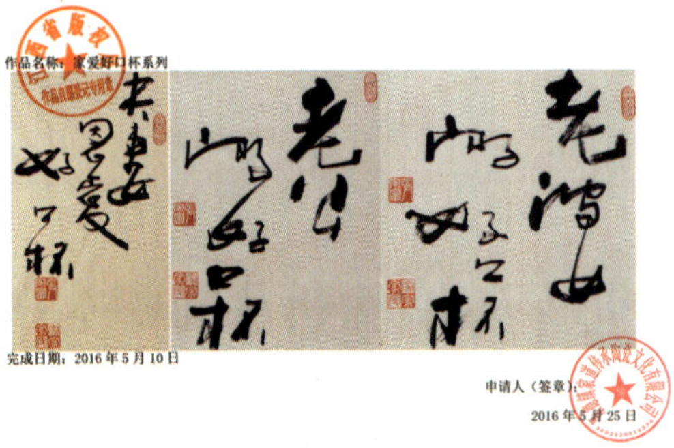

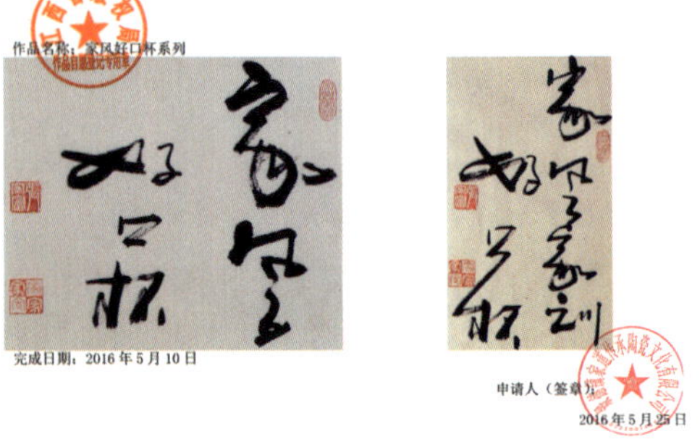

张守富家文化版权在江西省版权局和景德镇完成了知识产权保护

中华姓氏知多少

百家姓　千家姓　万家姓

中国是世界上最早使用姓氏的国家，中华姓氏是最古老的文化形态之一。凡中华民族的子子孙孙，无论你生于何时、住在哪里或迁移到何地，每个人一生都会比较固定地使用一个属于自己的姓和名。张家、王家、李家，舅家、姑家、姨家，每个家庭也都会长期固定地使用一个属于本家族的姓氏。古语谓：“坐不改姓，行不更名。”因此姓氏文化也是家道文化研究的重要内容。

产生于宋朝初年的《百家姓》，它与《三字经》《千字文》并称“三百千”，是中国古代启蒙读物，风行上千年，对传播中华文化贡献巨大。《百家姓》通行本为472字，其中收录单姓408个、复姓30个。《百家姓》版本很多，清末出现的《增广百家姓》记录了444个单姓、60个复姓。现代通行的《百家姓》则有503、504、505、507、515个姓等几个版本。明朝翰林院编修吴沈等人重编《百家姓》时，以“朱奉天运”开篇，收有1968个姓，故称《皇明千家姓》。1981年严扬帆的《新编百家姓》认为有近6000个姓。1984年阎福卿等编的《中国姓氏汇编》共收单姓、复姓5730个。到1996年由袁义达、杜若甫编著的《中华姓氏大辞典》收录我国古今各民族用汉字记录的姓氏共11969个，其中单姓5327个、双字复姓4329个、三字复姓1615个、四字复姓569个、五字复姓96个、六字复姓22个、七字复姓7个、八字复姓3个、九字复姓1个，另有异体字姓氏3136个。

据2010年第六次全国人口普查统计，全国总人口约为13.3281亿。排前十名的大姓所占人口及比例分别是：李姓占全中国汉族人口的7.94%, 有人口 约9500万；王姓占7.41%, 有人口8890万；张姓占7.07%, 有人口8480万；刘姓占5.38%，有人口6460万；陈姓占4.38%, 有人口5440万；杨姓占3.08%，有人口3700万；赵姓占2.29%, 有人口2750万；黄姓占2.23%，有人口2680万；周姓占2.12%，有人口2540万；吴姓占2.05%，有人口2460万。

截至2018年年底，中国大陆人口（包括31个省、自治区、直辖市和中国人民解放军现役军人，不包括香港、澳门特别行政区和台湾省以及海外华侨人数）：139538万人；家庭数量：4.5亿个左右。

截至2018年底，中国香港人口数量：748.25万人；中国澳门人口数量：66.74万人；中国台湾人口数量：2358.9万人。港澳台合计人口数量：3173.89万人。

姓氏文化是大文化，涉及名门、姓族、民族、区域、政治、经济、民俗等方方面面，读懂家姓文化，既有趣味，也有智慧。

附：《新百家姓》

01王、02李、03张、04刘、05陈
06杨、07黄、08赵、09吴、10周
11徐、12孙、13马、14朱、15胡
16郭、17何、18林、19高、20罗
21郑、22梁、23谢、24宋、25唐
26许、27邓、28韩、29冯、30曹
31彭、32曾、33肖、34田、35董
36潘、37袁、38蔡、39蒋、40余
41于、42杜、43叶、44程、45魏
46苏、47吕、48丁、49任、50卢
51姚、52沈、53钟、54姜、55崔
56谭、57陆、58汪、59范、60廖
61石、62金、63韦、64贾、65夏
66付、67方、68邹、69熊、70白
71孟、72秦、73邱、74侯、75江
76尹、77薛、78闫、79雷、80龙
81黎、82史、83陶、84贺、85毛
86段、87郝、88顾、89龚、90邵
91覃、92武、93钱、94戴、95严
96莫、97孔、98向、99常、100汤

——2019年1月30日公安部户政管理研究中心发布《二〇一八年全国姓名报告》

注：此新百家姓按姓氏人口数量，由多到少顺序排列。

《千家姓》

乾坤玄宏 宇宙洪荒 日月盈昃 辰宿列张 寒来暑往 秋收冬藏 闰余成岁 律吕调阳
云腾致雨 露结为霜 金生丽水 玉出昆岗 剑号巨阙 珠称夜光 果珍李柰 菜重芥姜
海咸河淡 鳞潜羽翔 龙师火帝 鸟官人皇 始制文字 乃服衣裳 推位让国 有虞陶唐
慰民伐桀 周发殷汤 坐朝问道 垂拱平章 保育黎首 臣伏戎羌 遐迩壹疆 率宾归王
鸾凤在树 白驹食场 化被草木 赖及万方 盖此身体 四大五常 恭惟鞠养 岂敢毁伤
女慕英淑 男效才良 知过必改 得能莫狂 罔言彼短 靡恃己长 信使可覆 器欲难量
墨悲丝染 诗赞羔羊 景行维贤 克念作圣 德建名立 形端表正 夹谷传声 敞堂习听
殃因恶积 福由善庆 尺璧非宝 寸阴是竞 资父事君 唯严与敬 孝当竭力 忠则尽命
临深履薄 夙兴温冷 如松之盛 似兰斯馨 川流勿息 渊澄取映 容止若思 坦陈镇定
笃初诚美 慎终宜令 荣业所基 籍甚无竟 学优登仕 摄职从政 存以甘棠 去而益咏
胡殊贵贱 告别尊卑 上和下睦 郎倡妇随 外受傅训 恪顺母仪 诸姑伯叔 犹子比儿
孔怀兄弟 同气连枝 交友待客 切磨箴规 仁慈聪慧 造次毋离 节义廉退 颠沛匪匮
性静情逸 心动神疲 守真志满 逐物意移 坚持雅操 好爵自縻 都城祚巩 京畿要地
背邙面洛 浮渭据泾 宫殿闳伟 楼观仙境 图状奇禽 画彩怪灵 丙舍傍启 甲胄护廷
肆筵设席 鼓瑟吹笙 升台纳阶 弁转群星 右通广内 左达承明 既集坟典 亦聚梨伶
杜稿郭隶 漆写壁经 府列将相 路侠槐卿 户封捌佰 家给仟兵 高冠侍辇 驶毂振冕
世禄糜富 车驾肥轻 策功茂实 勒碑刻铭 匿莘伊尹 佐时阿衡 奄宅曲阜 微旦孰营
桓公匡合 田单扶倾 绮回汉惠 说感武丁 俊彦密荐 多士邦宁 齐楚更霸 赵魏受侵
假途灭虢 践土会盟 萧遵约法 韩弊烦刑 起翦颇牧 用军最精 百战弗殆 驰誉丹青
九州禹踪 卅郡秦并 岳宗泰岱 禅主坛亭 雁门紫塞 偏关米薪 滇池碣石 钜野洞庭
旷远绵邈 岩茨杳冥 根本于农 务兹稼禾 粗载陇亩 吾艺黍稷 税熟贡新 劝赏黜进
孟轲敦素 史鱼秉直 庶几虔礼 劳谦谨敕 聆音察理 鉴貌辨色 贻厥嘉猷 勉其祗植
省躬戒儆 宠增抗至 讨辱近耻 林皋幸即 两疏见机 解组谁逼 索居闲处 沉默寂寥
求古寻论 散虑逍遥 欣奏累遣 泣谢欢招 渠荷的历 园莽抽条 柑桔晚彤 梧桐早凋
烂茎委翳 落叶飘零 游鹏独运 凌摩绛霄 耽独玩市 寄目囊箱 易便攸畏 属耳垣墙
具膳咽饭 适口品享 饱厌蒸宰 饥吞糟糠 亲戚故旧 寿介异粮 娘御绩坊 孙嬉椒房
团扇圆洁 银烛辉煌 昼寝夕梦 蓝笋牙床 弦祝琼宴 接杯举觞 矫手顿足 悦豫且康
祢祖嗣续 祭祀季尝 稽项再拜 汗颜恐怕 笺牒简练 顾答审详 粘垢想涤 执热愿凉
驴骡犊特 骇跃越坑 逐斩贼盗 捕获叛党 羲书甫棋 嵇琴阮啸 恬笔蔡纸 钧巧任钓

释纷利乡 悉俱佳妙 毛施倩质 莞尔嫣笑 晷矢每催 曙晖朗曜 宪式悬斡 晶莹耀照
祈赛祷祠 永绥吉劭 矩步引领 俯仰院庙 束带魁岸 环视瞻眺 孤陋寡闻 愚蒙等教
钦逢后哲 智勇超纶 弯弧射箭 边徼晏清 兼拓巴蜀 包括粤闽 湛恩普暨 饶沃三晋
梯航茫渤 岛访蓬瀛 旭荚呈瑞 酒泉献祯 障销炀燧 佾舞韶韵 颂扬纯祺 范著休徵
闾阎痛苦 剖晰枫宸 绣扆宵旰 诲谕耕耘 锤炼胆识 整截纲纪 记录骐材 技选播瑜
浩荡宽舒 夭乔畅怡 瑶编芝检 纂述韬略 褒彰楷模 晨昏讲诵 奖励桑麻 闺闱蚕织
担握钢锄 沾洒斗笠 颖粟丰穰 畴众屯辟 占蒲看艾 穗孕前期 共际熙皞 聿勤种栗
揣攒旨蓄 拒耗抑奢 焱炭拥炉 鹅绒防腊 畦畔垄头 杂卉蕃繁 纵横阡陌 茵苔半剥
毕纠俦侣 遍播郊域 童牵皓鬓 翁幼提携 茅唤戴胜 波泛凫飞 鹦啼锦苑 燕筑香泥
红透桃坞 绿暗柳堤 垒翻芍药 藤架蔷薇 翼蛾蜜虫 花底参差 渚鸥涂鸭 樵径渔邑
萱蕙联蒂 稻麦双岐 芭蕉帘荫 八哥笼栖 萍眠对鸳 葭卧灰鹤 艳冶洼蓉 婆娑稚菊
檀栾秀润 淇澳沅汨 晴岚暮霭 渡涉舟楫 涛澎险崖 峻触昊苍 迁夸梅岭 骚叹桂丛
夔司棒搏 钟响商角 显协七符 函六抱一 恒巍层叠 鄱湖沧浪 葵芷璨蔚 榆钱装点
霞标雯敛 汽消虹霁 碧蕾芬披 棣萼芳菲 导灌池塘 贯注沟渎 伴马踏歌 叱牛负犁
穴恐乍吟 泠冽肃杀 鹄旋危巢 鸿征逵区 雉兔促逃 麋鹿急突 莲漏纡迟 芸篇讽阅
秘阁细旃 珊瑚玲珑 栋梁雕柱 皆谙准度 班妹卓夫 檀藻辞赋 苏词豪放 铁板铜拍
尼继遗绪 患忧缺失 删校仔肩 俾就卷帙 派演泗洙 懿阐亚敷 捣壤谣衢 博厚弥久
虎贲衅戈 弓刀枪殳 旅伍威猛 冲锋陷阵 骠骑迅速 摧枯拉朽 横扫虏寇 捷报频传
卤簿旌旗 储备充裕 仓库琳琅 幕僚络绎 涡淮漳济 医霍黔嵩 幅员辽阔 南北西东
茗羡旮界 枣圃冀津 菱湾吴浦 蓼蔓莆洲 榕柯轩昂 荆棘低迷 娇杏吐蕊 翠竹摇曳
玫瑰沁鼻 楠柏浓郁 岑村鹊叫 吹烟漫麓 涧溪湍澈 湫潭沼浅 沙丘干旱 潇湘湿淅
瀑泄庐峰 霓罩峨顶 骏溜原野 豚戏汪洋 骛驹奋蹄 蹇骀须鞭 鳌龟弛缓 鸽枭眼疾
貔貅吸血 熊罴凶恶 戟矛尖锐 舍孩套狼 捉拿敌酋 含枚卸铃 偃旗奔袭 瓜绽豆裂
买卖贸贾 货阜财孚 锅碗瓢盆 桌椅柜砚 纱纬布匹 雀屏鸯枕 狐貂毡裘 绫罗绸缎
玛琮珪瑾 巾帛桶盂 吹塑饴糖 耍猴盘蟒 斟盏喝茶 沐浴剪裁 加减乘除 小店次第
巷打杵椎 街停轮辕 纤缆扣舷 船舡穿港 稳价籴粜 汇兑适均 警惕伪劣 睢盱扒托
筹谋展览 创办工厂 啖糗茹蔌 先辈艰辛 胸蕴棐忱 钻研囊册 誊抄贝谭 他磊攻错
堵浊奠座 势态盎然 救拔贫弱 丕革顽嚣 奴眉折腰 摆尾乞怜 屈膝投靠 不齿狗屎
硕儒吁庸 申翟蔽激 庄老虚谈 佛释空谛 秩崇鼎鼐 澹泊希夷 谓语助者 焉哉乎也
雄鸡唱晓 斑鸠贺淋 春到赤县 千里婵娟 嫦娥袅娜 依醉绕廊 抚今追昔 拂泪悔怨
太极二仪 刺破浑穆 肇开混沌 雷鸣电闪 何劫穷年 雪净冰融 潮汐应候 朔望迭仍
庖牺划卦 算绘历数 迎媾俪皮 修叙彝伦 支系殖衍 姓氏遂分 海内侣邻 亿兆昌亨

炎黄苗裔 姚姒姬姜 统绍尧舜 企盼隆安 管鲍风溥 权印监掌 刈鉏歹暴 江山固强 奉天赐禧 祜泽夏甸 各族呼曰 爱我中华

冯郑褚卫 蒋沈董杨 朱刘尤许 陆全宦向 樊徐邱骆 剧代乐昶 崔卢钮龚 倪苟黑芒 程綦邢滑 扈奕桥杭 芮羿那靳 尉蔿冼尚 汲邴柴禚 姞郕妫邝 井段柔巫 兀藉杞逄 乌焦快奎 源覃缪降 晁勾敖眭 泮连朴榜 濮蕲遇麒 完帅缑亢 什牟佘佴 皎奭戢祥 仵哈谯笪 仆仲宛禤 付诎邹喻 邢隰徒襄 股伉潘葛 奚丸彭刚 鲁韦伞帖 了忻幽仉 俞壬袁留 滕隋钩匠 费十邳薛 郝邬治苌 瓦弋元卜 皮卞软仿 祁撒匕狄 蓟宋胥庞 隗宣邵邓 裴赫延臧 荀查於塔 甄麴萨亮 卡侯宓铫 卒郗焕召 陕钭厉揭 郜还蒯曹 庹郃洗鄂 乙蔺屠傲 冉象郦忽 冼璩幺茆 毓廖庾昝 仇颉詹彪 靖耿濂弘 汝鄢郏葆 邽赓厍聂 凯辜娄奥 庚訾朵阚 计专郈冒 曾项萃乜 淦雒闭敫 谌竺吝逯 亳厘变刁 又少椿邸 件押么郎 叉等仝窦 但午俸恽 鄷格个朽 杰欧产嬴 罕们妻妾 队郇扎隐 瓷辞未末 灿佟杲脱 锡这互敏 弭郄你丑 闵瞿斤郓

万俟司马 上官欧阳 夏侯诸葛 闻人东方 赫连皇甫 尉迟公羊 澹台公冶 宗政濮阳 漆雕乐正 壤驷公良 拓跋夹谷 宰父縠粱 淳于单于 伊祁高阳 太叔申屠 北宫高堂 公孙仲孙 龙丘巫阳 轩辕令狐 少正鲁阳 锺离宇文 长孙慕容 鲜于闾丘 司徒司空 兀官司寇 仉督子车 颛孙端木 巫马公西 段干百里 东郭南门 梁丘左丘 东门西门 呼延南宫 羊舌微生 仆固哥舒 沙陀乌孙 完颜耶律 回纥徒单 休屠屈突 乘马贺兰 井弓阿加 朴冲木孔 吉学佟佳 本生布农 孛儿只斤 爱新觉罗 卜库索里 千家姓终

（虞立砚）

万家姓小资料

《中国姓氏大辞典》收录了中国各个历史时期中国疆域内的全部汉字姓氏。这些姓氏全部来自历史文献和近代人口普查。作者历时 40 年，一共收录了 23813 个姓氏，其中单字姓 6931 个、复姓和双字姓 9012 个、三字姓 4850 个、四字姓 2276 个、五字姓 541 个、六字姓 142 个、七字姓 39 个、八字姓 14 个、九字姓 7 个、十字姓 1 个。笔画最少的姓为 1 笔，笔画最多的姓为 30 笔。目前仍在使用的姓氏超过 7000 种，汉族和少数民族姓氏大约各占一半。

注：《中国姓氏大辞典》为袁义达、邱家儒编著，江西人民出版社 2010 年出版。

一心、一字、一个梦，家国情怀谱巨篇

对话新时代家文化学者、济南传承家文化研究院首席专家张守富

张守富《家魂》（升级版）即将出版之际，济南电视台记者田甜与作者进行了一次深入交流和对话。记录成章，以飨读者。

田甜：张老，据我们了解，您潜心研究与传播家文化，一个字追寻三十年。请问，您是如何走上这条坚毅而快乐的研究道路的呢?

张守富：应当说是有三大动因。一是我出生在孔孟乡域，自幼受着孔孟名门思想礼教的影响。热爱和立志研究家文化是从20世纪八九十年代开始的，从那时起，我走上了这条不同寻常的追求之路。另一个因素是1987年我老母亲逝世，让我感到回乡后没了家的感觉，并深深领悟了“妈妈在哪哪是家”和“没有妈妈就没家”的深层内涵，感受到游子失家的切肤之痛和有妈有家幸福温馨的重要。因为我三岁丧父，家中姊妹多，全靠母亲携哥嫂姐姐含辛茹苦地抚养，长大成人。我之所以能够六岁习书法，九岁习音乐，十七岁走进军旅之家，全是母亲的指引和教诲。母亲是我人生的第一任老师。对于这一点，在我的家文化专著中的“祭母”文稿中均有印记。

再一个因素是1992年我开始担任山东省地方史志办公室主任，在组织编修《孔子故里志》《颜真卿志》《王羲之志》《诸子名家志》过程中，越发领略到历史上名门望族之家庭、家风、家教、家训等家文化，对家族兴衰往替以及中华家文化的影响之大，尤其是近乡曲阜孔氏家族、孔子文化的厚重，逐步激发了我深入研究家文化的浓厚兴趣和极大热情，从此便一发难以停步。每天凌晨五点起床，笔耕不辍。八千个深夜与黎明，成为一个酉鸡报鸣、丑牛早耕，文化自信的家文化的追梦之人。

自信地说，我是满怀着爱国爱家的家国情怀和对家文化的无比热爱与极大文化艺术梦想之心，走上这条艰辛而快乐的研究之路。这一个“家”字，成为我一生追随的目标。走过的路，绝不后悔；今后要走的路，信心满满。依然还是那句话，毕生追寻一个字——“家”，继续让家国情怀谱新篇、结硕果！

田甜：我们知道家文化博大精深。请您扼要谈谈，家文化的基本概念和主要内容是什么？

张守富：家文化是由人类发展文明和家的生产发展中产生的多种文化现象与内涵外延，即人类共同创造的物质文明成果和精神文明成果的总和。狭义上讲，家文化是指家庭、家族、家教、家风、家训、家礼等外在形式与爱、孝、和、能、德、善、信、诚等丰富内涵的有机结合。家文化是中华优秀传统文化的重要基础和组成部分，在中华民族数千年繁衍生息和社会发展过程中，一直承担着不可替代的历史作用。

田甜：您潜心研究与传播家文化30多年，主要都做了哪些比较大的工作或项目呢？

张守富：我是中国书协会员、高级教师，我关切研究家文化，最初正是从正确理解和专门书写“家”字开始的。东汉文字学家许慎的《说文解字》书中注明：“家，居也。从宀（眠）（mián），豭省声，古牙切。”“宀”（mián）字是典型的象形字，专指交相覆盖的深邃的屋子，有堂有室，是为深屋。而“宀”（mián）下有“豕”（shǐ）为“家”，又变成了形意字。据我观察，在现代汉语汉字文章环境下，“家”字是使用频率最高、延伸义最广的字。因此，我先后书写的“家”字，不仅有独立的家，而且有组合体的家；不仅单写“家”字，而且赋予它各种特有的气质及更深的含义；从单字分解到“家”字组合，各有章法，什么斗方、条幅、特大榜书、百家字谱、百米长卷，各显风韵。在上海、海南、德州、菏泽、济南举办的“中华家道讲坛神州行”活动中，我所创作的多幅百米长卷均有展示，而且已经吸引数万名大众及家文化爱好者在长卷上签名留念，显现了亿万家人的家情怀，同时还列入吉尼斯申评特色文化艺术。

在广袤浩瀚的家文化研究领域，我除了坚持写好“家”字外，长期以来一直在利用一切可以利用的时间，借助一切能够阐释家文化精髓内容的艺术手段，用心为建立表现家文化的完整体系及表现形式与建设，进行研发和创作。30年时间里，我先后创作出版家文化诗集3部，家文化书法作品集5部，《家里的好声音》音乐作品集、光盘多部，家文化影视作品（电视剧或文学剧本）3部，研发策划了“家天下特色小镇”“家文化经典园”“家文化博览园”“生肖大世界”“家还童大学”高龄修养项目等5宗概念性规划文本。我所规划的《家文化研究集成18卷》，家文化经典书目《家道》《家魂》《家传》3部力著，均已出版。

在不断研发创作基础上，为了更广泛、更有效地传承家文化、践行家文化，这些年来，我先后在北京、上海、济南、海南等多地举办家文化书法艺术展、“中华家道讲坛神州行”、多场三千听众大型家文化报告展等一系列活动。从研究家文化到举办各类活动再到家文化产业化步入快车道，对振兴国家文化产业发展、推动国家文化产业进步、夯实国家文化产业基础，起到了带头及示范作用，是推动中华优秀传统文化与“一带一路”战略相融合并走向世界的特色示范经典案例。

田甜：请您简要谈谈，家文化与中华传统文化的相互关系是怎样的？

张守富：这个问题你问到点子上了。首先，我所研发和倡导的家文化，绝不能只理解成一般的家庭文化。它比许多人所理解的家庭文化范围要广阔很多，这可以从上面我谈到的家文化概念及其内容上去认识和区别。家文化是中华传统文化的重要分支、重要基础和重要组成部分。中华传统文化传承了几千年，家文化也同样传承了几千年。可以说，没有家文化，也就不会有完整的中华传统文化。就像没有家就没有国、没有国也就没有家一样。我们经常说到的“家是小的国，国是大的家”，与这一对相互关系是一个概念。为什么有一些人一说到家文化，就会认为是单一的家庭文化呢？这与这些人的眼界、格局、文化层次、习俗观念及传统意识有关。我们之所以千方百计到处宣传家文化、弘扬家文化、传承家文化，其目的之一，就是为了要改变这种肤浅和混淆了的概念与意识，使更多人能够全面正确认识、理解和践行家文化内涵及外延。

其次，还有一点要特别强调的，无论是家文化还是中华传统文化，都有一个继承与创新相结合的问题。我们要继承的是家文化和中华传统文化中的优秀部分，对历史陈旧文化与思想观念，要与时俱进地分析与应用，其中的历史糟粕是一定要摒弃的、要创新的，要选择符合新时代要求的、具有新时代特征的家文化和中华优秀传统文化为新时代服务。只有这样，才能达到习近平总书记在今年全国两会上提出的“描绘我们这个时代的精神图谱，为时代画像、为时代立传、为时代明德”的要求。

再次，我们当前在传承弘扬中华优秀传统文化中，最需要的就是要大力传承与弘扬、创新新时代的家文化，让更多家庭努力恢复和建设良好的家庭关系，良好的家风、家教、家训等好的风气，使家庭更加和谐、更加文明。

田甜：在新时代大背景下，研究与传承家文化的现实意义有哪些？

张守富：第一个现实意义，因为家文化是家庭建设的灵魂和兴家、治家的法宝。只有让家文化走进千家万户，中国的家庭才能真正走上小康之路、实现幸福之梦。

第二就整个国家、民族发展来说，正像习近平总书记讲的那样“千家万户都好，国家才能好，民族才能好”，进而说，“国家好，民族好，家庭才能好”。让全中国四亿五千万个家庭实现幸福之梦。

2019 年 4 月

后　记

本书即将出版之际，我思绪万千。

习近平总书记连续三年做关于加强家庭建设的重要讲话。他在 2016 年全国文明家庭表彰大会上讲到中华民族历来重视家庭。正所谓“天下之本在家”。希望大家注重家庭，希望大家注重家教，希望大家注重家风。总书记如此注重家庭建设，不但是全国四亿五千万个家庭家教、家风建设的极大推动力，也是给家文化研究、传播者赋予的光荣使命，使家文化研究进入百花盛开的春天。

在政治经济文化及外事交流逐步扩大的进程中，在家国情怀、地球村是个大家庭、建设人类命运共同体的大战略思想的升华中，家国文化在新时代又有了新的创举和提升。“一带一路”和人类宏观之家的文化思想已成了新时代的主流。

济南市委宣传部十分重视家文化的研究和成果的推广传播，重视培育家文化成长的种子。市委常委、宣传部部长杨峰，常务副部长、市文明办主任周鸿雁，济南广电党委书记孙世会以及济南出版社领导，对本著出版给予了高度重视和支持。

在本书撰写工作中，济南传承家文化研究院王众院长以及专家组组长李效武，秘书处张远鹏、井云龙、党雨豪、张庚利等，在资料整理、图片照排、文稿打印中，做了大量具体工作，付出了辛勤劳动。对各方的友好支持表示诚挚的谢意。

家国文化是个博大的主题，也是一个永远说不尽的话题。

由于种种原因，本著或许有不少差错及不当，敬请方家读者指正。书中部分图片、资料，因暂时联系不到作者，特此表示歉意。

张守富

2019 年 3 月 3 日